IL DILEMMA DI *Dylan*

Maine Men LIBRO 4

K.C. WELLS

Maine Men Libro Quattro
Traduzione di:
Nela Banti per "Quixote Translations"
Edizione italiana a cura di:
Alessandra Magagnato

Il dilemma di Dylan

Il contenuto della copertina è usato solo a fini illustrativi e ogni persona ritratta sulla cover è un modello.
I marchi menzionati in questo libro sono di proprietà dei rispettivi titolari e sono riconosciuti come tali.

Informazioni sul libro che avete acquistato
Questa è un'opera di fantasia. Nomi, personaggi, luoghi e avvenimenti sono il prodotto dell'immaginazione dell'autore o sono usati in modo fittizio e ogni somiglianza con persone reali, vive o morte, imprese commerciali, eventi o località è puramente casuale.

Cover Artist: Meredith Russell

AVVERTENZE:

La lettura di questo libro è consigliata a un pubblico di soli adulti in quanto contiene scene di natura sessuale tra due o più uomini consenzienti.

"Il Dilemma di Dylan"

Traduzione: Nela Banti per Quixote Translations
Edizione italiana a cura di: Alessandra Magagnato
ISBN: 978-1-915861-01-6
Tutti i diritti riservati

Maine Men

Levi, Noah, Aaron, Ben, Dylan, Finn, Seb e Shaun.
Otto amici che si sono conosciuti alle superiori a Wells, nel Maine.
Passati differenti, differenti percorsi, ma una cosa rimane solida, anche otto anni dopo che si sono diplomati: la loro amicizia. Vacanze, matrimoni, funerali, compleanni, feste: ogni occasione che riescono a trovare per incontrarsi, la colgono. È un'opportunità per condividere ciò che accade nelle loro vite, specialmente in quelle sentimentali.
Quando erano alle superiori, sapevano che quattro di loro erano gay o bisex, quindi magari era più di una coincidenza il fatto che gravitassero tra loro. Nel corso del tempo, c'erano state rivelazioni e realizzazioni, alcune rivelatesi una sorpresa più di altre. E quello che nessuno degli altri sapeva era che Levi era innamorato di uno di loro…

di K.C. Wells

Prologo

Da L'estate di Seb

«Ma è ciò che rende così fantastico questo gruppo. C'è sempre qualcuno a cui rivolgersi se hai bisogno di una mano o semplicemente di qualcuno che ti ascolti.» Fissò calorosamente Finn e Dylan. «Non so cosa avrei fatto se questi ragazzi non mi avessero sostenuto. Sono venuti a trovarmi e hanno risposto alle mie chiamate, anche quando erano le prime ore del mattino.» Li guardò con dolcezza. «Certo, Dylan ha detto che in quel momento stava facendo il turno di notte alla reception dell'hotel, ma sappiamo cosa stava davvero facendo.»

Finn sbatté le palpebre. «Parla per te. Non so cosa stesse facendo.»

«Guardava porno sul telefono,» disse Ben in un sussurro scenico.

Dylan spalancò la bocca. «Non l'ho mai detto.»

Ben rise. «Non serviva. Ma quello che voglio sapere è… era porno etero o porno gay?»

«Ben può dire tutto ciò che gli pare,» disse Finn a Dylan con voce ferma. «Non devi dirgli niente. Perché non sono affari suoi quello che guardi tu, non è vero, Ben?» Rivolse a Ben uno sguardo duro.

Ben arrossì. «Hai ragione. Scusa, amico.» Si alzò e andò verso l'altro divano dove Wade, Aaron e Noah stavano ancora parlando. Le guance di Dylan erano rosse.

Marcus aveva l'impressione che Ben avesse colpito un nervo scoperto.

«Hai detto loro che ci siamo presi una stanza tutta per noi?» chiese Joel a Finn. Quando Finn annuì, gli occhi di Joel brillarono. «Vuoi mostrarmi dov'è?»

Finn fu in piedi in un battito di ciglia. Afferrò Joel per mano e lo tirò su dal divano, poi lo condusse verso la porta.

Dylan tossì di nuovo. «Beh, non ci sono andati leggeri.» Si alzò e prese il posto di Joel sul divano. «Ascolta, riguardo a quello che ha detto Ben…»

Marcus alzò la mano. «Prima che tu dica un'altra parola, posso dirne una io? Finn aveva ragione. Quello che guardi non è affare di nessuno se non tuo.»

«Sì, ma detto in quel modo sembrava che stessi guardando porno quando avrei dovuto lavorare. Per una cosa del genere verrei licenziato.»

Marcus inarcò le sopracciglia. «Il turno di notte alla reception di un hotel deve essere uno dei turni più morti, giusto?»

Dylan annuì. «Non è quello che faccio di solito, ma di recente ho fatto un favore un paio di volte. Ed ero solo io a occuparmi della reception. C'è da annoiarsi a morte, stando seduto lì.» Si mordicchiò il labbro inferiore. «E di quell'altra cosa che ha detto…»

Marcus aveva la sensazione di sapere cosa avesse infastidito Dylan. «Non importa se guardi ragazzi con ragazze, ragazze con ragazze, ragazzi con ragazzi… qualunque cosa aiuti, va bene.» Si avvicinò. «Potrò essere gay, ma ho visto dei porno etero.»

Dylan sbatté le palpebre. «Veramente?»

Marcus annuì. «Certo, ero però concentrato sui culi e sui

cazzi dei ragazzi.»

«Alcuni dei loro cazzi sono enormi,» sussurrò. «A volte do un'occhiata e lo giuro, fa male solo a pensare di prenderlo.» Spalancò gli occhi. «Non che lo abbia fatto. Prenderne uno, intendo. Io non sono gay.»

Aveva abbastanza esperienza da saper individuare un ragazzo bi-curioso con relativa facilità. E a giudicare dal rapido battito delle palpebre di Dylan, dal modo in cui si stava tirando il labbro, e dal ginocchio che rimbalzava mentre sedeva accanto a lui, questo era un uomo molto nervoso e molto curioso.

«Va tutto bene, sai,» disse a bassa voce. Quando Dylan si bloccò, Marcus annuì. «Va bene essere curiosi. E se dovesse capitare l'occasione per essere più che curiosi, non farti prendere dal panico. Ho un nipote poco più che ventenne, e recentemente gli ho dato questo consiglio. Gli ho detto che doveva decidere con cosa era meglio convivere: il rimpianto di aver fatto qualcosa o di non averla fatta.»

Il respiro di Dylan accelerò. «È come quella paura di cui parlano tutti. Sai, la paura di perdere qualcuno? Beh, a volte mi chiedo se non mi stia perdendo… qualcosa.»

Marcus sorrise. «Mark Twain una volta scrisse delle parole molto sagge. Vediamo se riesco a ricordarle correttamente.» Fece una pausa, poi recitò: «La vita è breve. Rompi le regole, perdona velocemente, bacia lentamente, ama profondamente, ridi incontrollabilmente e non rimpiangere mai qualcosa che ti ha fatto sorridere. Tutti citano sempre quel pezzo, ma continua dicendo: tra vent'anni sarai più infastidito dalle cose che non hai fatto che da quelle che hai fatto. Perciò molla gli ormeggi, esci dal porto sicuro e lascia che il vento gonfi le tue vele.»

Marcus si fermò. «Si conclude con tre parole. Esplora. Sogna. Scopri.»
Dylan deglutì. «Sembra che fosse un uomo molto saggio.»

Capitolo uno

Esplora. Sogna. Scopri.

Istruzioni piuttosto semplici, ma non così facili da mettere in pratica.

Tre piccole parole che erano echeggiate nella mente di Dylan Martin sin da quando Marcus Gilbert le aveva pronunciate, appena due ore prima.

Tre piccole parole che impedivano alla sua mente di spegnersi, e non importava quanto volesse dormire.

Tre piccole parole che desiderava abbracciare.

Dopo essere rimasto sveglio a letto per circa un'ora, Dylan abbandonò l'idea di dormire. Semplicemente, non ci riusciva. Shaun dormiva come un ghiro e dall'altro divano proveniva il suono dei respiri di Levi e Noah, profondi e tranquilli.

Dylan li invidiò. Erano andati tutti a letto verso le due e gli altri si erano addormentati in pochi minuti.

Comunque, lui sapeva cosa tratteneva il suo cervello dallo spegnersi.

Scivolò fuori dalle lenzuola, afferrò il telefono dal tavolino da caffè e camminò silenzioso fino alla cucina. Una volta dentro, chiuse la porta e si diresse al frigo. Sbirciò le bottiglie d'acqua e le lattine di bibite, prima di decidere per un tè freddo. Le parole di Marcus gli giravano senza fine in testa e si ritrovò ad analizzarle.

Ama sinceramente. Era abbastanza onesto da ammettere di non averlo mai fatto. C'erano state infatuazioni e cotte, ma fino a quel momento l'amore si era tenuto lontano da lui.

Perdona velocemente. Lui non era tipo da portare rancore, a parte quando si trattava della sua famiglia, e Dio sapeva che non avevano fatto nulla per guadagnarsi il suo perdono.

Bacia lentamente. Quello lo aveva fatto sorridere. *C'era forse un altro modo?*

Ridi incontrollabilmente. I ragazzi non mancavano mai di farlo sorridere e nel corso degli anni avevano condiviso un sacco di risate, ma in modo incontrollabile? *Quand'è stata l'ultima volta che ho riso fino alle lacrime?*

Non rimpiangere mai qualcosa che ti ha fatto sorridere. La maggior parte dei suoi rimpianti era incentrata su cose che non aveva fatto. *E non era forse quello ciò che Marcus stava cercando di dire? Su quale fosse il rimpianto con il quale era meglio vivere?*

Vedere Finn, Ben e ora Seb trovare la propria felicità avrebbe dovuto renderlo felice, ma invece ciò che lo divorava era l'invidia, e lo odiava. Lo faceva sentire meschino e impuro.

Va bene, hanno trovato qualcuno, e allora? Non significa che le loro vite siano migliori della mia. O che si stiano divertendo più di me.

In fondo, era *esattamente* così che si sentiva, e si detestava anche solo per aver pensato in quel modo.

Si sedette al tavolo della cucina, la lattina aperta davanti a sé, fissando l'oscurità vellutata al di là della finestra. Quando i bassi rumori raggiunsero per la prima volta le sue orecchie, Dylan non era certo di cosa stesse sentendo, finché non si rese conto che la finestra della cucina era aperta e Ben e Wade stavano dormendo in una tenda nel cortile sul retro.

Solo che non stavano dormendo.

Si disse che era sbagliato, che non avrebbe dovuto ascoltare Wade fare l'amore con il suo amico, ma non riuscì a trattenersi. Era ovvio chi stesse facendo cosa, ma non erano le istruzioni sussurrate a inviare una marea di calore a strisciargli sul petto nudo, raggiungendo il suo collo e la sua faccia.

Erano i suoni morbidi di due uomini che si divertivano, persi nel loro piccolo mondo, ed era più caldo e intimo di qualsiasi cosa Dylan avesse sentito.

Smettila.

Si alzò dalla sedia, si avvicinò furtivamente alla finestra e la chiuse, escludendo i suoni erotici. Diede un'occhiata al suo telefono sul tavolo.

Non dovrei.

Perché no? Stanno dormendo tutti. Non lo sapranno.

Dylan scorse il browser per trovare il suo sito preferito, sapendo esattamente cosa stava cercando. Solo che era più un *chi* che un *cosa*. Digitò il nome nel campo di ricerca, il cuore che batteva veloce come le ali di un colibrì. Quando vide un nuovo caricamento, il suo cuore batté così forte che fu sicuro che tutti in casa avrebbero potuto sentirlo.

C'era un nuovo video di Mark Roman e lui aveva lasciato gli auricolari in soggiorno. *Fanculo.* Mise il telefono in modalità silenziosa e fece *clic* sul video.

In modo del tutto automatico infilò una mano nei pantaloncini e se la avvolse attorno all'uccello duro, lo sguardo fisso sullo schermo. Appoggiò il telefono su un lato contro la saliera e la pepiera e si spinse i pantaloncini oltre i fianchi.

Mark era su un letto matrimoniale, sdraiato sulla schiena e si accarezzava l'uccello. Il sorriso sexy che aveva in faccia gli fece tremare qualcosa nella pancia. *Quello è un uomo eccitante.*

Dylan avrebbe potuto descrivere Mark con gli occhi chiusi. Aveva fissato così tante volte i suoi capelli arruffati, più lunghi in cima con un accenno di riflessi, ma corti di lato, perlopiù argentati. Quei freddi occhi azzurri sembravano scrutare dritti nella sua anima. Anche il pizzetto era spolverato d'argento, e c'era un accenno di barba ispida lungo la mascella soda. Gli addominali di Mark dicevano quanto si prendesse cura del suo aspetto, così come la curva delle braccia e il gonfiore dei pettorali.

Non dimenticare quel tatuaggio. Gli bastava vedere le parole *Fuck Me* sulla natica soda di Mark per fargli palpitare il cuore.

L'angolazione della telecamera cambiò e le guance di Dylan bruciarono mentre guardava il partner di Mark sullo schermo fargli un pompino. La telecamera diede una visuale perfetta scivolando con l'inquadratura dal busto di Mark al suo cazzo, che luccicava mentre l'altro ragazzo lo prendeva a fondo.

Gli faceva male l'uccello, mentre Mark muoveva in avanti i fianchi, spingendosi nella bocca del ragazzo. *Sarebbe tutto molto diverso dalla bocca di una ragazza?*

Non era la prima volta che gli veniva in mente quel pensiero e dubitava che sarebbe stata l'ultima. Il tizio sullo schermo si stava chiaramente gustando il compito, e anche senza alcun suono era sexy da morire. Ciò che lo rendeva più eccitante era il loro riflesso nello specchio dietro di loro.

Poi Dylan udì sbattere piano una porta, si tirò su i pantaloncini e chiuse il video, con il cuore in gola. Respirò profondamente, costringendosi a calmarsi.

Shaun fece capolino in cucina, poi entrò nella stanza. «Non riesci a dormire?» sussurrò. Richiuse la porta dietro di sé.

«Pensavo fossi addormentato.»

«Brutto sogno.» Shaun rabbrividì.

Dylan indicò la lattina di fronte a sé. «Ci sono tè freddo, bibite e acqua, se sei interessato.»

Shaun andò al frigorifero e prese una bottiglia d'acqua, poi si unì a lui al tavolo.

Dylan lo studiò. «Sei stato molto silenzioso, stasera.» Non ci voleva un genio per capire il perché.

Shaun si concentrò sulla bottiglia. «Già. Le cose… le cose non vanno bene in questo momento. Cristo, ero così combattuto per questo fine settimana. Non sono stato lontano da mio padre dalla festa di compleanno di Nonna a giugno, e non hai idea di quanto ne avessi bisogno. Ma allo stesso tempo…» Deglutì. «Non che si renda conto che me ne sono andato.»

«Va così male?» Dylan sapeva molto poco della demenza.

«Penso che abbia raggiunto la fase sei. Non ero sicuro di quanto tempo sarebbe passato prima che ci arrivassimo, ma ci è piombata addosso come un camion.»

«Cos'è la fase sei?»

Shaun sospirò. «Non vuoi saperlo.»

«Forse no, ma mi sembra che tu abbia *bisogno* di parlarne. E mi sono confidato con te a lungo quando eravamo alle superiori, quindi penso che sia il mio turno ora.» Shaun e gli altri erano stati la sua àncora di salvezza, il suo rifugio dalla prigione passiva-aggressiva in cui aveva vissuto.

Non che allora sapessi cosa significasse passivo-aggressivo. La realizzazione era arrivata dopo.

Shaun bevve un lungo sorso prima di parlare. «So più sulla demenza di quanto avrei mai voluto. Ci sono sette fasi e sei di esse hanno tutte le parole declino cognitivo nel nome. Il fatto è che non c'è alcuna logica per ciò che riguarda la velocità con cui una persona passa da una fase all'altra. Bisogna tenere conto di tanti fattori.» Un altro sorso. «È rimasto al quinto stadio per molto tempo. È stato allora che ha avuto bisogno di aiuto per vestirsi e fare il bagno. È stato anche il momento in cui ho assunto la prima persona come aiuto a domicilio.»

«Non ci hai parlato del nuovo infermiere domiciliare. Perché è un ragazzo, giusto?»

Shaun annuì. «Nathan. È un grande. Non potrei farcela senza di lui.»

«Quindi cosa c'è di diverso nella fase sei?»

Il viso di Shaun si incupì. «Prima era sempre confuso o smemorato. Ma ora… papà non dorme bene. Entra in questi… cicli di comportamento ossessivo, come quando vuole raccontarmi qualcosa che è successo quarant'anni fa, quando era un adolescente, ma racconta la stessa storia più e più volte.» Deglutì. «Ha queste esplosioni di paranoia e non ascolta quando gli dico che va tutto bene. Sembra che si preoccupi sempre di qualcosa. E…» C'era dolore negli occhi di Shaun, e a lui fece male vederlo. «La scorsa settimana, lui… mi ha guardato e mi ha detto *chi sei?*» Abbassò lo sguardo. «Questo è ciò che chiamano *grave declino cognitivo* e improvvisamente siamo solo a un passo da *molto grave*. E quando succederà…»

Dylan non riuscì a parlare. Non c'era niente che potesse dire per alleviare la sofferenza di Shaun, e non voleva offrire parole banali. I suoi occhi bruciavano.

Sono seduto qui, preoccupato di stare perdendomi qualcosa, e nel frattempo Shaun sta attraversando l'inferno. Quello rimetteva nella giusta prospettiva i suoi sentimenti.

«Che ne dici di provare a dormire un po'?» suggerì. «Perché lo sai che Aaron si sveglierà all'alba, a preparare la colazione e a ordinare che ci alziamo tutti dal letto. E poi non passerà molto prima che Seb si metta a preparare una bella grigliata per pranzo.»

Il sorriso triste di Shaun gli fece contrarre lo stomaco. «Non ero sicuro di restare a pranzo, a dire il vero. Vedremo. Ma hai ragione. Dovremmo cercare di dormire qualche ora.»

Dylan prese il telefono e lo seguì fuori dalla cucina, mentre entrambi si intrufolavano nel soggiorno. Si mise sotto le lenzuola e Shaun salì dall'altra parte. D'impulso, allungò una mano e trovò il braccio di Shaun. Lo strinse.

«So che non c'è niente che io possa dire che migliorerà la tua situazione,» sussurrò, «ma... se mai avessi bisogno di me, che si tratti solo di una chiacchierata al telefono o anche di una stanza d'albergo per la notte, quando hai bisogno di una pausa, sono qui per te. Va bene?»

La mano di Shaun coprì la sua. «Grazie, amico. Lo apprezzo davvero.»

Dylan si sdraiò sulla schiena, ascoltando il cambiamento nel respiro di Shaun che finalmente si addormentò. *Povero ragazzo.* A Shaun era capitata una mano sfortunata. Una volta venuti a conoscenza della malattia del padre, si erano resi conto tutti che sarebbe stata una discesa a ruota libera che non avrebbe portato a un lieto fine. E tutto ciò che potevano fare era essere lì per lui.

La sua mente tornò al video che stava guardando. Qualcosa al riguardo lo infastidiva ma non riusciva a capire cosa fosse. Esasperato, si chinò sul pavimento dove aveva lasciato il telefono, poi si tirò le lenzuola sopra la testa; non voleva che la sua luce svegliasse gli altri.

Tornò al video, partendo dall'inizio. Fu solo quando Mark si alzò per scopare il suo partner che capì esattamente cosa gli avesse incasinato la testa, e rimase a bocca aperta davanti allo schermo.

Hanno girato questa scena nel mio hotel. Conosco quella stanza.

di K.C. Wells

Capitolo due

30 agosto

Dylan aggiunse una cucchiaiata di insalata di patate nel piatto, poi si servì di sottaceti e salsa.

«Sei sicuro di averne abbastanza?» lo prese in giro Ben. Alzò la ciotola dell'insalata di patate. «Perché non prenderla tutta e farla finita?»

«Lascialo stare.» Seb si fermò nel suo compito di girare gli hamburger e i filetti di pollo. «È la ricetta di Nonna, vero?» Quando Levi annuì, Seb sorrise. «Ecco. Prendila finché ce n'è ancora un po'.» Diede un'occhiata al piatto di Marcus e sorrise. «Uomo intelligente. Lo hai già fatto.»

Dylan si diresse verso la sedia vuota più vicina. Il brunch comprendeva carne alla griglia, insalate, persino maccheroni al formaggio. Dei secchi di ghiaccio erano posti in giro nel piccolo cortile, pieni di bibite gassate, acqua, tè freddo e, naturalmente, birra, anche se per lui era un po' presto per l'alcol. Ogni sedia disponibile era stata portata fuori.

Siamo passati da otto a undici. Dylan non poteva fare a meno di chiedersi se altri di loro avrebbero trovato un compagno. *Questo sembra essere l'anno giusto.* Seb era stata la sorpresa più grande di tutte. Dylan non pensava che avrebbe mai superato lo shock di vedere Seb sistemato. Marcus sembrava essere un bell'abbinamento.

«Ehi, Aaron. Hai qualcosa in programma dopo il brunch?» chiese Finn, gli occhi che brillavano. «A meno che non sia scalare il Monte Champlain, ci sto.»

«Pensavo che questa volta potessimo prendercela comoda.» Aaron guardò il cielo. «È una giornata così bella, pensavo che potessimo andare tutti in spiaggia. Sand Beach è proprio dietro l'angolo ed è un posto fantastico.»

Wade annuì. «Io e Ben ci siamo stati quest'estate con mio nipote. Siamo stati benissimo.»

«Così ho pensato che potremmo prendere una palla, il mio frisbee, qualunque cosa, e restare lì per un po' prima che tutti tornino a casa.»

«Andrebbe bene se alcuni di noi si sedessero semplicemente su un asciugamano e *guardassero* tutte quelle attività?» chiese Marcus. «Non che io sia contrario a un po' di esercizio, ma...»

«Fammi indovinare,» intervenne Ben. «Seb ti ha tenuto... occupato tutta la notte e non hai più energie.» Emise un sospiro esagerato. «Alcune persone non hanno resistenza.» Wade gli conficcò il gomito nelle costole e Ben lo fissò. «Cosa c'è? Sono pronto per un po' di azione in spiaggia e probabilmente ho dormito meno della maggior parte di questi ragazzi.» Sorrise. «Come ben sai.»

Wade tossì e la sua faccia divenne rossa.

«Posso prendere in prestito una delle tue tavole da surf?» chiese Seb ad Aaron.

«Certo. Ne avrei preso una comunque. Ho anche una muta di scorta, se sei interessato. Possiamo cavalcare un po' di onde.»

Seb si chinò e baciò Marcus sulle labbra. «Tu potrai guardarmi mettermi in ridicolo là fuori.»

Marcus accarezzò la guancia di Seb. «Non penserò mai che tu sia ridicolo. Nel mio dizionario sotto la voce "perfetto" c'è scritto "Vedi Seb Williams".»

Noah emise un sospiro. «È dannatamente adorabile.»

Dylan non poté fare a meno di notare come la faccia di Levi si irrigidisse un po'. *Qual è il suo problema?*

Marcus si avvicinò e si sedette accanto a lui. «Ehi.» Prese una forchettata di insalata di patate e spalancò gli occhi. «Dio mio.»

Dylan ridacchiò. «Lo so. La Nonna è un vero genio quando si tratta di cucinare. Ma… è una bella tuttofare.»

«Devo conoscerla un giorno. Seb l'ha menzionata un paio di volte.»

Dylan sorrise. «Sono sicuro che la conoscerai. Magari ad Halloween? Organizza una festa stregata ogni anno.»

«Ragazzi?» Shaun si alzò dalla sedia. «È stato fantastico, ma devo andare.»

Aaron lo abbracciò. «Grazie per essere venuto. E di' a tuo padre che gli voglio bene.»

«Lo farò. Aspetterò un momento in cui sarà lucido. Succede ancora, ma non molto spesso in questi giorni.»

«Abbi cura di te, Shaun,» gridò Dylan. «E ricorda quello che ho detto.»

Shaun sorrise. «Lo farò. E grazie. Potrei accettare quell'offerta, uno di questi giorni.» Salutò tutti e Aaron lo accompagnò in casa.

«Sembra che Shaun abbia molte cose da fare,» mormorò Marcus.

«Suo padre ha la demenza e di recente è peggiorato. Shaun è tutto ciò che ha.» Dylan lanciò un'occhiata intorno. Tutti gli altri erano impegnati a chiacchierare. Si chinò più vicino. «Riguardo alla nostra conversazione di ieri sera... voglio ringraziarti.»

«Per cosa? Per aver parlato con te?»

«Quello che avevi da dire era importante. E mi hai dato qualcosa a cui pensare. In effetti, ci ho pensato per gran parte della notte.»

Gli occhi di Marcus erano gentili. «Non credo che quello che dovevo dire fosse tutto ciò che stimolava la riflessione.»

«Mi hai appena fatto ragionare sulla mia vita, tutto qui. Ma sono state tre parole incisive. Esplora, sogna, scopri.»

Marcus inclinò la testa. «Ti ho fatto partire per un viaggio di esplorazione?»

Dylan sentì il viso scaldarsi. «Forse sì, forse no.» La conversazione con Marcus era stata la più profonda che avesse mai condiviso. Nessuno dei ragazzi sapeva cosa fosse successo nella sua testa. «Ma forse l'esplorazione è ciò a cui devo pensare,» confessò.

«Dove vivi?»

«A Wells. Condivido una casa con altri tre ragazzi che lavorano nell'hotel.»

Marcus sorrise. «Non sono così lontano da lì. Hai presente quel posticino dove Seb è stato bandito per l'estate? Bene, è lì che vivo adesso, finché non trovo un posto tutto mio. Ma Cape Porpoise è solo a circa mezz'ora da Wells. Quindi, se hai bisogno di parlare, vieni a trovarmi.» Marcus tirò fuori il portafoglio dalla tasca dei jeans, lo aprì ed estrasse un biglietto da visita. «Ignora il numero dell'ufficio. Quello sotto è il mio cellulare. Puoi chiamarmi, oppure puoi venire e possiamo sederci davanti a un caffè, una birra o qualcosa del genere. Ora lavoro da casa, quindi sono lì la maggior parte del tempo.» I suoi occhi brillavano. «E se è durante il semestre, Seb non sarà in giro nel caso sia qualcosa che preferiresti che non sentisse.»

Dylan non poté fare a meno di sorridere. «Sai, per qualcuno che si è appena inserito in questo gruppo, hai un'ottima padronanza della situazione.»

Marcus scrollò le spalle. «Ho visto com'eri ieri sera quando abbiamo parlato. So che sono tuoi amici, ma ciò non significa che non possano farti irritare. E potrebbe essere più facile parlare con qualcuno che è relativamente estraneo, invece che con persone che hai conosciuto per gran parte della tua vita.»

«Su questo potresti avere ragione.» In effetti, Marcus aveva indovinato. C'erano così tante cose che Dylan teneva per sé, anche se aveva frequentato quei ragazzi fin dalle scuole medie. Aveva passato la maggior parte della sua vita a essere una persona molto riservata. Sfogarsi con Marcus era stata una cosa imprevista e non da lui.

Marcus gli rivolse un caldo sorriso. «Beh, ora hai il mio numero. Usalo se ne senti il bisogno. Sono un buon ascoltatore.»

«Sei abbastanza bravo anche quando si tratta di dare consigli.» E a Dylan poteva sempre servire un altro amico.

La sabbia era calda sotto i suoi piedi nudi e il sole bollente sulla sua testa. Finn e Joel camminavano lungo la costa, tenendosi per mano, e la vista gli fece stringere la gola. Wade e Ben erano sdraiati insieme su un telo da mare, parlando a bassa voce. Levi e Noah lanciavano un frisbee avanti e indietro, e ogni tanto finiva in acqua. Aaron era fuori sulla sua tavola da surf con Seb, i due stavano aspettando la prossima onda. Marcus si sedette sull'asciugamano, appoggiandosi con le mani all'indietro, lo sguardo concentrato su Seb.

L'estate è finita. Non che Dylan avesse fatto molto con la sua estate, a parte il lavoro. Non riusciva a ricordare l'ultima volta che si era preso una vacanza. Poteva essere stato quando viveva ancora a casa.

Sono entrato in una routine, vero?

Marcus aveva ragione. Era necessaria una piccola esplorazione.

Poi si ricordò di cosa lo aveva assillato quella notte.

Quel video aveva scoperchiato il vaso di Pandora e lui non voleva affrontarlo.

«Stai bene?» Seb era in piedi di fronte a lui, l'acqua che gli gocciolava sulla muta, i capelli tirati indietro. Aaron si fermò un po' più lontano, asciugandosi i capelli.

«Eh?»

Seb si inginocchiò sulla sabbia, prendendo l'asciugamano che Marcus gli aveva lanciato. «Grazie, tesoro.» Riportò la propria attenzione su di lui. «Sembri un po' distratto.»

«Ho qualcosa in mente. Una specie di problema che devo risolvere.»

«Possiamo aiutarti?» Ben si sedette.

«Non ne sono sicuro.» Condividere la sua spinosa questione poteva rivelare più di quanto fosse disposto a portare alla luce del giorno.

Seb si sedette a gambe incrociate sull'asciugamano accanto a Marcus, sfilandosi la muta fino alla vita. «Bene, dicci qual è il problema e uniremo le nostre menti.»

«Quello che ha detto Seb,» aggiunse Aaron, sedendosi sul suo asciugamano umido.

Diglielo. Non aveva bisogno di entrare nei dettagli, dopotutto.

«Okay, prima di andare oltre, presumo che ognuno di noi qui a un certo punto abbia guardato del porno, giusto?»

Seb rimase a bocca aperta. «Dio mio. Farai del porno.»

Dylan alzò gli occhi al cielo. «Per l'amor di Dio, puoi essere serio per un minuto?»

Seb si raddrizzò. «Beh. Questo sono io da ragionevole, quindi sfruttalo al meglio. Per rispondere alla tua domanda, sì, ma non credo sia una gran sorpresa detto da me, giusto?»

«Ehi, io lo guardo, il porno,» ammise Aaron. «Non lo negherò. Non c'è niente di sbagliato. Allora, qual è il problema?»

Dylan fece un respiro profondo. «Bene. C'è questa pornostar donna che seguo. Guardo tutti i suoi film.» Il suo petto si contrasse un po' per la bugia. «Beh… Mentre stavo guardando il suo ultimo video, ho notato qualcosa. La stanza in cui stava filmando sembrava un po' familiare. E poi ho capito perché. Stavano girando nel mio hotel.»

Ben sorrise. «Ehi, questa potrebbe essere la tua grande occasione, Dylan. Adesso riesco a intuire la sceneggiatura: il cameriere bussa alla porta e finisce per scopare l'ospite sexy.» Gli lanciò uno sguardo malizioso. «Potresti avere un futuro del tutto nuovo. Probabilmente si guadagna anche meglio che a lavorare in hotel.»

Wade si schiarì la voce. «Non credo tu lo stia aiutando.» Si rivolse a Dylan. «Allora, qual è il problema?»

«Il fatto è che il mio manager… è… ha questa regola. È manager lì da Dio solo sa quanto e la reputazione dell'hotel significa molto per lui. Quindi tutti coloro che vengono assunti devono giurare che se dovessero vedere qualcosa che potrebbe danneggiare quella reputazione, devono denunciarlo.» Dylan sospirò. «Questo è il mio problema. Non sta facendo alcun male. Si sta solo guadagnando da vivere. Ma se glielo dico e lui la becca la prossima volta…»

Seb si acciglò. «Questo manager… è lo stesso stronzo che si è opposto al fatto che un ospite appendesse una bandiera dell'orgoglio gay dal balcone l'anno scorso?»

«Sì, è lui. La sua scusa era che era un pericolo per la sicurezza.» Dylan alzò gli occhi al cielo.

«Allora io dico di non riferirgli niente. Si opporrebbe a qualsiasi sesso venisse filmato nel suo hotel.» Seb scosse la testa. «Quel tizio cammina come se avesse un'asta della bandiera su per il culo. Sapete, posso dirlo perché ho soggiornato in albergo.» Sbircò Dylan. «Ho ragione, vero?»

Dylan cercò di mantenere una faccia seria. «Sì.»

«Immagino che questa pornostar sia carina,» disse Ben. «Ti eccita o qualcosa del genere?»

Cazzo, era vicino al bersaglio.

«Semplicemente non voglio essere io a farle perdere del lavoro. E se il manager scopre cosa sta succedendo? Potrei finire nei guai.»

Ben si acciglò. «Come? Non può provare che tu ne sapessi niente.» Gli lanciò uno sguardo comprensivo. «Penso che tu ci stia pensando troppo su. Ma sono d'accordo con Seb. Non dire niente a quello stronzo.» Sollevò la bottiglia d'acqua. «Brindo a tutte le lavoratrici del sesso e alle pornostar… che possano farci venire ancora a lungo.»

Wade scoppiò a ridere. «Davvero non hai filtri, eh?»

«Inoltre, chi può dire che tornerà in hotel per girare di nuovo lì?» osservò Aaron. «Potrebbe essere stato un caso unico.»

Dylan lo sperava.

Aaron emise un profondo sospiro. «Odio essere io a porre fine a tutto questo, ma avete tutti una lunga strada davanti a voi. A parte Ben e Wade, ecco.» La sua espressione si fece cupa. «Domani si lavora. Altri stronzi da affrontare. La stagione non finirà abbastanza in fretta, per me.» Sbirciò Dylan. «Le cose si faranno più tranquille anche per te, senza dubbio.»

Dylan annuì. «Dopo il Labor Day, certo. Poi ci prepareremo per Halloween.»

Seb accarezzò il ginocchio di Marcus. «Dovresti vedere l'hotel in quel periodo. Ragnatele, ragni, streghe, scheletri… Ha un aspetto incredibile.»

Dylan ridacchiò. «Speriamo che tu lo stia ancora dicendo quando arriverà Halloween, perché probabilmente sarò io a fare le decorazioni, quest'anno. Devo guadagnarmi la paga di quel supervisore, giusto?»

«Sono sicuro che farai un ottimo lavoro,» commentò Marcus con calore. Poi guardò Seb. «Non potrei mai dire di no a una notte in un hotel.»

«L'ho capito ieri sera,» rispose Seb con un sorrisetto.

Dylan non stava ascoltando davvero, era troppo impegnato a pensare a Mark Roman. Per quanto gli sarebbe piaciuto vederlo in carne e ossa, per così dire, non voleva che Mark si avvicinasse a quell'hotel.

Trova un altro posto dove girare porno, okay?

di K.C. Wells

Capitolo tre

29 agosto

Mark Roman diede un'ultima occhiata in giro. Casey sarebbe dovuto arrivare da un momento all'altro.

Chiunque penserebbe che sia nervoso. Il che era comprensibile, visto che l'unica persona che gli aveva fatto visita era stato il postino. Gli ci era voluto quasi un anno per abituarsi a quell'angolo tranquillo di Wells, ma ora era diventato il suo rifugio, l'unico posto dove poteva essere se stesso. Non gli mancava il rumore e il trambusto della vita di una grande città, quello lo poteva ancora sperimentare quando viaggiava per le riprese. E quando aveva finito, tornava a Wells e alla solitudine.

Naturalmente c'era un'altra ragione per il suo stato di nervosismo. Non vedeva Casey da molto tempo, e non sapeva perché avesse accettato che rimanesse per il fine settimana. Era intrigato, forse? Solo che era più di quello.

Mark voleva rivederlo.

Il suono del motore di un'auto lo spronò all'attività e si affrettò ad aprire la porta d'ingresso, rimanendo sotto il portico mentre Casey parcheggiava davanti alle doppie porte del garage. Fece un cenno quando lo vide scendere dall'auto, poi si avvicinò al bagagliaio per prendere la borsa.

«Lo hai trovato, allora.»

Casey rise. «Non stavi scherzando quando hai detto che era fuori dai sentieri battuti.»

«Ehi, non è così male.» Mark aspettò, il battito cardiaco accelerato mentre Casey si dirigeva verso i gradini di legno che portavano alla porta d'ingresso. Tese la mano, ma quest'ultimo la ignorò e lo attirò in un abbraccio.

«Accidenti, è bello vederti,» mormorò Casey.

La gola di Mark si bloccò. Non si aspettava che il suo arrivo portasse un tale impatto emotivo. Deglutì a fatica. «Anche per me.» La sua voce si incrinò un po'. Quando lui lasciò la presa, Mark aprì la porta e lo condusse dentro.

Casey guardò con evidente interesse l'interno. «Quindi sei tu o il precedente proprietario ad avere un debole per il pino?»

Mark rise. «Quando stavo cercando casa, ho perso il conto di quante proprietà avevano pareti rivestite di pino. Deve essere una cosa del Maine. O almeno una cosa da casa in affitto. Penso che questa fosse una residenza estiva, in una vita precedente.» Afferrò la borsa di Casey e la posò sul pavimento accanto al divano. «Vuoi il tour completo o la versione ridotta?»

«Mi accontenterò del tour breve. Ho bisogno di un caffè. Ho guidato per quattro ore e non volevo fermarmi lungo la strada.»

«In tal caso, il tour può aspettare. Preparo un caffè.» Entrò nella grande cucina, seguito da Casey.

L'amico sorrise quando vide le pentole appese a una rastrelliera. «Dio mio. Hai imparato a cucinare? Il signor perché-preoccuparsi-di-cucinare-quando-puoi-mangiare-fuori-ogni-notte?» Quando lui gli mostrò il dito medio, Casey scoppiò a ridere. «Sì. Questo è il Mark che conosco.»

«Sì, ho imparato a cucinare. Mi faccio anche il pane.»

«Usi anche il forno?» Casey sbatté le palpebre. «Va bene, me lo rimangio. Non sei per niente come il Mark che conoscevo.»

In più modi di quanti tu possa sapere.

«Da quanto tempo hai questo posto?»

«Da tre anni.» Si rimangiò le parole che aveva proprio lì sulla sua lingua. *E questa è la prima volta che vieni a trovarmi.* «Non è enorme, ma per me è grande a sufficienza.» Poi si rese conto che Casey stava esaminando la stanza. «Che cosa stai cercando?»

Sorrise. «Macchine fotografiche.»

Fu il suo turno di ridere. «Non ne troverai. Non faccio riprese qui.» Andò alla caffettiera e riempì il serbatoio d'acqua, poi versò del caffè nel filtro.

«Perché no? Potresti detrarla come spesa aziendale.»

Mark si appoggiò al piano di lavoro e incrociò le braccia. «Beh, per prima cosa, vado dove sono i miei partner. Devo alzare la posta, giusto? Ecco perché ci siamo incontrati ad Atlanta l'anno scorso, dopotutto. E se sto girando nel Maine, vado in un hotel.» Indicò la cucina. «Questa è casa.»

«Casa è casa, lavoro è lavoro e mai i due mondi dovrebbero incontrarsi, giusto?» Casey tirò fuori una sedia e si sedette al tavolo ovale. Poi spalancò gli occhi. «Ehi, aspetta un minuto. Tu giri anche qui. Ho visto i tuoi video da solista.»

Mark lo raggiunse e si sedette. «Però non è lavoro, sono io che faccio quello che facciamo tutti, solo che lo faccio davanti alla telecamera. E tutto ciò che ottiene chi guarda è un primo piano del mio cazzo, del mio buco o di entrambi.» Nella sua mente, non era la stessa cosa che far girare di nuovo dei video ai ragazzi. Guardò Casey dall'alto in basso. «Sei ingrassato un po', dall'anno scorso. Stai bene.» Sembrava anche felice e lui ne fu lieto.

«Deve essere l'amore,» disse Casey con un sorriso. Inclinò la testa da un lato. «Non ti penti di aver lasciato la produzione?»

«No. Preferisco essere il capo di me stesso.» Solo che quello gli aveva procurato un mucchio di mal di testa. Poi le parole di Casey colpirono nel segno. «Aspetta un secondo. Come fai a sapere che non lavoro più per uno studio?» Sorrise. «Prima il commento sui miei assoli, poi il lavoro per me stesso... Mi sta perseguitando di nuovo, signor Ryan?»

«Che cosa? Io non...» L'amico arrossì. «Oh andiamo, è stato sette anni fa. E non ti stavo perseguitando. Stavo solo... seguendo te.»

Mark annuì. «Su Facebook, Twitter, Instagram, Tumblr, il mio sito Web, il mio blog... Mi sono perso qualcosa?»

«Beh, se non lo avessi fatto, non ci saremmo mai incontrati.»

Mark non poté ribattere. Erano stati i due anni più

felici della sua vita.

Casey guardò la pila di buste sul tavolo e si accigliò. «Qualcosa non va?»

«Solo sorpreso di vedere la posta indirizzata a Mark Roman, tutto qui.»

Ridacchiò. «Sì, vai a capire. A chi altro sarebbe indirizzata?» Poi si chinò e premette un dito sulle labbra di Casey. «Non dire quel nome. Non abita qui.» Lo ritirò lentamente.

«Lui? Era il tuo nome.»

«Ma quella era tutta un'altra vita fa. L'ho lasciato indietro quando ho lasciato il Wyoming. Diavolo, hanno detto che essere gay era una scelta, vero? Così… ho scelto di essere Mark Roman.»

La fronte di Casey era ancora corrugata. «Immagino che la situazione non sia cambiata.»

«No. Non vogliono ancora avere niente a che fare con me, e io penso ancora che possono andare a fanculo.» Accantonò tutti i pensieri sulla sua famiglia, gli avrebbero solo rovinato la giornata. «Hai un bell'aspetto.»

Casey sbuffò. «Tu hai un aspetto migliore. Ho visto uno dei tuoi primi film l'altro giorno. Ti ho a malapena riconosciuto.»

«Vedi? Mi stai ancora perseguitando,» rise Mark. «Lasciami indovinare. Ero un ragazzo magro che continuava a guardare la telecamera.»

«E guardati ora.» Gli occhi di Casey brillarono.

«Non sono sicuro che un uomo fidanzato dovrebbe guardarmi in quel modo.»

«Posso guardarti come voglio. Lee è troppo lontano

per vedermi guardare.» Indicò il suo petto e le sue braccia. «Non riesco a immaginare quante ore trascorri in palestra.»

Mark guardò la caffettiera, poi si alzò. «Vieni con me.» Condusse Casey attraverso la casa fino alla porta comunicante con il garage.

Il respiro di Casey si fermò, mentre varcava la soglia. «Oh.»

Aveva riempito metà dello spazio con pesi, un tapis roulant, un'ellittica, un vogatore e qualsiasi altra attrezzatura avesse attirato il suo interesse.

Casey lo seguì giù per i tre gradini del garage. «Non so se ne hai mai sentito parlare, ma ora hanno questa cosa. Si chiama abbonamento alla palestra?»

Mark alzò gli occhi al cielo. «Ecco il Casey che conoscevo.» Allargò un braccio per indicare l'attrezzatura. «Qui posso allenarmi senza paura che qualcuno venga da me quando sudo come un maiale e mi dica: "Ti conosco? Non sei Mark Roman? Posso fare un selfie con te?".»

Casey fece scorrere la mano sull'ellittica. «Ti capitava cinque anni fa, quando stavamo insieme. Non sembrava darti fastidio.»

Mark emise un sospiro. «Quello era allora. Adesso mi stanca.» Quando Casey lo fissò, lui scosse la testa. «Non ho intenzione di rivangare. Abbiamo altre cose di cui parlare.» Era necessario un cambio di argomento. «È bello vederti. Ancora meglio vederti così felice.»

«Si capisce?» Casey guardò l'anello d'oro bianco alla sua mano sinistra.

«Ho visto il tuo post. Hai già fissato una data?» Casey lo guardò con occhi sbarrati e Mark ridacchiò.

«Sì, ti seguo su Facebook. Non è così sorprendente, vero? Hai accettato la mia richiesta di amicizia, dopotutto.»

«Certo, ma sono passati sette anni. Non pensavo che fossi ancora interessato alla mia vita, non quando la tua è molto più eccitante.»

«Non sono sicuro che eccitante sia la parola che userei.»

Casey arrossì. «Ci sposiamo a fine ottobre. Sarà un matrimonio a tema Halloween.»

«Di chi è stata l'idea?»

«Di Lee.»

«E riceverò un invito?» Quando all'improvviso cadde il silenzio, sbatté le palpebre. «Non lo riceverò.»

Il rossore di Casey si intensificò. «Ti farei venire in un batter d'occhio, ma Lee… è… è intimidito da te.»

«Da me? Cosa ho fatto per essere così intimidatorio?»

«Penso che in parte sia perché non riesce a far fronte all'idea che fossimo un tutt'uno, ma anche…»

«Lasciami indovinare. Il porno.» Il cuore di Mark sprofondò. «Penso che sia triste.»

«Possiamo non parlarne, per favore?»

«Ovviamente.» L'ultima cosa che voleva era che Casey si sentisse a disagio.

«Sai che giorno è oggi?»

Mark sorrise. «Sabato. La senilità non è ancora arrivata, sai? Ho solo trentacinque anni.»

Casey rise. «È il giorno in cui ci siamo incontrati, idiota. Sette anni fa.» Gli lanciò un sorriso. «Quando eri la pornostar più sexy in circolazione.»

«Non sono mai stato così,» protestò Mark.

«Non svalutarti. Sono orgoglioso di ciò che hai ottenuto.»

«Ma non abbastanza orgoglioso da restare.» Non appena ebbe pronunciato quelle parole, se ne pentì. «Mi dispiace. È stato un colpo basso.»

«Ma ben mirato.» L'alzata di spalle di Casey non alleviò il suo senso di colpa.

Cambia argomento.

«E ovviamente mi ricordo. Quello spettacolo a Hustlaball.» Sorrise. «Stavo scopando un ragazzo su un letto, sei passato e hai detto "bel tatuaggio".»

Casey rimase a bocca aperta. «Mi avevi sentito? Non l'ho mai saputo.»

«Quando sei passato da me dopo, sembravi nervoso. Non volevo metterti in imbarazzo. Poi mi hai chiesto se volevo un drink. Il resto, come si suol dire, è storia.»

«Abbiamo passato due anni belli, vero?» La voce di Casey si fece morbida.

«Perché hai fatto sesso con me?» Mark riusciva ancora a ricordare l'espressione di stupore sul suo viso quando lui aveva accettato un appuntamento.

Casey scrollò di nuovo le spalle. «Pensavo di poter affrontare il porno. Che scopassi altri ragazzi. Come ora sappiamo però, quando si è arrivati al punto, non ci sono riuscito.»

«Ricordi cosa mi hai detto il giorno in cui ci siamo lasciati?»

Casey annuì. «Ho detto di cercarmi, se avessi mai

lasciato il settore. Capisco perché non potevi allontanarti da tutto questo.»

«Quello era allora. Il settore adesso è molto diverso.»

«I ragazzi guardano ancora il porno, però.»

«Certo, ma entrano in gioco altri fattori. Ora abbiamo un pubblico che dice: "Perché pagarlo, quando posso averlo gratuitamente?" Gli studi stanno chiudendo. Gli atteggiamenti puritani stanno aumentando. Chi lavora nel settore del sesso ha difficoltà a guadagnarsi da vivere.»

«È così che ti vedi, come una prostituta?»

Mark lo guardò sorpreso. «Questo è quello che sono, ed è un lavoro, non pensare mai il contrario. Non hai idea di cosa devo fare ogni giorno.» Agitò una mano. «Ma non entrerò adesso in questo discorso.»

Casey lo guardò con occhio critico. «Sembri stanco.»

Allora si vede.

Lui annuì. «Lo sono. Cinque anni fa non potevo andarmene. Adesso?» Si stava stancando a dismisura di tutto.

Casey tacque, e a lui si rizzarono i peli sulla nuca. Poi Casey si appoggiò allo schienale. «Cosa vuoi, Mark? Voglio dire, cosa vuoi davvero?»

«Una vita,» rispose senza esitare. Casey inarcò le sopracciglia e lui sospirò pesantemente. «Una vita diversa, allora. Sono abbastanza realista da sapere che se mi fermassi ora, i miei fan mi dimenticherebbero presto. Ci sarebbe di sicuro un nuovo ragazzo da seguire. E poi forse sarei in grado di entrare in un gay bar senza che un ragazzo a malapena maggiorenne si avvicinasse a me e mi accarezzasse il culo dicendo "Ehi, vuoi essere il mio Daddy?".»

Casey ridacchiò. «Hai trentacinque anni. Non sei un po' giovane per fare il Daddy?»

Mark rise. «Il Daddy non è una questione di età, è uno stato d'animo. E questo adesso è sexy.» Si accarezzò il grigio sul mento e sulle tempie.

«Allora vai via.»

Lui sorrise. «Avrei bisogno di una destinazione da raggiungere, tanto per cominciare.» Mark si schiarì la voce. «Sai cosa? Ignorami. Sto diventando cupo.»

«No, penso solo che tu sia onesto. Che è più di quanto non lo sia io adesso.»

«Cosa intendi?»

Quel colore sul viso era tornato. «Lee pensa che io sia a trovare una zia.»

«Ah. Non gli piacerebbe l'idea che resti qui da me.»

«No.»

I campanelli d'allarme iniziarono a suonare. «Senti, se è così insicuro…»

Casey alzò la mano. «Lo amo, va bene?»

«Una volta amavi me.»

Lui sorrise. «No… ti adoravo. Il tuo più grande fan, ricordi? È stato così che mi sono presentato, vero?»

Casey si fermò. «Mi hai amato?»

Mark rimase senza parole per un momento. «Non te l'ho detto?»

«Certo, ma… non sono mai stato certo che si trattasse solo di parole. Penso che ti sia piaciuta l'idea che qualcuno fosse innamorato di te.»

Che era probabilmente la cosa più triste che Mark

avesse mai sentito. «Ti voglio ancora bene,» mormorò. «Quando hai telefonato e mi hai chiesto se potevi venire a trovarmi, non ho esitato.»

«Lo so. E anche io tengo a te.» Il viso di Casey brillò. «Sei stato il primo uomo che abbia mai amato. Ma ora? Voglio che ti ritrovi perdutamente innamorato.» Casey incrociò il suo sguardo. «Hai detto che volevi una vita. Forse l'amore è ciò che viene dopo.» Lanciò uno sguardo di desiderio verso la cucina.

Mark ridacchiò. «Dimenticavo. Hai un disperato bisogno di caffè.» Condusse Casey fuori dal garage nella parte principale della casa. L'aroma del caffè profumava l'aria. Mark riempì due tazze e tornò al tavolo, dove Casey era di nuovo seduto. «Il tuo lo prendi ancora nero?»

Casey annuì. «È l'unico motivo per cui hai acconsentito a questo fine settimana? Perché ci tieni ancora a me?»

«E perché volevo vederti. Un momento strappato in un bar di Atlanta non ha compensato il fatto che non ti vedessi da quattro anni. Non abbiamo avuto tempo per parlare.»

Casey gli rivolse uno sguardo duro. «Ehi, non sono stati i miei fan a venire da noi e a interromperci.» Prese un sorso di caffè. «Allora… cosa facciamo questo fine settimana? Quali luoghi mi mostrerai?» Quando lui ridacchiò, Casey gli rivolse uno sguardo indagatore. «Ho detto qualcosa di divertente?»

«Vivo qui da tre anni e non ho visto quasi niente.» Il che era pietoso, a pensarci.

Casey disapprovò. «Avevi ragione. Hai bisogno di

una vita. A partire da oggi. Andremo a fare una passeggiata, oppure possiamo salire in macchina e guidare. Non importa dove, purché sia fuori di casa.»

Mark sorseggiò il suo caffè. «Stai cercando di rimettermi in sesto?»

«Farò qualsiasi cosa, se ti fa sorridere.»

La sincerità nella voce di Casey gli fece stringere il petto.

Casey gli coprì la mano con la propria. «Volevo chiedertelo l'ultima volta che ci siamo incontrati, ma non ne avevo il coraggio né il tempo. Dimmi che non sei stato solo da quando ci siamo lasciati. Dimmi che ci sono stati altri ragazzi.»

«Ce ne sono stati alcuni. Niente di serio. Sarebbero durati un paio di settimane, forse mesi, e poi avremmo incontrato lo stesso ostacolo.»

«La tua carriera?»

Lui annuì. «Ironico, eh? Volevano che rinunciassi al porno e io non volevo. Eppure adesso…» Il suo telefono squillò e lo tirò fuori dalla tasca. Quando vide il nome di Rich, sospirò. «Devo rispondere. Mi dispiace, ma questo è lavoro.»

«Vai a fare la tua telefonata. Non vado da nessuna parte.»

Mark si alzò da tavola e andò in soggiorno per rispondere alla chiamata. «Ehi.»

«Sto solo controllando. Vuoi ancora fare una scena a quattro? Perché ho trovato due ragazzi interessati.»

«Chi sono? Li conosco?»

«Forse? Austin Reno e Mickey Tate.»

Mark riconobbe i nomi all'istante. Rise. «Oh, li

conosco, va bene. Abbiamo già girato insieme.» Prese una nota mentale di mettere in valigia corde e manette: Austin e Mickey sarebbero stati d'accordo per un servizio particolare. «E sarebbero pronti a venire nel Maine?»

«Sicuro. Come l'ultima volta?»

«Sì.»

«Bene. Mandami un messaggio con la data di prenotazione di una stanza e io organizzerò il resto. Potrebbe richiedere un po' di tempo. Ho visto questi ragazzi in azione.» Rich ridacchiò. «Possiamo dire… che se lo prendono?»

Mark ridacchiò. «Lo so… ero in quell'azione. Lo farò subito. Grazie, Rich.»

«Ehi, te lo dovevo. Abbiamo fatto una scena rovente l'ultima volta.»

Mark salutò e chiuse la chiamata. Tornato in cucina, Casey gli sorrise. «Immagino che tu non sia ancora pronto per andartene.»

Non poteva farlo. In quel momento aveva poca carne al fuoco. Avrebbe avuto bisogno di altro, prima di poter pensare di lasciarsi tutto alle spalle.

Forse Casey ha ragione. Forse una volta che avrò ricominciato, troverò qualcuno. Perché non voleva aspettare di essere vecchio e completamente grigio prima di trovare un partner. *Sii sincero, Mark. Sei solo da morire.*

A volte, quella voce interiore non aveva peli sulla lingua.

di K.C. Wells

Capitolo quattro

5 settembre

Dylan sapeva per esperienza che durante il week-end del Labor Day l'hotel sarebbe stato pieno, ma dovette ammettere che quella volta batté tutti i record. Dal momento in cui si era sistemato dietro al banco della reception era stato sommerso da ospiti che facevano il check-in, inoltre aveva dovuto assicurarsi che le stanze fossero state cambiate, occuparsi di chiavi magnetiche perse... Terry, che lavorava in turno con lui, sembrava distrutto, e Dylan poteva rischiare di indovinare di cosa si trattasse. Quando ebbero una pausa, si avvicinò e gli sussurrò: «Amico, fai una pausa e, mentre ci sei, trova del dentifricio o del collutorio. E mentine. Anche il caffè forte potrebbe essere una buona idea.» Aveva notato il signor Reynolds, il manager, che gironzolava nell'atrio. Se Reynolds avesse avuto anche il minimo sospetto che il ragazzo era sbronzo, il culo di Terry sarebbe finito per terra sull'erba e Reynolds ci sarebbe passato sopra con una falciatrice.

Anche Terry aveva notato il signor Reynolds, a giudicare dalla risposta che gli diede. «Oh, grazie, Dylan. Sei un salvavita.»

«Ricorda solo che me ne devi una,» sussurrò Dylan mentre Terry sgattaiolava fuori da dietro la scrivania. «E non metterci troppo tempo, va bene?» Terry fece un cenno mentre correva sul pavimento di marmo, sgattaiolando dietro al direttore che fortunatamente stava parlando con un paio di ospiti.

Dylan scosse la testa e sistemò la scrivania. Il signor Reynolds avrebbe avuto qualcosa da dire anche su quello. Aprì il cassetto sottostante per controllare che avessero abbastanza chiavi magnetiche per il prossimo assalto.

«Buon pomeriggio.»

Dylan alzò di scatto la testa alla familiare voce calda e setosa, e dovette lottare per non far cadere la mascella. *Oh, porco cazzo.*

Mark Roman era in piedi di fronte a lui, sorridente.

Dylan diede un violento colpo di tosse, ricordandosi all'ultimo minuto di farlo nella manica. Poi si raddrizzò. «Buon pomeriggio, signore. Ha una prenotazione?»

Mark annuì. «A nome Roman.»

Le mani di Dylan tremavano mentre faceva apparire i dettagli sul monitor. «Ah sì, signor Roman. Ha prenotato una Superior King, per una notte.» Batté sulla tastiera. «E ha pagato in anticipo. È la stanza 410.» Afferrò una custodia di carta e vi scrisse il numero della camera e la data del check-out. Poi fece scivolare una carta magnetica nella macchinetta, cercando di mantenere la mente sul suo compito e non sul bel viso di Mark.

«Sto aspettando ospiti per una riunione.»

Dylan alzò di nuovo la testa. «Una riunione?» Maledizione, le parole gli erano uscite come uno squittio. Mark si morse il labbro, gli occhi azzurri che brillavano e Dylan si sforzò di ricomporsi.

«Ho soggiornato qui prima, quindi so che gli ospiti non possono accedere all'ascensore senza una chiave magnetica. Ti sarei molto grato se mi chiamassi quando arriveranno e verrò a prenderli.»

«Certo, signore.» Dylan recuperò la chiave magnetica e la ripose al sicuro nella custodia. Stampò la prenotazione della camera, indicò dove richiedeva i dettagli con una X e la mise sulla scrivania, insieme a una penna. «Se potesse semplicemente compilarlo, per favore, e firmarlo.»

Mark prese la penna nella mano sinistra e si mise a scrivere. Dylan sorrise. «Un altro mancino.»

Mark alzò lo sguardo. «Un altro? Anche tu?» Sorrise di rimando. «Beh, sai cosa si dice… Se il lato destro del cervello controlla il lato sinistro del corpo, allora solo i mancini hanno la mente a posto.»

Dylan ridacchiò. «Ho un'amica la cui nonna dice sempre: "Sarò anche mancina, ma ho sempre ragione".»

«Beh, se dobbiamo scambiare detti, mi è sempre piaciuto: "Tutti nascono destri". Solo i più grandi lo superano.» Gli occhi di Mark brillavano. «Ma sai qual è il mio preferito?»

Dylan si ritrovò proteso in avanti, incapace di resistere a quella voce accattivante. «Mi dica.»

Mark sorrise. «I mancini regnano.» Porse a Dylan il foglio di carta e la penna. «È tutto?»

Dylan lo controllò. «Sì, signore.» Porse a Mark la custodia. «La sua chiave magnetica. Se desidera ordinare qualcosa dal servizio in camera, tenga presente che potrebbe esserci un breve ritardo. L'hotel è al completo questo fine settimana.»

«Allora ho avuto fortuna a trovare una stanza. Grazie…» Lo sguardo di Mark si abbassò verso il punto in cui la targhetta con il suo nome era appuntata sul suo gilè. «Dylan.» Poi si chinò per raccogliere qualcosa, si raddrizzò e si allontanò.

Dylan lo osservò andarsene, lo sguardo fisso su quel culo dall'aspetto sodo. *So che aspetto ha quel culo nudo.* Poi notò cosa stesse portando Mark. Era una borsa lunga, simile al tipo in cui si riponeva l'attrezzatura da campeggio.

Solo che all'improvviso si rese conto che non conteneva attrezzatura da campeggio, ma probabilmente treppiedi, luci e qualsiasi altro armamentario necessario per…

Gira un porno. Oh, cazzo.

Dylan si costrinse a non pensarci. Qualunque cosa Mark avesse scelto di fare nell'intimità della stanza che aveva prenotato non erano affari suoi.

Finché il signor Reynolds non lo scopriva.

Quindici minuti dopo, Terry tornò, odorando di menta molto più di quanto non avesse fatto in precedenza. «Meglio?» chiese Dylan con una risatina.

«Sì. Ho preso qualcosa anche per la testa. Sta martellando.»

La parola evocò nella sua mente immagini che lui in quel momento non voleva.

L'arrivo di Terry coincise con una nuova ondata di ospiti e per la mezz'ora successiva entrambi lavorarono senza sosta. Il fischio basso di Terry catturò l'attenzione di Dylan, che alzò lo sguardo dalla scrivania.

«È così che voglio apparire,» mormorò Terry. «Quel tipo deve vivere in una palestra.»

Il ragazzo in questione era alto, con spalle larghe, petto ampio e una testa rasata che brillava. La maglietta gli aderiva al busto e i jeans sembravano essergli stati spruzzati addosso. Portava degli occhiali da sole, che si tolse avvicinandosi alla scrivania.

Dylan aveva la sensazione di averlo già visto prima, solo con molti meno vestiti.

«Ciao.» Il ragazzo gli fece un sorriso. «Puoi chiamare la stanza di Mark Roman, per favore? Digli che Rich è qui.»

Dylan allungò la mano verso il telefono, il dito che scivolava dai tasti. Digitò e, dopo tre squilli, Mark rispose. «Signor Roman? Dylan dalla reception. Il suo ospite è arrivato.»

«Grazie. Scendo subito.» Chiuse il telefono.

Dylan rimise a posto il ricevitore. «Il signor Roman sta arrivando. Gli ascensori sono laggiù.» Glieli indicò.

«Grazie.» Il ragazzo gli fece un altro sorriso, poi si diresse verso l'atrio.

«Sembra uno che potrebbe girare film,» borbottò Terry.

Tutto ciò che Dylan poté fare fu non sbottare che lo

faceva già. Per fortuna, il signor Reynolds non si vedeva da nessuna parte, quindi pensò che il pericolo fosse passato. *Se non fanno troppo rumore così che un ospite si lamenti, penso che se la caveranno.*

Per i successivi dieci, quindici minuti, si occuparono dell'arrivo della marea di ospiti. Se il resto della giornata fosse stato così impegnativo, Dylan poteva vedere una birra fresca nel suo futuro alla fine del turno, e forse avrebbe anche mangiato fuori. Se lo sarebbe guadagnato.

«C'è qualche convention di body builders in hotel di cui non siamo a conoscenza?» sussurrò Terry.

Dylan si acciglio. «Che cosa? Non credo. Perché...» Alzò lo sguardo e le parole gli morirono in gola. Due uomini si stavano avvicinando alla reception, entrambi con borse a tracolla su spalle che sembravano scolpite. Indossavano tutti e due canottiere e jeans, e uno di loro aveva una pesante catena intorno al collo, un lucchetto sul davanti appoggiato tra le clavicole. Attirarono gli sguardi degli ospiti mentre si avvicinavano, non che Dylan ne fosse sorpreso.

Poi si rese conto che anche il signor Reynolds li stava guardando, con un'espressione quasi glaciale.

Merdamerdamerda.

«Ci penso io,» disse Dylan rapidamente. Rivolse loro un sorriso, quando raggiunsero il bancone. «Buon pomeriggio, signori.»

Il più alto dei due si schiarì la voce. «Salve. Siamo qui per incontrare Mark Roman. Potresti chiamare la sua stanza, per favore? Ci sta aspettando.»

«Certamente.» Dylan afferrò il telefono e compose il 410. Quando la chiamata venne accettata, sentì una voce in sottofondo.

«Questa angolazione della telecamera va bene?»

Come se non lo avesse sempre saputo.

«Pronto?» Quello era Mark.

«Signore, sono arrivati altri due ospiti.»

«Arrivo subito giù.»

Dylan tossì. «Ehm, signor Roman? Ci saranno altri ospiti in arrivo?» *Che cazzo stanno girando lassù, una gangbang?* Ciò che lo mortificava era il fatto che sapesse anche cos'era una gangbang.

Mark ridacchiò. «No, sono tutti. Grazie, Dylan.» Chiuse la telefonata.

Dylan riappoggiò il ricevitore. «Il signor Roman verrà a prendervi agli ascensori laggiù.»

Il ragazzo sorrise. «Grazie.» I due si voltarono e attraversarono l'atrio, e la gola di Dylan si strinse quando quello alto si chinò e diede una stretta al culo dell'altro.

Oh, cazzo, per favore, fa' che Reynolds non lo abbia visto.

Il signor Reynolds era in piedi accanto alle piante finte, con gli occhi sporgenti.

Dylan represse con forza il panico crescente e si occupò dell'ospite successivo, il battito cardiaco accelerato quando si rese conto che il signor Reynolds si stava dirigendo verso il bancone.

Per favore, non chiedermelo. Per favore, non chiedermelo.

Il signor Reynolds aspettò che l'ospite prendesse la propria chiave magnetica, prima di fare un cenno a Dylan piegando un dito. «Una parola, se posso permettermi, signor Martin.»

Facendo del suo meglio per nascondere la sua riluttanza, Dylan gli si avvicinò a testa alta, come se non avesse niente da nascondere.

Il signor Reynolds era in piedi accanto alla stampante, fuori dalla portata di tutti gli ospiti. «Quei due... gentiluomini che erano qui poco fa...» disse, con una voce così bassa che era quasi un sussurro. «Soggiornano in albergo?»

Dylan lottò per mantenere la sua compostezza. «Sono qui per un... incontro di lavoro, signore. Questo è quello che hanno detto.» Stava attento a parlare a bassa voce.

Il signor Reynolds inarcò le sopracciglia. «Con quell'abbigliamento? Non credo proprio.» Strinse lo sguardo. «Signor Martin, ha motivo di sospettare che non sia lo scopo della loro presenza qui?»

Merda. Dylan fece un respiro profondo. «Loro... può darsi che debbano girare un... video, signore. Perlomeno, è una possibilità.»

Il signor Reynolds si bloccò. «Che tipo di video?»

Dylan calcolò tutte le variabili. Se non avesse detto a Reynolds ciò che sospettava, che era ciò che chiunque avrebbe sospettato solo guardando i ragazzi, allora era nei guai. Se lo avesse detto... *Ma non è illegale, vero? Non stanno danneggiando nessuno.*

Solo che sapeva cosa doveva fare.

«Può darsi che debbano girare un... un... un film per adulti, signore.» Non avrebbe osato usare la parola porno con un personaggio così formale come il signor Reynolds.

Gli occhi del manager lampeggiarono. «E quando avevi intenzione di rivelarmi i tuoi sospetti?»

«Quando avessi finito di trattare con gli ospiti, signore. Può vedere quanto siamo occupati.»

La sua risposta sembrò placare il signor Reynolds. «Sì, lo posso vedere. In quale stanza tengono il loro… incontro?»

«410, signore.»

Il signor Reynolds girò sui tacchi e si diresse a grandi passi in direzione degli ascensori.

Merda. Merda. Se Mark fosse stato davvero fortunato, il signor Reynolds non avrebbe chiamato la polizia.

Poi tirò un sospiro di sollievo quando un gruppo di ospiti si accalcò intorno a Reynolds, parlando tutti insieme. Con un po' di fortuna, una volta che avesse finito di trattare con loro, tutta quella faccenda avrebbe potuto essergli sfuggita di mente.

Sì, come no.

Mark rise alla velocità con cui Rich, Austin e Mickey si tolsero i vestiti ed entrarono nella cabina doccia. Lui era già in accappatoio. «Non metteteci troppo, lì dentro. Voglio girare mentre abbiamo la luce del giorno,» scherzò. Sapeva per esperienza che potevano essere necessarie fino a quattro ore e mezza di filmati per produrre un video di quaranta minuti, inoltre aveva già lavorato con Rich in precedenza.

A Rich piaceva prendersela comoda.

Mickey uscì dal bagno per primo, nudo, con l'uccello duro che puntava in avanti. Gli diede uno strattone. «Stavo pensando di entrare nel tuo bel culo fin da qui.»

Mark sorrise. «È tutto tuo.» Quando lo stomaco di Mickey brontolò, Mark ridacchiò. «Vedo che potrei dover modificare tutti gli effetti sonori aggiuntivi. Non hai mangiato, oggi?»

«Solo qualcosa di leggero per colazione. Mangerò quando avremo finito. Il cibo mi rende lento.» Gli rivolse un ghigno. «Mangio ananas da quattro giorni, ormai.»

Mark rise. «Lo sai che è una leggenda metropolitana, vero?»

«Veramente?»

«Okay, potrebbe fare una leggera differenza, essendo così acido, ma...» Mark si strinse nelle spalle. «Alcuni cibi hanno un sapore diverso. C'era un ragazzo con cui ho filmato che aveva lo sperma dal sapore terribile. È l'unico vegano a cui abbia mai fatto un pompino. Dovrebbe darti da pensare, no? Forse la carne è la cosa migliore.»

Mickey sorrise e si sbatté l'uccello sul palmo. «Ho della carne per te proprio qui.»

Mark alzò gli occhi al cielo.

Austin e Rich tornarono nella stanza e lui ridacchiò. «Rich, sei stato il primo ad arrivare e l'ultimo a uscire da quel dannato bagno.» Indicò il letto. «Iniziate a riscaldarvi, ragazzi.»

Rich salì sul materasso a quattro zampe e allargò le ginocchia, il culo inclinato. «Lo pianifichiamo o seguiamo semplicemente l'ispirazione?»

«Opzione due, credo,» rispose Mark mentre controllava i tre tablet attaccati ai treppiedi attorno al letto. Avevano bisogno solo di una luce ad anello.

Austin accarezzò il culo rotondo di Rich. «È probabile una doppia penetrazione?»

Mark inarcò le sopracciglia e sbuffò. «Hai visto la mia roba. Cosa pensi?»

Austin strofinò il pollice sul buco di Rich. «Penso che questo buco sarebbe fantastico con due cazzi.»

Rich si contorse per fissarlo. «Assicurati solo di fare un sacco di preparazione, allora.»

«Grazie per i risultati, ragazzi.» Avevano mandato un messaggio a Mark con i loro ultimi test e avevano confermato che erano tutti sotto PrEP. Poi rise mentre Austin, senza perdere tempo, allargò le natiche di Rich e ci si tuffò dentro con la lingua.

Un lungo gemito uscì dalle labbra di Rich. «Gesù, sei bravo.»

Il bussare alla porta fece sobbalzare Mark. Gli uomini sul letto si girarono a fissarlo e lui si portò un dito alle labbra. Andò alla porta e sbirciò attraverso lo spioncino. Sembrava essere il manager, o qualcuno di altrettanto ufficiale. Fece segno ancora una volta di fare silenzio, poi sbloccò e aprì la porta.

Il tizio con il completo lo guardò dall'alto in basso, senza dire nulla per un momento. Poi guardò oltre la sua spalla e si bloccò, con le narici dilatate. Mark seguì la direzione dello sguardo dell'uomo e vide…

Oh, cazzo. Lo specchio era angolato in modo da rivelare i tre uomini sul letto e i tre treppiedi posizionati attorno, per non parlare del supporto con la luce ad anello.

Si voltò di nuovo verso il tizio, ma prima che potesse dire una parola, questi alzò una mano. «Senta.» Mantenne la voce bassa, osservando su e giù per il corridoio. «Legalmente può fare quello che vuole in una stanza. Non è che qualcuno possa fermarla se non sta disturbando gli altri ospiti e non sembra che lei stia creando un pericolo per la sicurezza.» Si erse in tutta la sua altezza di quello che Mark stimò fosse un metro e ottanta. «Tuttavia, faccio il manager qui da quattordici anni e prendo molto sul serio la reputazione dell'hotel. Non posso permettere che qualcosa del genere accada qui. Non voglio coinvolgere la polizia…» Gli occhi lampeggiarono. «Ma lo farò, se necessario.»

«Ma se non stiamo infrangendo nessuna legge…» protestò Mark, ma sapeva già che la giornata lavorativa si era già conclusa.

Il manager strinse le labbra. «Vero, ma se dovesse venire la polizia, le chiederò cosa sta facendo e lei dovrà spiegarglielo. In che modo ciò influenzerà la sua… attività? Riuscirà a resistere all'esame?»

Mark poteva immaginare lo scenario. La voce si sarebbe sparsa e di conseguenza tutti gli hotel del Maine avrebbero conosciuto la sua faccia. Sapeva quando veniva battuto. Sospirò. «Saremo fuori di qui tra cinque minuti. Andrà bene?»

Il sorriso sottile del manager gli fece venir voglia di schiaffeggiarlo, ma stava solo facendo il proprio lavoro. «Sapevo che sarebbe stato ragionevole. Per favore, non lasciate che vi trovi di nuovo in questi locali, almeno, non in circostanze simili. E ora vi lascio… signori, a liberare la stanza.» Si diresse verso gli ascensori e c'era una certa spavalderia nel passo con cui si allontanò.

Mark chiuse la porta. «Mettetevi i vestiti, ragazzi. È andata malissimo.»

«Vuoi che trovi un altro hotel?» chiese Rich.

Mark scosse la testa. «Non questo fine settimana. Sono stato fortunato ad avere questo. Vi porterò a cena come ricompensa.» Non c'era verso che li avrebbe portati a casa sua. C'erano alcune regole che non era disposto a infrangere.

Accidenti.

Capitolo cinque

«Sei sicuro di non voler andare a cena?» Mark aveva scaricato la sua attrezzatura nel bagagliaio ed erano tutti e quattro nel parcheggio accanto al pick-up malconcio di Rich. «Perché sembra un viaggio terribilmente lungo solo per girare e tornare indietro.» Doveva essersi scusato almeno cinque volte da quando quel bastardo di manager si era pavoneggiato verso la reception.

«Se me ne vado ora, posso incontrare Jesse. La giornata non sarà un fallimento totale.» Rich sorrise. «Inoltre, sono in ritardo per il caricamento di una scena. Devo tirar su quei soldi, giusto?»

«E io e Mickey balliamo a Maine Street,» aggiunse Austin.

«Non ci sono stato molto, da quando mi sono trasferito qui,» ammise Mark. Alla sua prima visita, aveva varcato la porta, qualcuno aveva urlato e lui si era ritrovato circondato in un attimo. Aveva fatto molti spettacoli in cui c'era stata una folla di ragazzi che lo guardava mentre scopava dal vivo, ma trovare così tanti fan era stato uno shock.

Cosa mi aspettavo in un gay bar a Ogunquit? Ragazzi che lavorano a maglia?

«Sì, ci credo. Io non provoco molto scalpore.» Gli

occhi di Austin brillarono. «Ma in ogni caso, non sono Mark Roman.» Gli strinse la mano. «Scusa per le riprese. Ma devi avere altro di già programmato, giusto?»

«Sicuro.» Mark aveva una lista di ragazzi che volevano girare con lui.

«Scusa, non siamo riusciti a scopare di nuovo.» Anche Mickey gli porse la mano. «Un'altra volta?»

«Sicuro.» Si strinsero la mano. «Mi dispiace così tanto per questa scena.»

«La smetti di scusarti? Succede. E a giudicare dall'espressione sul volto di quel manager, probabilmente succede più di quanto pensiamo.» Mickey fece una smorfia. «Hai visto lo sguardo che ci ha rivolto quando siamo usciti? Immagino sia un hotel che puoi cancellare dalla tua lista.»

«Beh, una cosa che non manca al Maine costiero sono gli hotel.»

Rich gli diede un abbraccio. «Stai bene?»

«Sì, a parte l'ovvio. Perché lo chiedi?»

«Solo una sensazione.»

Mark sospirò pesantemente. «Io sto bene. Ora tira fuori il culo da qui e vai a girare un po' di porno.»

«Ci vediamo, ragazzi.» Rich salì in macchina e con un ultimo gesto di saluto uscì dal parcheggio.

«Faremo meglio ad andare anche noi. Non dobbiamo ballare fino alle nove di stasera, ma dopo questo potrei farmi un drink. Certo, avevamo pensato di alloggiare in un bell'albergo.» Austin sorrise.

Mark li guardò sbalordito. «Avete un posto dove stare, stanotte?» Dare loro un letto per la notte era il minimo che potesse fare.

Gli occhi di Austin brillarono. «Pensi davvero che non finirò nel letto di qualcuno?»

«Sarà meglio che sia un letto grande, perché ci sarò anch'io.» Mickey tirò la canotta di Austin. «Dai. Devi pagarmi una birra. E la cena.»

Mark non pensava che ci fossero molti ragazzi che avrebbero rifiutato una serata a tre con Austin e Mickey. «Spero che sarà una serata divertente. Assicuratevi che mettano un sacco di soldi nel vostro perizoma.»

Austin sbuffò. «Indosserò un sospensorio. È più elastico, per infilarci dentro una banconota. Abbi cura di te, Mark.» Salirono in macchina e Mickey fece un cenno mentre si allontanavano.

Mark diede un'ultima occhiata all'hotel. Gli piaceva molto il posto, quindi era un peccato non poterlo usare di nuovo. La prospettiva di una serata sul divano davanti alla TV non lo entusiasmava. *Ma, porco cazzo, è un fine settimana di vacanza.* Dovevano esserci modi migliori per trascorrerlo. Poi si ricordò di un volantino che qualcuno aveva infilato sotto la sua porta, con la pubblicità di un locale. Apparentemente aveva cambiato gestione e gli era stata data una nuova prospettiva di vita, e ora servivano anche del cibo. Foto di pane e pizza fatti in casa avevano catturato la sua attenzione. O quello, o sarebbe dovuto tornare a casa e cucinare da solo, di nuovo.

Fanculo.

Tornò a casa, portò dentro l'attrezzatura e si lasciò

cadere sul divano. Era un po' presto per la cena, così accese la TV. Quando aprì gli occhi, rimase scioccato nel vedere che erano trascorse due ore. Era crollato addormentato. Si diresse verso la camera da letto per cambiarsi i vestiti e poi prese le chiavi.

Il locale era raggiungibile a piedi, quindi significava che avrebbe potuto bere anche un paio di birre. Camminò lungo Acorn Drive e svoltò a sinistra in Horace Mills Road. L'edificio si ergeva solitario in fondo a una strada tranquilla, con qualche macchina e qualche pick-up parcheggiato davanti, il tetto spiovente come tante proprietà della zona.

Mark varcò la porta d'ingresso e annusò. Qualcosa profumava di buono. Non c'erano molti tavoli, quindi occupò quello vuoto più vicino e si sedette. Uno sguardo alla carta del menu lo convinse. La pizza al pesto di spinaci suonava proprio bene e servivano anche pane fatto in casa con insalata. Ordinò il cibo, insieme a una birra, poi si appoggiò allo schienale per osservare ciò che lo circondava. Non fu sorpreso di trovare il posto tranquillo; la maggior parte delle persone sarebbe stata fuori a festeggiare.

«Buonasera.» Una donna allegra con un grembiule a quadri rosso e bianco gli posò davanti un bicchiere d'acqua, insieme a una bottiglia di birra. «Per la sua pizza ci vorranno circa quindici minuti. Abbiamo ricevuto un ordine urgente.»

Mark le rivolse un caldo sorriso. «Nessun problema.»

La ragazza lasciò il tavolo e lui riprese a guardarsi in giro. Nell'angolo più lontano, un giovane sedeva con le spalle rivolte al muro. Era vestito casual con jeans e una maglietta che non nascondeva una figura magra con le gambe lunghe. Ma fu il viso ad attirare la sua attenzione. I capelli del ragazzo erano castano scuro, corti e ordinati, e la mascella coperta di un velo di barba, con un minimo accenno di baffi.

Una faccia molto sexy, una che Mark era sicuro di aver già visto. Poi si ricordò dove, e sorrise.

Bene bene bene.

A Dylan era bastato un nanosecondo per individuare Mark, quando era entrato nel locale, e il suo cuore aveva iniziato a ballare il fandango. Abbassò lo sguardo e fece finta di leggere il menu, non osando guardare nella direzione di Mark per paura di essere colto in flagrante, o peggio, a sbavare.

«Mi scusi.»

Merda. Merda. Dylan alzò il mento per incontrare dei freddi occhi azzurri. Mark era in piedi accanto al suo tavolo, una bottiglia di birra in mano. Dylan si schiarì la gola. «Posso aiutarla?»

Mark sorrise. «Dylan, vero? Dall'albergo?» Sorrise. «Ho una buona memoria per i visi.»

«Ehi. Sì, mi ricordo di lei.» La frase disinvolta smentiva il suo cuore che batteva forte. «Cosa sta facendo qui?»

«Abito non troppo lontano da qui. Ho pensato di dare un'occhiata.»

Non era possibile. «Vive a Wells?»

La pelle intorno agli occhi di Mark si increspò. «Non l'ho appena detto? Sei qui da solo o aspetti qualcuno?»

«Da solo.» *E per favore, vattene.* Stava ancora soffrendo di sensi di colpa.

«Sarebbe presuntuoso da parte mia chiedere se posso unirmi a te?»

Stai scherzando.

«Non era così che intendevo passare la serata,» continuò Mark, e il viso di Dylan si scaldò. Gli occhi di Mark brillavano. «Ma sospetto che tu lo sappia già.» Dylan tossì e Mark gli diede una pacca sulla schiena. «Stai bene?»

«Sto bene,» gracchiò.

«E dopo la giornata che ho passato, non vorresti che la mia serata fosse completamente rovinata, vero?»

A proposito di aggiungere legna a un fuoco già acceso.

Dylan indicò la sedia vuota di fronte a sé. «Si sieda. Ha già ordinato?» Respirare non era mai stato così complicato

«Sì. La pizza era un'esca troppo grande. Che cosa hai ordinato?»

«Polpette.» Frasi brevi e spezzettate non richiedevano molte capacità intellettuali, ed essere così vicino a Mark era una distrazione fatale.

Mark sorrise. «Mi piace un uomo a cui piace la sua carne.»

Sbatté le palpebre. «Mi scusi?» Suonava come una specie di allusione civettuola.

«Scusa tu. Solo un residuo di una conversazione di oggi.» Mark bevve un sorso della sua birra e si appoggiò allo schienale della sedia. «Quindi... il tuo manager...»

Dylan sapeva che sarebbe arrivato. «Il signor Reynolds.»

Mark annuì. «Sono rimasto scioccato quando ha bussato alla mia porta. Sai tutto di questo, vero?»

«Sì. La maggior parte del personale ne ha parlato.» La voce si era diffusa velocemente. Qualcuna delle pulizie si era lasciata sfuggire che aveva visto eventi simili, come li aveva chiamati, tranne per il fatto che era stata attenta a non dirlo a portata d'orecchio di Reynolds.

«Mi piacerebbe sapere cosa ci ha tradito. O è davvero così vigile?»

Dylan pensò di mentire, ma il suo cuore non era d'accordo. «Io... gli ho detto cosa stavi facendo.» Si preparò per il contraccolpo.

«Sei stato tu?» Dylan annuì. «E come lo sapevi?» Quando lui borbottò una risposta, Mark si avvicinò. «Mi dispiace, non ho capito.»

«Ti ho riconosciuto, okay?» sbottò. «Nel momento in cui sei arrivato alla reception.»

«Mi hai riconosciuto? E mi hai denunciato?»

«Dovevo!» Le parole gli uscirono come un lamento e un paio di clienti del locale girarono la testa per fissarlo. «Si è insospettito quando sono arrivati i tuoi ultimi due ospiti.» Fece le virgolette in aria. «Quindi quando mi ha chiesto se sapevo cosa stesse succedendo, io… dovevo dirglielo. Se non avessi…»

«Ti avrebbe rimproverato?»

Dylan sbuffò. «E non solo. L'hotel non fa parte di una catena, lo sai. Ho un cugino che lavora in una catena di hotel a Milwaukee. Dice che più grande è la catena, più è probabile che lo staff chiuda un occhio su… cose del genere. Bene, il signor Reynolds non chiude un occhio davanti a niente.»

«Va bene.» La voce di Mark era inaspettatamente gentile. «È solo un hotel. Peccato, però. Mi piaceva. Allora…torniamo a te che mi riconosci.»

«Dobbiamo?» Le parole gli sfuggirono prima che potesse fermarle.

Mark incrociò le braccia. «Beh, mi sembra che tu me lo debba. Certo, ho un'idea di come potresti farti perdonare.»

«Come?» Il cuore di Dylan tremò.

«Potrei sempre filmare te e me. Sai…»

Quando comprese il suggerimento, il gelo lo investì. «Io non sono gay.» La dichiarazione gli uscì molto più forte di quanto avesse previsto. Abbassò la voce a un sussurro. «Io non sono gay.»

Mark inarcò le sopracciglia. «Ma ti capita di riconoscere una pornostar gay?»

Oh, cazzo. «Okay, potrei aver guardato qualche video. Questo non mi rende gay, però.»

«Quanti video? Due? Tre?»

Dylan tossì di nuovo. «Forse più di un paio.»

«Capisco.»

No, non è così. Per favore, dimmi che non capisci.

Quell'incontro si stava trasformando in un incubo.

«Non potrei,» sussurrò Dylan.

L'evidente panico negli occhi del ragazzo lo fece indietreggiare in un baleno. Aveva incontrato abbastanza ragazzi curiosi da sapere che quello non era pronto per immergere le dita dei piedi nell'acqua. «Va bene,» disse con voce rassicurante. «Che ne dici di cambiare argomento?»

«Per me va bene.» Dylan prese il bicchiere d'acqua e bevve metà del contenuto in parecchi sorsi.

«Da quanto tempo lavori all'hotel?» Era una domanda abbastanza sicura.

«Da quando avevo diciotto anni. E prima che tu lo chieda, ne ho ventisei, quasi ventisette.»

«Allora probabilmente conosci questa zona molto meglio di me.»

Dylan sorrise. «Sono cresciuto a Wells.»

Era felice di vedere la tensione di Dylan finalmente svanire. «Vivo qui da alcuni anni e non ho visto quasi nulla. Comunque, non ci sto molto.» Si morse il labbro. «Il mio… lavoro mi porta ovunque.» *Come probabilmente saprai fin troppo bene.*

«Cosa ti ha portato nel Maine? Non sei di queste parti.»

«È così ovvio?» Mark sorrise. «Hai ragione. Sono cresciuto nel Wyoming. Comunque non ci sono rimasto.»

«Ma perché qui? Perché Wells? Potresti vivere ovunque.»

«Quando ero un ragazzino, i miei nonni si ritirarono qui. Intendiamoci, con i loro soldi avrebbero potuto vivere negli Hamptons, ma ehi, hanno scelto Wells. Passavo con loro almeno tre settimane di ogni vacanza estiva. Avevano una casa a Wells. Ci ho trascorso così tante estati… credo di essere stato felice qui.»

«Hai detto che avevano una casa. Non vivono più qui?»

Mark scosse la testa. «No, si sono trasferiti di nuovo. In Florida. Penso che volessero un posto più caldo.» Il suo petto si strinse. «Abbiamo perso mia nonna circa sette anni fa.»

«Mi dispiace. Eravate uniti?»

«Fino ad allora ci scambiavamo biglietti e regali a Natale e compleanni, e devo dire che mi ha sorpreso.»

«Perché?»

Mark non voleva mettere in piazza i panni sporchi della sua famiglia. Non conosceva Dylan abbastanza bene per quello. «La nonna era una persona volitiva e a casa sua era lei che indossava i pantaloni. Comunque, in famiglia ci fu… disaccordo, e io non ero gradito. Solo che dopo la sua morte ho scoperto la verità. Le cartoline e i regali erano di mio nonno, e lui li firmava semplicemente per entrambi. Ebbene, quando è morta, il nonno ha voluto dimostrarmi che non tutti nella mia famiglia provavano lo stesso per me.»

«Sono contento.»

Mark annuì. «Ci scrivevamo, ma lui era sempre attento a non farlo sapere a nessuno in famiglia. Lo chiamo ogni due mesi, o lui chiama me. In effetti, siamo in ritardo. Devo occuparmene io.» Lui sorrise. «Ovviamente si sta divertendo troppo con gli altri anziani del club a cui appartiene.»

«Quindi non sei esattamente un estraneo da queste parti,» concluse Dylan.

«Se la metti così, suppongo di no. La cosa divertente è che non pensavo a questo posto da anni.»

Dylan si acciglió. «Sicuramente devi avere dei ricordi.»

Mark bevve un altro sorso di birra. «So che abbiamo passato molto tempo a casa, giocando in giardino.» Sorrise. «Nella casa a fianco c'era un ragazzino. Parlavamo oltre il recinto. Che io sia dannato se riesco a ricordare il suo nome, però.» Si accarezzò la barba. «So che mi hanno portato in diversi posti e mi sembra di ricordare di aver mangiato un gelato vicino a un faro.»

Dylan sorrise. «Sì, molti di noi lo hanno fatto crescendo. Qualche altra cosa?»

«C'era una spiaggia… Tutto quello che riesco a ricordare è una distesa di sabbia soffice e una fila di case bianche lungo tutto il percorso.»

«Sembra Drake's Island Beach. Sei mai andato a Wells Beach?»

Mark scrollò le spalle. «Non ricordo i nomi. C'era una spiaggia con un sacco di rocce. Ricordo di averle scalate quando è arrivata la marea. E... una volta c'era un concerto in un parco da qualche parte. Ricordo che il palco dell'orchestra aveva un tetto rosso che brillava nel sole della sera.»

Dylan sorrise. «So esattamente dov'eri. Wells Harbour Park.»

«Penso che siamo venuti qui per Natale, un anno. Mi sembra di ricordare di aver camminato nella neve, che era ammucchiata contro una recinzione, e dall'altra parte c'era l'oceano, le onde che si infrangevano sugli scogli.» Mark si appoggiò allo schienale. «Oh. Non ci pensavo da così tanto tempo.»

Tutti quei ricordi, rinchiusi per tenerli al sicuro.

«Sembra che ti sia piaciuto stare qui,» osservò Dylan.

«Forse è questo che mi ha attirato. L'unico posto dove sono stato felice.»

Dylan piegò la testa da un lato. «Sai cosa dovresti fare? Trascorrere del tempo rivisitando i luoghi della tua infanzia. Ricordare a te stesso perché hai scelto di vivere qui. Chi lo sa? Forse quando stavi cercando un posto dove vivere il tuo subconscio ti ha dato una spinta. Quindi sì, torna in quei posti.» Sbuffò. «E forse dovrei prendere la mia stessa medicina.»

«Cosa intendi?»

Dylan sospirò. «Conosco tutti i luoghi che hai menzionato e non potrei dirti l'ultima volta che li ho visti. O lavoro o sono a casa.»

«E dov'è casa?»

«Condivido una casa qui a Wells con altri tre

colleghi. Non è che potessi permettermi un posto tutto mio.»

«Dov'è la tua famiglia?»

Era come se Dylan avesse improvvisamente eretto delle barriere. «Qui, a Wells.»

Dato che lui non era uno sciocco, fece un passo indietro dal campo minato in cui era quasi entrato. «Ho un'idea.»

Le labbra di Dylan si contrassero. «Ho già detto di no, vero?»

Rise. «Rilassati. Ho ricevuto il messaggio. Sei etero.» *Almeno, questo è quello che continui a ripeterti.* Non che fossero affari suoi. «Ma questo potrebbe piacerti. Non conosco nessuno qui, ma ora conosco te, ovviamente. Se dovessi fare come mi hai suggerito, mi faresti da guida?»

«Io?» Dylan lo guardò a bocca aperta.

«Perché no? Saresti un'ottima guida turistica. Scommetto che suggerisci sempre agli ospiti i posti migliori da visitare, giusto?»

«Sì, ma…»

«Lo hai detto tu stesso. Devi prendere la tua stessa medicina. E non penso che avrebbe un sapore così cattivo. Mostrami cosa mi sono perso. Anche se significa uscire dai sentieri battuti. C'è così tanto del Maine che devo vedere.» E farlo in compagnia di un ragazzo sexy non sarebbe stato per niente male.

Un ragazzo etero sexy, ricordi? Non aveva dimenticato il momento di panico di Dylan.

Dylan ridacchiò. «Ho un lavoro, sai?»

«Hai dei giorni liberi o sei uno schiavo a tempo

pieno?»

Quello suscitò una risata. «Certo che ho dei giorni liberi. E le cose si calmeranno, una volta che questo fine settimana sarà finito.»

«Sembra quasi un sì.»

Dylan lo guardò in silenzio per un momento. Alla fine, annuì. «Bene. Lo farò.»

In quel momento arrivò il loro cibo.

Mark alzò il bicchiere. «Ecco l'inizio di una bella amicizia.» Poi l'odore della pizza appena sfornata gli riempì le narici e gemette. «Dio, ha un buon odore.»

Parlare poteva aspettare.

Dylan sorrise. «Brindo a questo.»

«Al profumo o all'amicizia?» Gli occhi di Mark brillarono.

«Tutti e due?» Poi si gettarono sul cibo.

Dylan non riusciva a credere a come fosse cambiata la conversazione. Si era aspettato recriminazioni e ostilità, ed era stato accolto solo con calore e un'offerta di amicizia. Gli potevano servire degli altri amici. Ovviamente, la differenza tra Mark e i ragazzi con cui era cresciuto era che non voleva sapere come fossero i suoi amici a letto.

Non è che lo saprò mai. Pensa che io sia etero.

di K.C. Wells

Solo che non ne era più così sicuro.

Capitolo sei

Mark dovette ammettere che la pizza era eccezionale. La birra lo aveva reso anche un po' brillo, e forse era quello che lo aveva spinto a estendere un invito. Dylan non gli aveva fatto innumerevoli domande, come invece lui aveva pensato, invece era stato tranquillo per tutto il pasto, non che Mark si stesse lamentando. Dopo aver saputo che Dylan sapeva chi lui fosse, si era aspettato una specie di interrogatorio e quando non era accaduto era stata una piacevole sorpresa. Così piacevole che non era pronto al fatto che la serata finisse.

Si pulì le labbra con il tovagliolo. «Suppongo che non prenderesti in considerazione l'idea di passare da casa mia per un caffè?» Quando Dylan sbatté le palpebre, Mark si rese improvvisamente conto di come fosse suonato il suo suggerimento. «Cristo, sembra una battuta davvero scadente. Solo un caffè, sul serio.» Dylan si morse il labbro e lui giocò il suo asso. «Penso che accettare il mio invito sia il minimo che puoi fare. Dopotutto, hai rovinato i miei piani, giusto?»

Dylan assottigliò lo sguardo. «Ne parlerai ogni volta che ci incontreremo?»

Mark sorrise. «Se ha l'effetto desiderato, sì.» Quello

gli valse un'alzata d'occhi al cielo. «Seriamente però, mi piacerebbe avere compagnia. A meno che tu non abbia altri piani...»

Dylan lo studiò in silenzio per un momento, poi scrollò le spalle. «Nessun piano. E non rifiuterei mai il caffè.»

«Grande. E poi puoi raccontarmi le storie dell'orrore dei tuoi ospiti.» Dylan gli rivolse uno sguardo interrogativo. «Oh, andiamo. Lavori in un hotel. Sono sicuro che hai molte storie da raccontare.»

Dylan sorrise. «Oh, sì.»

«Visto?» Sorrise.

«Va bene, vengo, ma a una condizione. Lascia che ti paghi la cena.»

«Perché dovresti farlo?» Poi la verità lo colpì. «Ehi, ti ho fatto sentire in colpa?»

«No, mi sentivo già così prima che tu varcassi la soglia. In effetti, mi sono sentito in colpa da quando ho detto al signor Reynolds cosa stavi facendo.»

Mark sospirò. «Senti, non è stata la prima volta che mi è stato chiesto di lasciare una stanza, okay? E tra tutte le volte che è successo, questa è stata molto meno imbarazzante di altre che ho sperimentato.»

«Allora ti racconterò le mie storie se tu mi racconterai le tue.»

Mark sorrise. «Affare fatto. E la mia pizza la pagherò io.» Fece un cenno alla signora con il grembiule a scacchi per avere il conto. Fu solo quando entrambi ebbero pagato ed erano pronti a uscire, che si rese conto di quanto non volesse essere solo.

Nessuno dovrebbe essere solo in vacanza. Era s

emplicemente… triste.

«E ora non mi pento di aver accettato il tuo invito,» mormorò Dylan.

«Mmh?» Fu solo allora che Mark si rese conto di aver parlato ad alta voce. «Oh. Non era per renderlo pubblico.»

«Va tutto bene, davvero. E sono d'accordo con te. Passo troppe vacanze a lavorare, ed è triste quanto uno possa sentirsi solo.» Dylan rimase in silenzio per un momento e Mark non sentì il bisogno di avviare una conversazione. Davanti a loro si stendeva Horace Mills Road, e l'unico rumore era il tacco degli stivali sul marciapiede.

«Abiti lontano?» chiese Dylan mentre passeggiavano.

«Non proprio.»

«Hai detto che i tuoi nonni avevano una casa qui. Sei tornato a vederla da quando ti sei trasferito a Wells?»

«No. Non sarebbe lo stesso. E non è che non mi ricordassi l'indirizzo. L'ultima volta che sono venuto qui avevo sedici anni.» Gesù, quasi due decenni prima. «Riesco a ricordare com'era, ma questo è tutto. Non hai mai vissuto da nessuna parte se non qui?»

«No. Quando ero al liceo, così tanti ragazzi parlavano di lasciare il Maine una volta diplomati. Non vedevano l'ora di andarsene.»

«Ma non tu.» Mark guardò Dylan mentre passeggiavano.

Lui sorrise. «No, non io, né nessuno dei miei amici. Alcuni di noi sono rimasti a Wells, altri si sono spostati più a nord, ma nessuno di noi si è mai allontanato dalla costa.»

«C'è qualcosa nell'oceano, vero?» Forse era per quello che aveva amato le visite ai suoi nonni.

«Dovresti vederlo al mattino presto, quando il sole sorge sull'acqua e l'aria è calma.»

«Suona bene.» Svoltarono in Acorn Drive e Mark indicò un punto. «Quella là è casa mia.»

«È più tranquillo di dove vivo. Detto questo, nessun posto è tranquillo dove ci vivono quattro ragazzi. C'è sempre rumore.»

Mark fece strada fino alla porta d'ingresso e cercò la chiave in tasca. «Non mi dispiace stare tranquillo. Ma a volte…»

«Non ho mai vissuto da solo. Ti accorgi che finisci per parlare con te stesso?» chiese Dylan entrando in casa.

«Sì, a volte. O quello, o metto un po' di musica.» Mark indicò il divano. «Accomodati, mentre preparo il caffè.» Entrò in cucina.

«Sai, c'è una passeggiata fantastica da Ogunquit a Perkins Cove. Ha anche un nome, la Via Marginale, e si estende lungo la costa,» disse Dylan a voce alta. «È quella di cui ti parlavo.»

«È una lunga passeggiata?» Mark riempì la caraffa di acqua.

«Almeno quaranta minuti, un'ora, a seconda di quanto velocemente vuoi andare. Passa davanti ad alcuni immobili piuttosto costosi e un hotel molto elegante. Parecchie persone la usano per una corsa o una camminata veloce.»

«Non credo di aver visitato Perkins Cove.» Il nome

non gli sembrava familiare.

A giudicare dal sussulto che giunse dal soggiorno, Mark aveva appena commesso un peccato. Poi Dylan ridacchiò. «È un po' una trappola per turisti. Ti piace l'aragosta?»

«La adoro.»

«Beh, allora devo portarti lì. Footbridge Lobster è il posto dove andare. Dimentica qualsiasi zuppa di aragosta che tu abbia mai mangiato finora. Era roba per dilettanti.»

Si appoggiò allo stipite della porta. «Perché dici questo?»

«Perché ci mettono solo piccoli pezzetti di aragosta. Lo stufato di aragosta è il vero affare. È una zuppa a base di burro e panna, con enormi pezzi di aragosta.» Dylan inclinò la testa. «Hai mai mangiato il pesce spada?»

«No.»

«Amico, hanno un panino al pesce spada che è buono da morire. Ricoprono il pesce con sette diverse spezie. E se vuoi davvero stuzzicare le tue papille gustative c'è il famoso formaggio grigliato.»

Mark inarcò le sopracciglia. «Cosa c'è di così favoloso in un panino al formaggio grigliato?»

«Fanno loro il pane e riempiono il panino con pezzi di aragosta.»

«Va bene, mi arrendo. Mettilo in lista,» disse, alzando le mani.

«Quale lista?»

Sorrise. «Quella dei posti che mi mostrerai.»

Dylan rise. «Posso farlo.»

«E quella passeggiata che hai appena menzionato… quando possiamo farla?»

«Sei impaziente, vero?» Gli occhi di Dylan erano luminosi. «Okay, il mio prossimo giorno libero è martedì. Ci sarai, allora?» Lui annuì e Dylan sorrise raggiante. «Grande. Allora incontriamoci al parcheggio di Obed a Ogunquit.» Quando Mark gli rivolse uno sguardo interrogativo, Dylan fece un cenno con la mano. «Cercalo su Google. La passeggiata inizia non lontano da lì. Possiamo accordarci per un orario la sera prima.»

«Allora ricordami di darti il mio numero.» L'aroma del caffè aveva già cominciato ad arrivare dalla cucina.

Vide Dylan dare un'occhiata in giro. «È un posto un po' casalingo. Mi piace.»

«Anche a me. Non ci ho fatto niente da quando l'ho comprato. Il che include sbarazzarsi del tavolo da biliardo che mi hanno lasciato.» Era sistemato in quella che sarebbe diventata la sua sala da pranzo, fin da quando aveva comprato la casa. Di solito mangiava davanti alla TV con un vassoio in grembo.

«Veramente?» Gli occhi di Dylan si illuminarono.

Mark pensò di aver detto la cosa giusta. «Vuoi giocare, qualche volta?»

«Sì.»

La caffettiera emise un segnale acustico. «Torno subito.» Mark rientrò in cucina. «Come ti piace?»

«Panna e due cucchiaini di zucchero, per favore.»

Versò il caffè e prese la panna dal frigo. «Allora… ascoltiamo una storia dell'hotel. Non è mai successo niente di eccitante?»

Dylan rise. «A parte due arresti per prostituzione?»

«Sul serio?» Portò due tazze in soggiorno e le posò sul tavolino da caffè.

«Il signor Reynolds non era molto felice quella volta. Non è stato lui a chiamare la polizia, è stato un ospite. E poi c'è stata la volta in cui sono stato intervistato dall'FBI.»

Mark rimase a bocca aperta. «Stai scherzando. Perché?»

«Oh, uno degli ospiti si è rivelato essere un tizio in fuga. Non c'era molto che potessi dire agli agenti, a dire il vero.» Dylan si appoggiò ai cuscini dello schienale. «Per le vacanze di primavera abbiamo sempre un sacco di studenti. Un anno un ragazzo si è ubriacato e ha deciso di saltare in piscina dalla finestra, completamente vestito.

«Gesù. Quanto era alta la finestra? Si è fatto male?»

«Era al secondo piano e, sorprendentemente, no.»

«Lavori solo alla reception?»

Dylan scosse la testa. «Quando ho iniziato, lavoravo come fattorino, lo faccio ancora, quando c'è molto da fare, e facevo il servizio in camera.» Arrossì. «Era... interessante.»

«Oh, veramente?» Mark si stava divertendo. Era un cambiamento parlare con un ragazzo che non voleva farsi un selfie, dirgli quale fosse la sua scena preferita di Mark Roman o semplicemente fare un sacco di domande sul porno.

Quando è stata l'ultima volta che ho avuto una conversazione che mi è sembrata così... naturale?

«Non crederesti a quanti ospiti aprono la porta al servizio in camera completamente nudi. È come se non se ne rendessero nemmeno conto. La prima volta che ho fatto il turno da solo, c'era un tizio… ero lì, in attesa che firmasse la ricevuta, e per tutto il tempo il suo uccello si stava… gonfiando.»

Mark ridacchiò. «Prendilo come un complimento.» Dylan sbatté le palpebre e scrollò le spalle. «Sei un bel ragazzo.» Però quello era un eufemismo. Lui aveva un debole per i ragazzi con quell'ombra sexy di barba e la linea della mascella di Dylan, gli occhi, la corporatura…

Tesoro, sei semplicemente perfetto per me. Poi si ricordò. *No. Non ci pensare proprio. Non vuoi spaventare il ragazzo etero, giusto?* Gli unici ragazzi etero in cui si era imbattuto erano quelli con cui aveva girato dei film che, dietro compenso, fingevano di essere gay.

Il rossore di Dylan si intensificò e lui lo guardò con interesse. «Ti è mai piaciuto un ospite?» Dylan tossì e Mark sorrise. «Lo prenderò come un sì.»

«C'era una donna… forse sulla quarantina o sulla cinquantina, davvero attraente… Ad ogni modo, è venuta alla reception una sera, mentre stavo facendo il turno di notte, e mi ha chiesto se volevo… andare nella sua stanza quando avessi finito di lavorare.»

«Oh. Non è andata per il sottile. Immagino che tu abbia rifiutato l'offerta.»

Dylan alzò gli occhi al cielo. «Ah. Era tenace, devo dargliene atto. Mi ha chiamato all'una del mattino per dire che il suo cavo della TV non funzionava e chiedermi se potevo andare a controllare. Alla fine?

Abbiamo il satellite e funzionava bene. Poi c'è stata la volta in cui ha chiesto una sveglia alle tre del mattino, solo che voleva che controllassi personalmente che si svegliasse.»

«Capisco cosa intendi per tenace.» Sorseggiò il suo caffè. «Come sei arrivato a lavorare in hotel?»

«Mi ero appena diplomato al liceo e stavo cercando un lavoro, qualsiasi lavoro, ed ero pronto per uscire di casa. Ad ogni modo, una delle mie compagne di classe, Della, mi disse che aveva trovato lavoro come addetta alle pulizie in questo hotel e che erano sempre alla ricerca di personale. Disse che avrebbe messo una buona parola per me con il manager. Deve essergli piaciuto quello che ha sentito su di me. Ho svolto la maggior parte delle mansioni, a loro piace che tu viva tutti gli aspetti dell'hotel, e poi mi hanno nominato supervisore alla reception.» Fece un sorriso timido. «E tu? Come hai iniziato la tua... carriera?»

«Non mi sono svegliato una mattina e ho deciso che il mio sogno per tutta la vita era quello di essere un artista di film per adulti.» Mark non aveva mai pensato che fosse una cosa a lungo termine, era solo il modo in cui erano andate le cose. «In effetti, ero uguale a te, sono uscito di casa a diciotto anni. Ho preparato una valigia con tutti i vestiti che potevo infilarci dentro, ho preso tutti i soldi che avevo risparmiato e mi sono comprato un biglietto dell'autobus per scappare da là.»

«Dove sei andato?»

Mark sorrise. «A Las Vegas.»

«Perché là?»

«Sapevo che c'era uno studio porno a Las Vegas che produceva molti video con ragazzi della mia età. Pensavo di poter fare un po' di soldi mentre cercavo un lavoro più… realistico.» Ed era stato anche un dito medio per la sua famiglia.

«Hai iniziato quando avevi diciotto anni?»

Mark studiò Dylan per un momento. *Fanculo.* «A volte leggo storie davvero edificanti su ragazzi LGBTQ+ che fanno coming out con la loro famiglia e ottengono tutto l'amore e il supporto di cui hanno bisogno.» Si accigliò. «Non è la mia storia. Quando ho detto ai miei genitori che ero gay, sai cosa mi hanno risposto? Nessuno nasce gay. È una scelta. Quindi scegli di essere sincero.»

«Oh. Mi dispiace. Anch'io mi sono imbattuto in quelle storie, nella mia vita.» Quando Mark gli rivolse uno sguardo interrogativo, Dylan sospirò. «Sai che ho menzionato i miei amici? Bene, siamo un gruppo di otto e ci frequentiamo fin dal liceo, alcuni anche da prima, e siamo rimasti amici negli anni. Quattro di loro sono gay e di questi tre hanno fatto coming out quando erano adolescenti. Uno ha una storia simile alla tua, Seb, ma la nonna di Levi è stata fantastica. È stata una madre surrogata per alcuni di noi, me compreso.» Prese un sorso di caffè. «Quindi… te ne sei andato di casa, sei andato a Las Vegas…»

«Sono andato direttamente dal deposito degli autobus allo studio.»

Dylan rise. «Eri appassionato.»

«Per fortuna hanno accettato di farmi fare un'audizione. Il solito genere di cose: masturbarsi davanti la fotocamera, molte foto di me che fletto i muscoli.» Sbuffò. «Non che avessi molto da flettere all'epoca.» Il lavoro sul corpo era arrivato dopo. «Quando alcuni dei loro abbonati hanno espresso interesse a vedere di più di me, ho girato il mio primo film, facendo il passivo per un ragazzo con un cazzo enorme. Come essere buttato subito nella mischia.»

«Ma hai continuato.»

Mark annuì. «Non ci sono molti ragazzi che sono rimasti attivi nel settore per così tanto tempo, vado per i trentasei, ma il porno ha subìto alcuni cambiamenti in quegli anni. Sono passato di studio in studio, imparando il più possibile.»

«È affascinante. Cosa hai imparato?»

Mark ridacchiò. «Come scopare un ragazzo dalla giusta angolazione in modo che la telecamera catturi il mio cazzo. Come non mettere braccia e gambe nello scatto. Come emettere i suoni giusti.» Sorrise. «Come dire spesso *Cazzo, sì*. Ho iniziato ad allenarmi, ingrossandomi un po'. Solo che lo studio con cui ero in quel momento aveva qualcosa da dire al riguardo. Mi hanno detto che un corpo troppo muscoloso sembra grasso davanti alla telecamera e di puntare a una definizione profonda, che non sembri troppo muscolosa.» Sbuffò. «Poi ho rivisto la mia dieta. Ho eliminato tutte le sostanze chimiche, il sodio in eccesso, lo zucchero…»

«Non avrei mai immaginato che avere un bell'aspetto

potesse essere un lavoro così duro.»

«Il fatto è che una volta che ti sarai messo in forma, devi rimanere così. Questo è il duro lavoro. E quando la forma del mio corpo è cambiata, anche il mio pubblico è cambiato.»

Le guance di Dylan erano arrossate. «Ora che mi ci fai pensare, è vero che dici molto spesso *cazzo, sì*.»

Mark rise. «Sai cosa c'è di strano? Se guardi il porno vintage, e con questo intendo roba prodotta negli anni Sessanta o Settanta, non si parlava molto. Adesso, invece,» alzò le sopracciglia, «le chiacchiere sporche sono eccitanti. C'è sempre molto rumore.»

«Capisco cosa intendi per cambiamenti.»

Mark scosse la testa. «Non è quello che intendevo. Gli studi hanno iniziato a chiudere a causa della pressione e degli abbonamenti in calo.»

«Che tipo di pressione?»

«Il sesso è una parolaccia, non lo sapevi? E sono finiti i giorni in cui le persone si iscrivevano per guardare il tuo ultimo video. Ora puoi semplicemente andare su un sito porno gay e vedere quello che vuoi gratuitamente. Ho iniziato a lavorare per me stesso. Posso decidere quali contenuti realizzare, con quale frequenza pubblicare i video. Solo che mi imbatto ancora nello stesso problema: persone che pensano che non dovrei guadagnare soldi per quello che faccio, quindi caricano le mie cose su quei siti di cui sopra. Ho lavorato come escort, finché non hanno iniziato a chiudere anche quei siti. Per non parlare di ciò che il governo sta facendo ai lavoratori del sesso.»

La fronte di Dylan si corrugò. «Hai detto che non

sarebbe mai stato a lungo termine, forse è il momento di ripensare alla carriera?»

«Ci ho pensato, credimi.» Mark fece un respiro profondo. «Non ti ho invitato qui per ascoltarmi mentre mi lamento dei miei guai, quindi cambiamo argomento.»

«Non mi dispiace, davvero.» Lo sguardo di Dylan era serio. «Ho la sensazione che tu abbia bisogno di sfogarti. Sono bravo ad ascoltare.»

«È una cosa di queste parti?» chiese Mark.

Gli occhi di Dylan brillarono. «Impari ad annuire come si deve.»

Ridacchiò. «È così, vero? Okay, hai qualche idea su dove vorresti portarmi?»

«Una al momento, ma è qualcosa di un po' diverso. È più una giornata divertente, piuttosto che un giro turistico.»

Mark sbuffò. «Divertente? Che cos'è? Mi piacerebbe.» Dylan aveva già portato una ventata di aria fresca nella sua vita.

Dylan guardò l'orologio appeso al muro. «Sarà meglio che vada. Domani ho il turno presto e si preannuncia un'altra giornata impegnativa.»

Mark tirò fuori il telefono e lo posizionò su *Contatti*, porgendolo al ragazzo. «Ecco. Segnami il tuo numero. Parleremo lunedì sera per organizzare l'ora dell'appuntamento. Ora, riguardo a questa passeggiata… avrò bisogno di attrezzatura da trekking?»

Dylan rise. «È una passeggiata dolce. Se vuoi davvero fare un'escursione seria, allora la faremo. Ci sono un sacco di percorsi impegnativi che potremmo fare, ma dovremmo iniziare presto.»

Mark sorrise. «Mi metterò interamente nelle tue mani.»

Ciò che lo sorprese fu quanto la prospettiva lo riscaldò… e deliziò.

Dylan si alzò. «Grazie per il caffè e grazie ancora per essere stato così comprensivo su… lo sai.»

«Perdonato e dimenticato, okay?» Mark lo accompagnò alla porta. «Ci vediamo martedì. Spero che i prossimi due giorni non siano troppo frenetici.»

Dylan sospirò. «Una volta che il Labor Day sarà passato, sarà tranquillo fino ad Halloween.» Tese la mano e Mark gliela strinse. «A martedì.»

Mark lo osservò mentre camminava lungo Acorn Drive. Quando raggiunse la strada, Dylan si voltò e fece un cenno, poi girò a sinistra. Mark chiuse la porta e girò la chiave.

Un ragazzo davvero simpatico.

C'era solo una cosa che non andava in Dylan: era etero. Almeno, aveva insistito sul fatto che non era gay, nonostante avesse ammesso di aver guardato i suoi video. Un verso di Shakespeare gli passò per la mente e, per essere un tizio morto da oltre quattrocento anni, ci aveva preso in pieno.

La signora protesta troppo, credo.

Okay, Dylan non era una donna, ma il resto era giusto. Mark stava ancora cercando di capire quanto fosse sincero quel ragazzo.

di K.C. Wells

Capitolo sette

7 settembre

La casa era tranquilla, ma era solo perché Steve stava ancora dormendo, Dawson aveva avuto il fine settimana libero per visitare i suoi, e lui desiderava sapere come era riuscito ad averlo senza vendersi l'anima, ovviamente. Greg non era ancora arrivato a casa dal turno di notte. Dylan era grato per l'inizio pacifico della giornata, perché una volta entrato nell'hotel, sarebbe stato un turno senza sosta fino a quando non avesse finito.

Almeno domani posso rilassarmi. Non vedeva l'ora di fare una passeggiata mattutina con Mark. La Marginal Way era la sua passeggiata preferita, soprattutto di prima mattina. Condividerla con Mark sarebbe stato solo un vantaggio.

Sembrava tutto ancora un po' surreale. Un momento prima, Mark era un uomo nudo su uno schermo, uno che lui non avrebbe mai ammesso di seguire, e quello successivo era un uomo caloroso e genuino che aveva bisogno di... compagnia? Amicizia? La richiesta di Mark di mostrargli i dintorni gli era sembrata genuina e una volta superati i suoi dubbi iniziali, Dylan non era riuscito a vederci nulla di male nell'accettare.

Il suo telefono squillò e sperò che non si trattasse di lavoro. Quando vide il nome di Seb, rise a crepapelle. Non appena accettò la chiamata, sparò: «Da quando ti alzi così presto in vacanza?»

«Okay, saggio ragazzo, mi conosci. E la risposta è: dal momento in cui è arrivata la famiglia di Marcus per il fine settimana. È stato frenetico quasi quanto il Quattro Luglio. Non così tante persone, grazie a Dio, ma abbastanza da non esserci tranquillità da queste parti. E chiamarti non è stata una mia idea, ma di Marcus.» Dylan sentì delle urla in sottofondo e Seb gemette. «Va bene, va bene, sto arrivando. Ecco, volevi parlare con lui, prendi il telefono, mentre io vado a vedere cosa vuole tua madre. Dylan? A dopo.»

Dylan ridacchiò. Sembrava che Seb facesse già parte della famiglia.

«Ehi, come stai?» Marcus sembrò molto più calmo di Seb.

«Bene. Occupato, ovviamente, ma c'era da aspettarselo. Comincio il turno in hotel tra un'ora.» Dylan sentì altre voci alte. «Sembra che tu abbia parecchio da fare.»

«In più di un modo.»

Che suonava minaccioso. «Tutto okay?»

«Ricordi che ti ho detto che ho un nipote? Quello a cui stavo dando consigli quest'estate?»

«Sicuro.»

«Beh, l'ultima volta che è stato qui, sapevo che qualcosa non andava. Non ho ancora capito bene cosa, ma ieri sera ha chiesto se poteva venire a trovarmi di nuovo quando il resto della famiglia se ne fosse andato. Dice che ha bisogno di parlare con me.»

«Sembra… una cosa seria.»

Marcus sospirò. «È quello che ho pensato anch'io. E mi ha fatto pensare a te. Allora… come stai, a parte il lavoro che ti tiene occupato?»

Il calore si diffuse attraverso il suo petto. «Grazie per averlo chiesto. Sto bene.»

«E come ti tratta quel manager?»

«Lui… mi tratta bene.»

«Sento una piccola esitazione?»

Gli ci volle circa un secondo per decidere di confessare. Marcus era uno dei bravi ragazzi, di quello era certo. «Ricordi quando siamo andati tutti in spiaggia e ti ho parlato di quella pornostar che aveva girato un film in hotel?»

«Il problema che dovevi risolvere? Sì, ricordo.»

«Beh… è tornato.»

Ci fu silenzio per un momento, e quando Marcus parlò, Dylan poté sentire il sorriso nella voce dell'uomo. «Tornato?»

Oh, merda.

«Tenere traccia dei pronomi può essere un casino, giusto? Ed è un uomo saggio colui che riesce a ricordare quando ha accidentalmente cambiato il sesso di qualcuno di proposito.» Prima che Dylan potesse rispondere, Marcus continuò. «Va tutto bene, non dirò una parola a Seb. Quindi… ho capito che ti piace il… lavoro di questo ragazzo?»

«Beh… io…»

«Dylan.» La voce di Marcus era gentile. «Cosa ti ho detto la sera che ci siamo incontrati? Va bene essere curiosi. Se hai bisogno di parlare, sai dove sono. E se hai bisogno di andare oltre la curiosità, va bene lo stesso.»

Solo che in lui c'era qualcosa di più della semplice curiosità: c'erano desideri di cui Dylan non voleva che nessuno sapesse, specialmente i suoi amici. Perché non pensava di poter dire loro quello che voleva veramente, non senza la vergogna che lo investiva, tanta vergogna che probabilmente ci sarebbe annegato.

«Grazie, Marcus. E se mai avessi bisogno di parlare…»

«Dovrei lasciarti andare alla tua giornata. Spero che tu non sia esausto entro la fine del turno. Ma c'è qualcosa che vorrei sapere.»

«Sì?»

«Questa pornostar che è tornata in hotel… cosa è successo?»

«Le sue riprese sono state un fallimento. Qualcuno ha detto al manager cosa stava succedendo e gli è stato chiesto di lasciare l'hotel.»

Un altro silenzio. «Sei stato tu, vero?»

«Come hai…»

«Intuizione.»

Dylan emise un respiro. «Mi è stata un po' forzata la mano. E ora sto cercando di fare ammenda.»

«Mi hai incuriosito.»

«Beh, vuole conoscere questa parte del Maine,

quindi… ho accettato di fargli da… guida.»

Marcus fischiò. «Bello. Come si chiama? Potrei aver visto i suoi video.»

«Mark Roman.» Dylan giurò di aver sentito Marcus prendere un respiro brusco. «Marcus?»

«Accidenti. Hai un gusto eccellente. Sono verde d'invidia.» Ridacchiò. «A parte il fatto che non saprei cosa farmene di una splendida pornostar. Ho già abbastanza cose da fare con Seb. E non ti ho mai detto questa cosa, va bene?»

Dylan rise. «Dimentichi che conosco Seb.» Il suono della porta che sbatteva lo riportò al presente di colpo. «Devo andare.»

«Goditi il tuo periodo come guida turistica. Spero solo che sia un bravo ragazzo.»

«Lo è.» Aveva come riferimento solo una serata a cena e un caffè, ma il suo istinto gli diceva che Mark non lo avrebbe trattato male. «E spero che qualunque cosa stia succedendo a tuo nipote non sia troppo seria.»

«Grazie. Spero di vederti presto. E, Dylan?» Marcus si schiarì la voce. «Se vuoi portare Mark a trovarci…»

Dylan ridacchiò mentre interrompeva la chiamata. Marcus ci aveva azzeccato. Mark era stupendo. *E pensa che io sia bello.*

Accantonò il pensiero. *Non metterti in testa delle idee. Vuole solo un amico.* E poi, quante volte lui aveva ribadito di non essere gay?

Sospirò. *Perché dovrebbe crederci Mark, quando non sono nemmeno più sicuro di crederci io?*

Nel momento in cui Mark saltò da un canale all'altro tre o quattro volte, cedette al suo primo istinto e spense la TV. C'erano libri non letti sullo scaffale e sul tavolino da caffè, libri che aveva comprato perché sembravano interessanti, ma non era dell'umore giusto per leggere. Aveva aggiornato i suoi video, ed era davvero tempo di caricarne uno nuovo, e odiava l'idea di fare un altro giro di promozioni sui social media.

Mi sto davvero stancando di tutto questo. Le parole di Dylan del sabato sera precedente gli sovvennero all'improvviso.

«Forse è ora di cambiare carriera?»

Sembrava la soluzione perfetta, a parte un problema spinoso: che cazzo avrebbe fatto per tenere insieme corpo e anima? Non aveva qualifiche su cui fare affidamento e, sebbene diciassette anni nell'industria del porno fossero impressionanti e si fossero rivelati redditizi in alcune occasioni, non sembravano esattamente una cosa buona, su un curriculum.

Il suo telefono squillò e Mark decise di non rispondere quando vide il nome di Joey. Lui chiamava solo per un motivo. Aspettò che gli squilli smettessero, non sorpreso dalla notifica della segreteria telefonica.

«Ehi, Mark. Fai qualcosa questo sabato? Sarò a New York e ho pensato che potremmo incontrarci.»
Incontrarci, certo. Era il modo di Joey di intendere di girare un po' di porno.
«Comunque, chiamami quando ricevi il messaggio. Sto a Brooklyn con un amico, Chaz, e dice che possiamo usare casa sua. Potrebbe anche unirsi a noi, se siamo davvero fortunati. È molto sexy, comunque. Si sta affacciando adesso al porno e penso che sarebbe una vera attrazione. Chiamami, va bene? È passato troppo tempo.»
Mark chiuse la segreteria e gettò il telefono sul divano accanto a sé. Non aveva davvero una buona scusa per rifiutare Joey e non aveva caricato nulla per un paio di settimane. Inoltre, c'erano molti ragazzi che avrebbero colto al volo l'occasione di girare con lui. New York stava cominciando a suonare come una buona idea, soprattutto se poteva passare un paio di giorni lì e ottenere abbastanza contenuti per andare avanti un po'.
Decisione presa.
Mark compose il numero di Joey. «Ehi. Scusa, non sono riuscito a prendere il telefono.»
«Capito. Ho pensato che potessi essere… occupato, sai? Allora… cosa ne pensi?»
«Mi piace. Ho solo bisogno di fare alcune chiamate per gestire altre riprese.»
«Capisco. Arrivo venerdì mattina, quindi se vuoi scendere in macchina e restare venerdì sera, Chaz dice che puoi avere il divano. Sì, gliel'ho già chiesto. Avevo la sensazione che ti sarebbe andato bene.»

Joey ridacchiò. «Non ti ho visto molto ultimamente. E ho sentito dello scorso fine settimana. Austin ha chiamato. Peccato.»

Mark sbuffò. «Il giro del porno è stato occupato, vedo. Sì, devo far uscire un po' di roba.»

«Grande. Possiamo girare durante il fine settimana. E se dovessi trovare più ragazzi che vogliono partecipare, te lo farò sapere. È passato un po' di tempo da quando qualcuno di noi ha girato una gangbang. Sei pronto per questo?»

Per niente. Solo che sapeva che quando fosse arrivato il momento di darci dentro, avrebbe messo in scena un bello spettacolo per le telecamere. Era stato nel business del porno abbastanza a lungo da fingere con i migliori.

Potrebbe essere necessario portare con sé alcune pillole blu come riserva, per ogni evenienza. Se Chaz era così sexy come aveva detto Joey, farsi venire un'erezione non sarebbe stato poi così difficile. L'unica difficoltà che poteva prevedere era girare con un principiante assoluto, ma se ne avessero parlato abbastanza venerdì sera, quello avrebbe potuto rendere le cose più facili.

«Mark? Sei ancora lì?»

Si diede una scossa mentale. «Sì, sono qui. Guarda cosa puoi fare, vedrò di esserci.»

«Grande. Potrei aver detto che stavo pensando di chiedertelo e ho una lista di ragazzi che stanno già sbavando. Ci sono tre ragazzi che vogliono scopare un daddy. Potrebbe essere proprio quello che fa per te.» Joey ridacchiò. «Potresti anche metterti tutti e tre i cazzi nel culo. Farebbe notare il tuo sito.» Un'altra risatina ironica. «I DILF vanno parecchio, in questo momento.»

Mark ne aveva abbastanza. «Scrivimi l'indirizzo e dove posso parcheggiare, e ci vediamo venerdì. Grazie, Joey.» Chiuse la telefonata prima che Joey potesse continuare, quindi guardò l'ambiente circostante. Lasciando perdere la TV e i libri, la soluzione alla sua attuale situazione su cosa fare era ovvia. Doveva girare qualcosa da solo.

Mark chiuse le persiane, quindi installò un paio di treppiedi e delle luci. Ne mise una all'estremità del divano e una sul tavolino da caffè. Poi si slacciò i jeans e si tirò l'uccello, accarezzandoselo fino a diventare duro.

È ora di esibirsi.

Accese la fotocamera del telefono e del tablet, poi si adagiò sull'asciugamano che aveva steso sul divano, la cerniera abbassata, rivelando il pube stretto. Senza dare un'occhiata a nessuna delle telecamere, Mark infilò una mano nei jeans e si accarezzò.

«È passato un po' di tempo dall'ultima volta che ho schizzato come una fontana per voi,» disse a bassa voce. «Quindi potrei non durare a lungo. Vedremo.» Liberò il cazzo, tirandolo, roteando i fianchi mentre faceva scivolare la mano lungo tutta l'erezione. Non passò molto tempo prima che si liberasse dei jeans e della maglietta e si ritrovasse nudo, una mano avvolta intorno all'uccello mentre si toccava il buco. Non parlava, non era il suo stile negli assoli, ma i suoi sospiri sommessi e i suoi gemiti bassi erano udibili. Si inginocchiò sul divano, la testa su una pila di cuscini, la schiena verso il tavolino da caffè, e allargò le gambe, guardando lo schermo attraverso di esse mentre giocava con il culo e si accarezzava lentamente l'uccello. Poi si mise di schiena, le gambe tirate verso il petto mentre si masturbava, strofinandosi di tanto in tanto le palle e il perineo prima di spostarsi più in basso per stuzzicarsi il buco con il polpastrello.

Stava andando con il pilota automatico, la sua mente vagava attraverso una serie di stanze nella sua testa, contenenti ricordi di momenti eccitanti. Ciò che lo sconvolse fu una nuova stanza, con un solo occupante.

Trattenne il respiro quando vide Dylan in piedi in fondo a un ampio letto, la camicia nera aperta sul collo, il gilè sbottonato e un evidente rigonfiamento nei pantaloni.

«Vuoi questo?» Mark si accarezzò con un solo dito sul buco.

Dylan non rispose, lo sguardo si fermò sul suo culo, le labbra socchiuse.

«Avvicinati. Voglio sentire il tuo respiro qui.» Si aprì le natiche, esponendosi, e il respiro di Dylan si bloccò. «Hai mai mangiato un culo prima?»

Dylan scosse la testa.

«Vorresti?»

Dylan rabbrividì. «Io…» Si leccò le labbra.

«Togliti i vestiti, Dylan. Mostrami che aspetto hai sotto quell'uniforme.» Mark si tirò delicatamente l'uccello, mentre Dylan si levava i vestiti con mani tremanti. Mentre il ragazzo si slacciava i pantaloni e tirava giù la

cerniera, lui non riuscì a distogliere lo sguardo dall'asta rigida che si sollevava, quando Dylan spinse i vestiti oltre i fianchi. «Cazzo. È un bell'uccello.» Era lungo e snello, con una cappella larga che lui scommetteva sarebbe stata fantastica, mentre lo penetrava. Dylan era semplicemente perfetto: un petto peloso, ma non troppo, e una scia di peluria che scendeva fino all'inguine. Piccoli capezzoli appuntiti che imploravano di essere succhiati, toccati, morsi… Un busto magro che lui voleva baciare e leccare… Non voleva aspettare un secondo di più.

Si spremette del lubrificante sulle dita, poi ne se ne fece scivolare due nel culo, muovendo i fianchi mentre preparava il suo buco per il cazzo di Dylan. «Scopami,» sussurrò. «Lo sai che lo vuoi. Non devi più trattenerti. Prendi il mio culo. È tuo.»

Dylan deglutì. Salì sul letto e gli afferrò le caviglie, allargandolo al massimo, l'uccello duro che sporgeva, perdendo liquido in un filo luccicante.

Mark annuì mentre cercava il cazzo di Dylan, guidandolo in posizione. «Dentro, per favore.» Poteva sentire il calore del ragazzo premere contro di lui. «Dylan…»

Con un gemito, Dylan spinse…

E Mark venne sui propri addominali e sul petto, incapace di trattenersi. Gemette mentre veniva, il suo corpo tremò a ogni goccia che pulsava dalla fessura. Si strinse l'uccello, masturbandosi fino alla fine, poi emise un sospiro.

«Cazzo…»

Mark si alzò dal divano e spense le telecamere, quindi si lasciò cadere sull'asciugamano.

Okay, da dove è venuto? Chiuse gli occhi, ma Dylan se

n'era andato, lasciando solo il ricordo di un corpo sodo che lui non aveva avuto la possibilità di sentire contro la sua pelle.

A proposito di un'immaginazione iperattiva. E da quando fantasticava sui ragazzi etero? Perché era tutto ciò che poteva essere: la fantasia di convincere Dylan a scoparlo. Avrebbe fatto meglio a togliersi dalla testa quei pensieri, prima di incontrare il ragazzo la mattina dopo.

Spiegare perché aveva un'erezione poteva rivelarsi un po' complicato.

di K.C. Wells

Capitolo otto

8 settembre

Mark chiuse a chiave l'auto e scrutò il parcheggio alla ricerca di tracce di Dylan. La promessa di un'ottima colazione alla fine della passeggiata gli era bastata per accontentarsi di un caffè e un muffin alla crusca e mele. Dylan gli aveva mandato il menu del caffè dove si sarebbero diretti, e lui stava già sbavando alla prospettiva di una frittata ripiena di prosciutto, pancetta, salsiccia, pepe, cipolla e cheddar.

Non mangiare troppo. Non vuoi accumulare peso prima di venerdì.

A volte odiava dover controllare la propria dieta. Era quasi certo che i carboidrati lo aspettassero dietro ogni angolo, pronti a tentarlo con pizza, pasta grondante una ricca salsa, patatine fritte croccanti che gridavano di essere immerse nella maionese all'aglio...

Cristo, devo essere più affamato di quanto pensassi.

Il sole era sorto da circa due ore e sembrava che sarebbe stata una bella giornata. La temperatura era gradevole e l'aria era calma.

«Buongiorno.»

Mark sobbalzò e si girò. Dylan era lì con un sorriso, vestito con pantaloncini cargo blu, una maglietta di un blu più chiaro e scarpe da ginnastica bianche. Portava un piccolo zaino sulla spalla sinistra e gli occhiali da sole gli nascondevano gli occhi. Mark ricambiò il sorriso. «Ehi. Sembra che abbiamo scelto il giorno giusto per una passeggiata. Da dove iniziamo?»

Dylan indicò la strada alla fine di Cottage Street. «Percorriamo Shore Road per un isolato, poi giriamo a sinistra. La via in realtà inizia a Shore Road.» Guardò il cielo. «Hai ragione. È una splendida giornata. Pronto?»

Mark annuì e uscirono dal parcheggio, dirigendosi verso la strada. Quando svoltarono a sinistra, l'oceano si stendeva davanti a loro, una striscia blu scuro che incontrava il cielo senza nuvole all'orizzonte, punteggiato qua e là di vele. «Lo hai mai fatto?» Indicò una barca.

Dylan rise. «Diavolo, no. Quando avevo quattordici anni la mia famiglia mi portò in crociera sull'isola di Monhegan per vedere il faro e osservare le pulcinelle di mare e le foche. Penso di aver vomitato per tutto il tempo che siamo stati sul traghetto.»

«Sì, qualcosa mi dice che sei decisamente uno di terra. Non posso dire nemmeno io di essere un fan della vela. Preferisco tenere i piedi su un terreno solido.» Raggiunsero l'oceano e davanti a loro si stendeva una spiaggia poco sabbiosa, perlopiù coperta da rocce e ciottoli. La marea era bassa e il sole scintillava sull'acqua. Su entrambi i lati del sentiero c'erano ringhiere e alla loro destra un grande albergo fronteggiato da prati ben falciati, disseminati di lettini e ombrelloni.

«È lì che stai se vuoi un bel panorama,» mormorò Dylan. Indicò la ringhiera. «Penso che sia per tenere fuori la marmaglia.»

Mark inspirò profondamente. «È così tranquillo qui.» In alcuni punti la recinzione era inclinata, lottava contro gli arbusti e il sottobosco che ne minacciavano la stabilità. Il sentiero seguiva l'aggraziata curva del terreno e, mentre svoltavano l'angolo, scorse una panchina che dava su una piccola insenatura. Gli alberi sovrastavano il sentiero e una passerella di legno scendeva sulla sabbia.

«Quella è Little Beach.» Dylan indicò la baia, poi il promontorio roccioso. «E questo è Israel Head.»

«Perché si chiama così?»

Dylan scrollò le spalle. «Non ne ho idea. So che è stato nominato nella vendita della terra originale, nel 1925. Un tizio chiamato Josiah Chase si ritirò a York e comprò venti acri da Perkins Cove fino a qui. La via era lunga solo un miglio, ma da quando è morto, le persone hanno contribuito con pezzi di terra e l'hanno allungata di circa un quarto di miglio.»

Mark ridacchiò. «Hai ingoiato una guida stamattina? O sei sempre così ben informato?»

«È come hai detto l'altra sera. Dare informazioni turistiche fa parte del mio lavoro. E dovrei sapere tutto questo, dopo otto anni.» Indicò il sentiero. «È sopravvissuto a un paio di brutte tempeste, nel corso degli anni, tanto che hanno istituito un fondo per preservarlo e proteggerlo dalle intemperie e dagli innumerevoli visitatori.» Si fermò su una panchina. «Ti dispiace se ci fermiamo? So che abbiamo appena iniziato, ma qui ci sono delle panchine lungo tutto il percorso e mi piace sedermi e guardare l'oceano.»

«Penso che sia il modo perfetto per far durare un po' più a lungo la passeggiata.» Mark non aveva fretta di tornare a casa, anche se il suo stomaco stava appena iniziando a lamentarsi.

Si sedettero sulle assi di legno e Mark si appoggiò allo schienale. Percepì un odore nella leggera brezza e annusò. «Oh, wow. È paradisiaco.»

«Caprifoglio.» Dylan sorrise. «Adoro quell'odore.»

«Anche io. Mi ricorda la casa dei miei nonni. Il recinto del cortile tra loro e la casa accanto ne era ricoperto. Ne sentivo l'odore nella mia camera da letto.» Una brezza proveniva dall'oceano, colpendolo dritto in faccia, ed era esaltante.

«Dove hai vissuto nel Wyoming?»

«A Cheyenne.» Mark sbuffò. «Il più lontano possibile da Wells. Non vedevo l'ora di andarmene da lì.» Anche se non era del tutto vero. Non si era preoccupato così tanto della sua città natale fino a quando non aveva raggiunto la tarda adolescenza.

Era stato allora che il suo mondo era imploso.

«Era così brutta la tua vita a casa?» chiese Dylan a bassa voce. Prima che lui potesse rispondere, il ragazzo alzò le mani. «Ehi, sai una cosa? Non devi rispondere. Non mi riguarda.»

Mark era stato lontano dai suoi abbastanza a lungo da poterne parlare spassionatamente, la maggior parte delle volte. C'erano ancora giorni in cui ricordava le parole pronunciate nella foga del momento e le sue viscere si contorcevano.

«Va bene. Posso parlarne.» *E quando è stata l'ultima volta che l'ho fatto?*

Dylan tirò fuori una bottiglia d'acqua dallo zaino e ne bevve un sorso prima di porgergliela. «Ne vuoi un po'?»

Mark annuì e bevve qualche sorso. Restituì la bottiglia e osservò la scena serena, inalando gli aromi mescolati di caprifoglio e rose selvatiche. «Quando ero un bambino amavo passare il tempo con la mia famiglia. Ho due fratelli e una sorella, sono il piccolo della famiglia.» Solo che non ne aveva più, glielo avevano detto il giorno in cui se n'era andato.

«Anche io.»

Lui sorrise. «Era fantastico. Hanno sempre avuto cura di me, capisci? E i miei genitori... non avrei potuto desiderarne di migliori.»

«In base a quello che hai detto sabato, immagino che sia cambiato tutto.»

Mark sbuffò. «In un batter d'occhio. Ho sempre pensato che mi avrebbero supportato, qualunque cosa accadesse. Si è scoperto che c'era solo una cosa su cui non eravamo d'accordo, ed è stato un motivo di rottura.»

«È stato quando hai fatto coming out con loro?» chiese Dylan, a voce bassa.

Mark emise un profondo sospiro. «Non esattamente. Avevo diciassette anni, stavo per diplomarmi al liceo... e pensavo di essere innamorato.

Perdutamente, totalmente andato, innamorato. Ovviamente, non era amore ma solo una prima cotta, e il ragazzo che riceveva tutta quell'adorazione non ne aveva la minima idea. Quindi… presi una decisione. Gli avrei detto cosa provavo, il che, guardandomi indietro, è stata la cosa più stupida nella storia delle cose stupide.»

«Perché ho la sensazione che sto per dire *ahia*?»

Mark sorrise. «Perché hai già sentito questa storia. Ho aspettato fino a dopo la lezione di ginnastica, che era l'ultima del venerdì, e poi gli ho chiesto se potevamo andare da qualche parte a parlare. Ha detto di sì, era un bravo ragazzo, ma quando finalmente sono riuscito a balbettare come mi sentivo…» Deglutì. La faccia di Kevin avrebbe potuto essere scolpita nella pietra. «Mi ha detto che non avrebbe mai potuto pensare a me in quel modo. E poi che non avremmo mai più menzionato la cosa.» Mark indicò la bottiglia. «Posso…?»

«Sicuro.» Dylan gliela porse e lui ne bevve un po', per quanto glielo permetteva la sua gola stretta.

Si asciugò la bocca. «Stiamo parlando di un paio di settimane prima del diploma. Quindi sì, è stato un male che lui reagisse in quel modo, ma ho pensato… posso sopravvivere per qualche settimana. Dopodiché, probabilmente non lo avrei mai più rivisto, giusto?» Rabbrividì. «Solo che… quella sera mio padre ricevette una telefonata dal padre di Kevin. Mio padre mi chiamò in cucina, mi disse di sedermi e poi chiuse la porta.»

«Puoi fermarti lì. Penso di conoscere il resto.» Gli

occhi di Dylan erano caldi. «E poi che è successo?»

«Beh… c'è stata una visita del nostro pastore. Non penso che tu abbia bisogno di esprimere tre desideri per sapere cosa ha detto. E poi i miei genitori continuavano a ripetere all'infinito tutto ciò con cui se n'era uscito, finché non volevo fare altro che urlare. La cosa è andata avanti per tutta la cazzo di estate. Uscivo solo per allontanarmi da loro, ma appena i miei piedi varcavano quella soglia ricominciava tutto da capo.»

«C'erano stati indizi su quello che pensavano?»

Mark scosse la testa. «Non avevano mai parlato delle loro opinioni. Se lo avessero fatto, ci avrei pensato due volte a parlare con Kevin, nel caso venisse loro riportato. No, è stato un fulmine a ciel sereno. Ma la cosa che ha rigirato ancora di più il coltello nella piaga è stata l'entrata in scena dei miei fratelli e di mia sorella. Mio fratello maggiore è stato un po' più schietto dei miei genitori. Mi ha detto che non c'era verso che avesse un frocio per fratello.» Riusciva ancora a vedere il volto di Paul, arrossato e contorto dal disgusto.

«Qual è stata l'ultima goccia? Cosa ti ha fatto decidere di andartene da lì?»

«Hanno sollevato l'argomento del college. Dissero che non avrebbero pagato le mie tasse scolastiche se avessi continuato con questa… perversione.» Mimò le virgolette sull'ultima parola e fissò le calme acque dell'Atlantico. «Hanno lasciato quella parte fino all'ultimo minuto. Intendo dire che stavo già facendo i bagagli.» Il suo petto era stretto come un tamburo.

«Avrei potuto cedere. Avrei potuto concordare e dire: sapete cosa? Avete ragione. Io non sono gay. E tutto sarebbe stato perfetto. Solo che non lo sarebbe stato. Perché potevo vivere come volevo al college, lontano dai loro occhi, ma quando fossi tornato a casa? E il resto della mia vita? Non potevo vivere così. Perché chi è che vuole nascondere ciò che è veramente?»

Gesù, bruciava ancora.

«Ed è stato allora che te ne sei andato?»

Mark annuì. «Pochi giorni dopo il mio diciottesimo compleanno. Li ho chiamati dalla stazione degli autobus e ho detto loro perché me ne fossi andato. Non ho detto dove fossi diretto. Si è scoperto che non gli importava. Non volevano saperlo.»

«Ed è nato Mark Roman.» Dylan inclinò la testa. «Suppongo che non sia il tuo vero nome.»

«Adesso lo è. Non voglio quello che mi hanno dato loro.»

Gli occhi di Dylan si spalancarono. «Ora ho capito i tuoi nonni. Tua nonna la pensava come i tuoi genitori, vero? Ma tuo nonno no. Ed è per questo che si è messo in contatto dopo la sua morte, per assicurarsi che sapessi che ti amava ancora.»

Mark era commosso che Dylan avesse ricordato i dettagli della loro conversazione. «Sì. Il nonno è fantastico.» Si schiarì la gola. «Possiamo camminare ancora un po'?» Il viaggio lungo il viale della memoria gli aveva fatto dolere il petto e contrarre lo stomaco. *Immagino di non aver dimenticato del tutto.*

I ricordi facevano ancora un male da morire.

«Sicuro.» Si alzarono dalla panchina e Dylan indicò la sinistra. «Questa è Israel Head Road, ma continuiamo così, restando sulla costa.»

Mark amava la vista dei tetti che sbirciavano sopra le cime degli alberi, un mix di verde e bianco. Di tanto in tanto incontravano persone che provenivano dalla direzione opposta, che camminavano a passo svelto, indossavano gli auricolari o facevano jogging. In un punto era stato costruito un mini faro nel mezzo del sentiero, un tocco carino. Le case stavano sulla destra, con i portici che si affacciavano sull'oceano, e numerosi sentieri conducevano dalla via cementata fino alla spiaggia. Le panchine erano poste a intervalli regolari e su una un uomo osservava il panorama.

Mark poteva capire perché. La serenità del paesaggio, il vento tra gli alberi, il suono delle onde... era perfetto.

Quando raggiunsero una targa di bronzo con dettagli su Josiah Chase, Mark non poté resistere. «Ehi, guarda quella. Hai citato la data giusta e tutto il resto.» Gli valse un'alzata di occhi al cielo.

Passarono attraverso una serie di pilastri di pietra, seguiti da un ponte che attraversava un ruscello che si dirigeva verso l'oceano. Il litorale si fece più definito, con strati di roccia, interrotti qua e là da alberi. Una lingua di terra sporgeva in lontananza, ricoperta di edifici.

Dylan si fermò in un altro punto. «Voglio solo inondarmi di tutto questo.»

Mark alzò il viso e recepì l'acqua che si increspava

sulle rocce e il gracchiare dei corvi che volteggiavano sopra le loro teste. «Capisco perché ti piace questa passeggiata.»

«Mi fermo sempre qui, perché dopo questo punto si arriva alla civiltà.» Inclinò la testa verso la lingua di terra. «Quella è Perkins Cove. Siamo quasi alla fine del percorso.»

Mark sorrise. «Vuol dire il brunch?»

Dylan rise. «Sì, quello. Voglio solo godermela ancora un po'.» Inclinò la testa verso l'ennesima panca. «Va bene?»

«Più che bene.»

Si sedettero con il sole in faccia. Non riusciva a ricordare l'ultima volta che si era sentito così rilassato. «Allora, quanto è civilizzata Perkins Cove?»

«Ha la solita aria turistica: negozi di antiquariato, di abbigliamento, di candele... Inoltre, c'è una passerella che attraversa l'insenatura e puoi fermarti su di essa per una splendida vista del bacino, solitamente pieno di barche. La costa è più rocciosa, ma ci sono piccole insenature qua e là... Jacks Cove, Rose Cove...» Sorrise. «Se ti piacciono i ristoranti con vista, Perkins Cove è il posto giusto.»

«E questo posto dove andiamo a mangiare... com'è?»

«Cove Cafè? Esterni di cedro bianco, tende da sole a strisce bianche e blu, fioriere piene di fiori graziosi... Ciò che manca nel panorama, lo compensa con il menu.» Fece una pausa. «Grazie, comunque.»

«Per cosa?»

«Per la condivisione. Non dovevi dirmi tutto. E so che hai detto che puoi parlarne, ma suppongo che faccia ancora male. La merda ha l'abitudine di rimanere lì, a volte.»

Mark guardò l'espressione tesa di Dylan. *Parli per esperienza.* Non aveva intenzione di fare domande, però. Le braci del suo passato erano state ravvivate abbastanza, per quel giorno, e aggiungerne altre avrebbe infranto la fragile bolla del tempo che li racchiudeva.

Abbiamo tempo, se vuole parlare. Quello era stato solo il primo incontro del genere.

Il suo stomaco brontolò e Dylan rise. «Immagino che questa sia la fine della conversazione. Dai, andiamo a nutrirti.» Si alzarono dalla panchina e si avviarono lungo il sentiero delimitato da un lato dalla costa rocciosa ricoperta di alghe e dall'altro da pensioni e alberghi, tutti con le stesse tegole di cedro grigio. Mentre passeggiavano nel parcheggio per raggiungere Perkins Cove Road, Mark si ritrovò a sperare che la giornata non finisse dopo il brunch.

Voleva mantenere quella sensazione di pace finché poteva, prima che le esigenze della vita reale si insinuassero e gliela rubassero.

Capitolo nove

12 settembre

Mark non pensava che gli fosse rimasta nemmeno una goccia di sperma. Avevano iniziato le riprese il sabato pomeriggio e fino a quel momento avevano dovuto girare circa quattro ore di riprese. Joey aveva avuto ragione su una cosa: Chaz era sexy. Era anche un allievo svelto.
Chi sto prendendo in giro? Questo ragazzo è stato creato per il porno.
Si asciugò lo sperma di Joey dal busto e si afflosciò contro i cuscini. Chaz sembrava un po' perso, ora che le telecamere si erano fermate. Joey era impegnato a rimuovere il nastro adesivo dalle pareti dove avevano fissato i telefoni.
«Va bene?» chiese Chaz, spostando lo sguardo da Joey a lui.
Prima che Mark potesse rispondere, Joey sbuffò. «Stai scherzando? Sei un talento naturale, ragazzo. Devi pensare a creare il tuo sito.» Sorrise. «Hai un futuro in questo settore.»
Mark rivolse uno sguardo duro a Joey. «Non tutti vogliono essere una pornostar, okay?»
Joey inarcò le sopracciglia. «Forse vuole essere il

prossimo Mark Roman, ci hai mai pensato?»

Chaz tossì. «Ehi, posso pisciare e farmi una doccia prima che tu pianifichi una carriera per me?»

Mark gli rivolse uno sguardo comprensivo. «Ti senti bene?»

Chaz rabbrividì. «Ad essere onesti mi sento un po' sottosopra. All'inizio ero un po' nervoso, e ora che è finita…»

Mark annuì. «Lo so. Io sono crollato dopo la mia prima scena. Vai a fare la doccia. Prenditi tutto il tempo che vuoi. Dopo ti sentirai meglio.»

Chaz sorrise. «Mi sento già meglio.» Si diresse verso il bagno.

Quando il ragazzo si chiuse la porta alle spalle, Joey gli lanciò un'occhiata interrogativa. «Cos'hai, signor Brontolo?»

«Cosa intendi? E chi è Brontolo?»

«Tu. Non negarlo.» Joey gli strappò l'asciugamano e si asciugò. «Il ragazzo è andato bene, vero?»

«È stato fantastico,» ammise.

«Allora qual è il problema? E non dirmi che non ce n'è uno, perché ti chiamerò gran bugiardo.» Si sedette sul letto. «Te lo chiedo solo perché… beh… non sei te stesso.»

Mark sbatté le palpebre. «E questo si basa sulla tua profonda conoscenza di me? E abbiamo lavorato insieme quattro o cinque volte?» Il suo cuore batteva forte. Joey era sempre stato perspicace.

«Sì, vero. E ho guardato tutti i video in cui hai partecipato, quindi non dirmi che non posso capire quando non sei lì con la mente.» Inclinò la testa verso il bagno. «Chaz ha un corpo da favola, una lingua pazzesca e un cazzo instancabile. E se tutto ciò non ti fa andare su di giri, c'è qualcosa di gravemente sbagliato.»

Mark era sul punto di dirgli che aveva le allucinazioni, finché non riconsiderò il tutto. «Io... penso di averne avuto abbastanza.»

«Di cosa, esattamente? Della gente che paga per vederti scopare?»

«Se fosse tutto ciò che fanno, allora mi andrebbe bene. Ma è tutto il resto che non mi piace più.» Mark sospirò. «L'altro giorno sono andato a Portland per fare compere. Sono sceso dalla macchina e stavo camminando verso la porta del negozio, quando un ragazzo si è avvicinato. Sapevo esattamente cosa stava per dire prima ancora che aprisse bocca.»

«Ehi, conosco molti ragazzi che ucciderebbero per avere tanti fan quanti ne hai tu.»

«Possono averli,» ribatté Mark. «E sì, so che dovrebbe rendermi felice avere così tanti fan, ma lo faccio da diciassette anni, e penso che sia un periodo abbastanza lungo, non credi? Ma non sono solo gli uomini che vogliono farsi un selfie con me, sono quelli che chiamano il mio nome per strada, che vengono da me in un bar e mi afferrano il culo perché secondo loro va bene farlo, perché sono una pornostar. È il bisogno costante di creare contenuti per poter mangiare, pagare i conti, comprare la carta igienica...» esplose con un sospiro. «Questo per te è un lavoro aggiuntivo. Quando non stai girando video, hai un lavoro. Questo *è* il mio lavoro. Non ho nient'altro su cui ripiegare.»

Dio, era stanco.

«Forse devi prenderti una pausa,» suggerì Joey.

«E fare cosa? Andare a trovare i miei? No, grazie. Vedere gli amici?»

Joey non disse nulla per un momento. «Cos'è successo con Dolan? Quel ragazzo che vedevi tempo fa?»

«La stessa cosa che succede con ogni ragazzo con cui esco. Ha deciso che non poteva far fronte all'idea che io scopassi con altri ragazzi per vivere. Questa cosa si mette sempre in mezzo.» Mark lo fissò. «Non mento mai su quello che faccio. Lo dico sempre fin dall'inizio. E all'inizio dicono tutti le stesse cose. "Non importa se fai sesso con tutti quegli uomini. Penso che sia eccitante. Va bene perché li stai solo scopando, so che mi ami".»

Lo sguardo di Joey si fece pensieroso. «E tu? Li ami, voglio dire?»

Mark prese un respiro profondo. «Ci sono andato vicino una volta, o almeno pensavo di averlo fatto. Ma come mi ha detto di recente, forse quello che mi piaceva davvero era l'idea che qualcuno fosse innamorato di me.»

«Quello era Casey, vero? Mi ricordo.»

Mark prese una bottiglia d'acqua dal comodino e bevve un lungo sorso. Si asciugò le labbra. «Casey vuole che mi innamori perdutamente. Vuole anche che mi faccia una vita.» Indicò il letto, i telefoni, le luci ad anello. «Ce l'ho una vita.»

Semplicemente non era più sicuro che gli piacesse

ancora così tanto.

«Quello che non hai è un equilibrio tra lavoro e vita privata.» Lo sguardo di Joey si fissò nel suo. «Questo è tutto ciò che fai, vero? Mangi, bevi, fai acquisti, dormi, giri porno, modifichi porno, carichi porno, promuovi porno… risciacqui, ripeti…»

«Ehi, ci sto lavorando, va bene? Ho anche iniziato a fare altro. Sono andato a fare una passeggiata.»

«Certo che lo hai fatto. E scommetto che per tutto il tempo stavi pensando con chi avresti girato dopo.»

Mark sorrise. «In realtà? Sono stato distratto da quei pensieri dal ragazzo che camminava accanto a me.»

Joey si fermò. «Sembra promettente. Chi è?»

«Puoi fermarti lì. È etero. Beh… dice di essere etero. Personalmente, penso che la giuria debba ancora deliberare. Mi sta mostrando il Maine, tutto qui.» Ridacchiò. «Va beh, forse rimarremo nei dintorni di Wells. Lo Stato è dannatamente enorme.»

«Aspetta un secondo. Hai detto che era una distrazione. Quindi… è carino?»

La faccia di Dylan era proprio lì, nella sua testa. «Sì. È anche un ragazzo dolce.»

Joey sorrise. «Bene. Il dottor Joey analizza il caso. Ecco la mia ricetta. Consiglio di passare più tempo con questo ragazzo.»

Mark rise. «Ah, sì? E nel frattempo paghi tu la mia spesa? Le mie bollette?»

«Deve esserci un altro modo per fare soldi, a parte il porno.» La fronte di Joey si corrugò. «Ovviamente non aiuta quando la gente carica i tuoi contenuti su siti gratuiti, ma sta rapidamente diventando la norma. Non sarebbe diverso se lavorassi per uno studio, giusto? Guadagneresti ancora meno soldi e i tuoi film verrebbero comunque condivisi.»

«Fidati di me, è da un po' che penso alle alternative.» Gli occhi di Joey erano comprensivi. «Intendevi sul serio quando hai detto che ne hai avuto abbastanza?»

Mark sospirò pesantemente. «Lo penso sempre più spesso.»

«Allora forse dovresti uscire col botto. Letteralmente.» C'era di nuovo quel sorriso.

«Che cosa hai in mente?»

«Beh... sai quei twink di cui ti parlavo? Non sono riusciti a farcela questo fine settimana, ma hanno detto che saranno liberi tra poche settimane. Vuoi girare un'orgia? Tu, io, loro tre e chiunque altro sia interessato a far parte del canto del cigno di Mark Roman?»

«Il canto del cigno?» Mark stava lottando per tenere il passo. Erano passati dal discutere la prospettiva al trasformarla in realtà.

«Mettila così. Hai risparmiato abbastanza per non morire di fame?»

Ci pensò un momento. «Probabilmente. Potrei fare un sacco di cose da solista per guadagnarne un po' di più.»

Joey annuì. «Questo è il programma. Erezione mattutina, giochi con il culo, cavalcare un dildo, scopare con le dita, un po' di suspense...» Sorrise. «Ecco fatto. Ho appena pianificato i tuoi contenuti per le prossime due settimane. E non te lo addebiterò nemmeno.»

Mark rise.

«Ragazzi?» Chaz entrò in camera da letto con un asciugamano. «Il bagno è libero.»

Gli occhi di Joey brillarono e Mark capì che stava arrivando qualcosa. «Grande. Il mio telefono è impermeabile, quindi perché non filmi me e Mark mentre facciamo la doccia?»

Mark guardò il cazzo di Joey, che si stava già alzando, e sbuffò. «Non stai parlando di me che ti lavo la testa, vero?»

«Il sesso sotto la doccia è eccitante, tesoro.» Joey sfregò la punta delle dita. «E il sesso è denaro.»

Mark alzò gli occhi al cielo. «Bene. Scopami sotto la doccia.» Lanciò a Chaz una finta occhiataccia. «Sei lì per filmare, non per partecipare, okay?» Aveva visto le dimensioni della vasca.

Chaz fece il broncio. «Ah.»

Mark rise. «Avrai la tua occasione, va bene? Prometto. Gireremo una scena mattutina prima che io torni nel Maine.»

Quello gli valse un sorriso. «Eccezionale. Possiamo fare una doppia penetrazione?»

Mark rise a crepapelle. «Non correre prima di poter camminare, ragazzo.»

Joey scese dal letto, si avvicinò alla borsa che aveva posato sul pavimento e infilò una mano dentro. Tirò fuori un grosso plug anale e lo schiaffò nella mano di Chaz. «Non ascoltarlo. Devi solo allargarti il buco in anticipo.» Sorrise. «Dai. È ora di bagnarsi.»

Il suo cuore accelerò, e gli ci volle un momento per rendersi conto che ciò che lo eccitava non era la prospettiva di Joey che gli scopava il cervello sotto la doccia, o di loro due che penetravano il culo di Chaz. Era l'idea che la fine potesse davvero essere in vista. *Ho bisogno che accada.* E per farlo aveva anche bisogno di trovare delle alternative. In fretta.

Dylan entrò in cucina con la scatola della pizza in mano e vide Greg che stava caricando la lavastoviglie. «Era ora,» brontolò. Aveva avuto intenzione di ricordare a Greg che toccava a lui pulire la cucina; sembrava che ogni pentola e ogni piatto fossero stati usati.

«Avresti potuto farlo tu stesso, sai?» rispose Greg.

«Ah-ah. Ecco perché abbiamo una lista di compiti. Io ho pulito il bagno. Tu pulisci la cucina.»

Greg annusò l'aria. «Ooh. Ha un buon profumo.»

«Sì, sì, quindi se ne vuoi un po'…» Dylan sorrise. «O vai a prendertela o te la fai consegnare, perché non avrai neanche un po' della mia. Ho fantasticato su questa pizza nelle ultime due ore.» Aveva appena finito il suo turno quando il signor Reynolds gli aveva chiesto di lavorare alla reception, perché Caroline aveva dovuto finire prima. Non aveva potuto rifiutarsi; dopotutto, intervenire su richiesta era uno dei compiti di un supervisore.

«Avaro.» Gli occhi di Greg brillarono. «Potresti mangiarla con la TV ad alto volume.»

Dylan gemette. Ciò significava che la ragazza di Dawson sarebbe rimasta per la notte. «Sul serio?»

Greg annuì. «Ci hanno dato dentro tutto il pomeriggio. Sono geloso da morire.»

Dylan si acciglió. «Helena non ti piace nemmeno.»

«Cazzo, non voglio scoparmela. Quello che mi sbalordisce è la resistenza di Dawson. Voglio dire, Gesù…»

Dylan ridacchiò. «Ah. Invidi la sua erezione.» Posò la scatola e andò al frigorifero a prendere una bibita. Greg si avvicinò di poco e Dylan lo guardò torvo. «No. Tieni a bada le zampe. Inoltre, non ti piacerebbe.»

«È una pizza, perché non dovrebbe piacermi?»

Sorrise. «Ci sono degli spinaci. Non mangi roba verde.»

Greg fece una smorfia. «Che schifo. Sì, puoi tenertela.» Inclinò la testa da un lato. «Marie ti ha detto qualcosa?»

Dylan si fermò, le mani occupate. «Riguardo a cosa?»

Marie aveva iniziato a lavorare in hotel ad agosto, come addetta alle pulizie. Sembrava a posto, non che lui le avesse prestato tutta questa attenzione.

«Oh, solo qualcosa che ho sentito, tutto qui.»

L'aria disinvolta di Greg lo rese sospetto. «Che cosa? Cosa hai sentito?»

«Ha una cotta per te, a quanto pare. Ha chiesto in giro se stai uscendo con qualcuno in questo momento.» Greg sorrise. «Penso che con lei potresti avere una possibilità. Chiedile di uscire.»

Dylan lo guardò a bocca aperta. «Se vorrò il tuo aiuto per organizzare un appuntamento, lo chiederò.»

«Amico, quand'è stata l'ultima volta che hai fatto sesso? Perché penso che sia successo quando la Terra si stava raffreddando.»

Dylan alzò gli occhi al cielo. «E io credo di avere una pizza che si sta raffreddando, quindi se vuoi scusarmi...» Uscì dalla cucina e andò in soggiorno. Lo sbattere continuo del letto di Dawson contro il muro gli fece raggiungere il telecomando in un batter d'occhio. Trovò un film d'azione, si lasciò cadere sul divano, aprì la scatola e attaccò la sua pizza con gusto. La scena dell'inseguimento in macchina del film era punteggiata da strane grida quali: «Dio, sì», «Ecco», e «Non fermarti».

Si concentrò sullo schermo, facendo del suo meglio per bloccare la colonna sonora aggiuntiva proveniente dalla stanza di Dawson. Greg aveva avuto ragione, era passato un po' di tempo dall'ultima volta che aveva scopato, ma non era probabile che avrebbe dimenticato l'esperienza.

Neanche in senso positivo. Le sue guance bruciarono nel ricordare l'espressione di Della, il tono della voce... Per settimane aveva avuto i nervi a fior di pelle, certo che lei avrebbe raccontato a tutti i loro colleghi di lui, del suo suggerimento... Aveva camminato per l'hotel immaginando che il personale stesse parlando di lui, sussurrando alle sue spalle. Quando non era successo niente, si era reso conto che probabilmente era rimasta imbarazzata dall'episodio quanto lo era stato lui.

Evitare tali situazioni era la strada da percorrere. Non aveva bisogno che nessun altro gli dicesse che era un pervertito. Ed era meglio essere frustrato che pensare alle alternative.

Le parole di Marcus lo stuzzicavano. *Esplora. Sogna. Scopri.* Conosceva alla perfezione la parte del sogno, quello di cui non era sicuro era di avere abbastanza coraggio per le altre due.

Il dilemma di Dylan

Capitolo dieci

15 settembre

Era stata una lunga giornata e Dylan non vedeva l'ora di finire il suo turno e tornare a casa. Quando il suo telefono squillò, per un terribile momento pensò che fosse il signor Reynolds a chiamarlo, per chiedergli di lavorare ancora qualche ora. Poi ridacchiò.

Idiota. Avrebbe chiamato il telefono dell'ufficio, non il mio cellulare. Lo tirò fuori dalla tasca e il suo stomaco si strinse quando vide che era un messaggio di suo padre.

Chiamami.

Era tentato di ignorarlo, ma sapeva per esperienza che suo padre avrebbe continuato a inviare messaggi fino a quando lui non avesse risposto. *Meglio farla finita subito.*

Cliccò su *Chiama* e, dopo cinque o sei squilli, suo padre rispose. «Non ero sicuro che stessi lavorando. Non sappiamo quali siano i tuoi orari.»

Dylan tradusse automaticamente l'ultima osservazione: *non hai condiviso i tuoi turni con noi.* «Per oggi ho finito. Che cosa succede?»

«Tua madre diceva che è passato un po' di tempo

dall'ultima volta che ci sei venuto a trovare. Certo, sappiamo quanto sei impegnato in hotel.»

Dylan ignorò quell'ultima parte. «Sta bene?»

«Sta bene. Lo sapresti, se fossi stato qui nell'ultimo mese. Ma presto sarà il suo compleanno e volevo assicurarmi che te lo ricordassi.»

Cristo, quando aveva dieci anni il compleanno di sua madre era coinciso con una gita scolastica ad Acadia. *L'ho dimenticato una sola cavolo di volta, papà.* Solo che sapeva che non aveva senso tirarlo fuori. Non avrebbe fatto alcuna differenza.

«Sì, ce l'ho sul calendario, proprio come ogni anno. Stai pianificando qualcosa di speciale, visto che è un numero speciale?» *Vedi papà? Lo so.*

«Ne ho discusso con le tue sorelle e abbiamo deciso di organizzarle una festa a sorpresa.»

E io non ho diritto nemmeno a un voto. Non che quella fosse una novità. «Posso fare qualcosa?»

«Beh, non è che tu possa fare molto. Ovviamente sei molto impegnato in hotel. Ti mando i dettagli. Volevo solo avvisarti in modo che tu potessi segnartelo.»

«Lo farò.» Il suo battito accelerò. *Abbiamo finito?*

«Ti vediamo a malapena ultimamente.»

Non era quella l'idea? Poteva ancora ricordare la conversazione con suo padre non molto tempo dopo che aveva iniziato a lavorare in hotel. Il succo era stato che, dato che guadagnava, era il caso che si trasferisse, no? Dylan ne aveva avuto abbastanza con le visite che faceva per dovere. Lo portavano solo a sentirsi inutile e ansioso. *Non importa cosa faccio. Non va mai abbastanza bene.*

«Siamo solo un piccolo albergo, papà. C'è molto da fare qui. E ora che sono supervisore...»

«Sì, lo hai menzionato alla tua ultima visita.»

E avresti potuto dire qualcosa al riguardo. Forse che eri orgoglioso di me? Sì, come no.

«Scommetto che trovi ancora il tempo per vedere quei tuoi amici.»

Gesù, sapeva che suo padre li avrebbe tirati fuori. «Non proprio. Li ho visti qualche mese fa a una festa di compleanno.» Non aveva intenzione di dire una parola sui barbecue di Aaron.

«Non credo che siano cambiati.»

«Papà... ne abbiamo parlato.» Non era sicuro del motivo per cui stava sprecando il fiato.

«Semplicemente non penso che sia salutare passare così tanto tempo con loro. Quando eri un bambino ero sempre preoccupato che saresti diventato come alcuni di loro.»

E questa è stata la tua unica concessione per farmi rimanere loro amico, vero? Poteva ancora sentire le parole dei suoi genitori.

Finché tu non sei uno di... loro.

«Scusa, papà. Il manager vuole parlare con me,» mentì. «Devo andare. Fammi sapere quando mi vuoi lì per la festa e se c'è qualcosa che posso fare.» Chiuse la chiamata, la mano tremante. La cosa che lo turbava di più era che intendeva quell'ultimo commento. Anni passati a cercare di piacere alla gente erano un'abitudine difficile da scrollarsi di dosso.

Come al solito, la conversazione gli aveva lasciato l'amaro in bocca e Dylan sapeva che il suo umore per la serata si era inasprito. Ciò di cui aveva disperatamente bisogno era una distrazione.

Scorse la rubrica fino al numero di Mark e premette *Chiama*. Quando la telefonata finì sulla segreteria telefonica, sospirò. *Accidenti.* «Ehi, Mark. Sono Dylan. Hai programmi per giovedì? Ho un'idea, se vuoi fare qualcosa di diverso e divertente. Chiamami quando ricevi il messaggio.» Poi si collegò a un sito per controllare gli orari di apertura, sorridendo tra sé.

Poteva non essere l'idea di divertimento di Mark, ma comunque...

Fissò il telefono. *Chi sto prendendo in giro? Non è la prospettiva di una giornata divertente che mi attrae, è l'idea di trascorrerla con Mark.*

17 settembre

Mark chiuse a chiave la porta di casa. «Allora, perché tutto questo mistero? Perché non posso sapere dove stiamo andando?»

«È una sorpresa.» Dylan salì dal lato del passeggero.

«Posso almeno chiederti se stiamo andando lontano?» Il ragazzo non aveva rivelato nulla quando aveva chiamato.

Dylan ridacchiò. «Oh sì, parecchio. Basta che segui le mie indicazioni.» Si allacciò la cintura di sicurezza. «Ho fatto i compiti. Questo posto è aperto da trent'anni, quindi probabilmente ci sei stato in vacanza quando eri un bambino.»

«Non posso rispondere, visto che non ho idea di dove mi stai portando.» Mark si stava godendo l'elemento misterioso.

«Segui le indicazioni per Moody. Questo è tutto ciò che saprai per ora.»

Si acciglò. «È proprio in fondo alla strada da Wells.»

«Sì, lo è.» A giudicare dal sorriso, anche Dylan si stava divertendo.

Dopo circa cinque minuti, Dylan indicò un cartello sulla destra. «Eccoci qui.»

Mark lo fissò. «Wonder Mountain Fun Park?» Il nome gli suonò familiare. Entrò con l'auto nel parcheggio, si diresse verso uno spazio vuoto, poi spense il motore e si girò sul sedile per guardare Dylan. «Non è per bambini?»

«È per tutte le età. Fidati di me. Sono venuto qui un'estate con i miei amici e ci siamo trovati benissimo.»

«E quanti anni avevate a quel tempo?»

Dylan sorrise. «Poco più di venti.» Scese dall'auto e Mark fece lo stesso. «Senti, avremmo potuto fare un giro turistico lungo la costa, ma ho pensato di no, facciamo questo invece. Non so tu, ma io voglio sfogarmi e divertirmi.»

Mark non riusciva a ricordare l'ultima volta che lo aveva fatto. «Allora, cosa faremo per prima cosa?»

Dylan indicò il cartello. «Che ne dici dei go-kart? Un'amichevole corsa in pista?»

Mark rise. «Comincio a vedere che ragazzino grande sei.»

«Qualcuno di noi è mai cresciuto davvero?» Dylan inclinò la testa. «Sei venuto qui da bambino?»

Mark scosse la testa. «Non che io ricordi. Penso di esserci passato davanti più di una volta, ma non ci siamo mai fermati.» Anche se aveva un vago ricordo di aver chiesto a suo padre se potevano. «Immagino che tu l'abbia fatto.»

Dylan annuì. «Ogni estate. Alle mie sorelle però non piacevano i go-kart e io dovevo andare sullo stesso kart di mia madre o mio padre. A nessuno dei due piaceva molto la velocità.» Gli lanciò uno sguardo ovviamente speranzoso.

Si preannunciava una buona giornata.

La pista Snake Pit fu all'altezza del suo nome. Più di duecento metri di curve sopraelevate e dislivelli per una corsa esaltante. Lui aveva scelto un kart rosso e Dylan ne aveva uno arancione. Partirono lentamente, ma presto accelerarono e da quel momento in poi fu una gara vera. Le urla di Dylan erano una vera delizia, e Mark assaporò il brivido dell'inseguimento, sorpassandolo su curve larghe, gridando quando il ragazzo si accostava a lui, ridendo. Dimenticò le sue preoccupazioni e si perse nel brivido di tutto quel divertimento.

Lasciarsi andare fu meraviglioso.

L'Adventure Mini-golf fu più tranquillo, ma la rivalità continuò mentre entrambi guadagnavano punti, tra altre risate. The Human Maze fu una risata continua e Mark si perse più di una volta. La Game Room di Franky si rivelò una sala giochi con slot machine, giochi elettronici e una variazione hi-tech di Whack-a-mole. Speed of Light era un gioco per due, con un tabellone pieno di luci. L'obiettivo era quello di colpire ogni luce che si accendeva, aumentando così il punteggio, e Dylan si dimostrò competitivo quanto lui. Entrambi stavano ridendo a crepapelle mentre cercavano di tenere il passo con le luci, e Dylan vinse per soli due punti.

Quando ebbero completato tre giri, Mark stava morendo di fame.

Comprarono hamburger, patatine fritte e bibite al chiosco e si sedettero ai tavoli di legno per mangiare. Tutt'intorno c'erano famiglie, bambini che urlavano e correvano, i loro genitori che li ammonivano e cercavano di farli stare fermi per un momento. Qua e là, Mark intravide un paio di adolescenti, ma per quanto ne sapeva lui e Dylan erano l'unica coppia dello stesso sesso.

Solo che non siamo una coppia, ricordi? Trovava difficile credere di aver conosciuto Dylan da così poco tempo. *È facile parlare con lui.* Quello avrebbe potuto spiegare la conversazione che avevano avuto durante la passeggiata a Perkins Cove la settimana precedente. Certo, era più facile parlare con uno sconosciuto, ma sembrava più di quello. Nel giro di poche settimane, Dylan era diventato un amico.

Mark non riusciva a smettere di sorridere. «È stata una grande idea. Grazie.»

«Prego. Non ridevo così tanto da secoli. Ma lo dici come se avessimo finito. C'è ancora altro in arrivo.»

Dylan sorrise. «Ci sono rimasti Mountain Mania e Nautical Nightmare.» Lo stomaco del ragazzo brontolò, facendolo arrossire. «Dopo che avremo mangiato.»

Mark si servì delle patatine fritte. «Devi aver avuto un'infanzia fantastica.» Si prese a calci da solo quando l'espressione di Dylan si irrigidì. «Mi dispiace. Non ti piace parlarne.»

«Va tutto bene. In effetti, rispetto alla vita di alcuni miei amici, mi è andata bene.» Bevve un po' dalla bottiglia della bibita. «Scommetto che se ti parlassi della mia famiglia, penseresti "Perché diavolo ne sta facendo un grosso problema?"»

«Non lo direi,» lo rassicurò Mark. «Si tratta di prospettiva, giusto?»

Dylan lo studiò per un momento. «Hai ragione. Il fatto è che io… sono una persona molto riservata. Lo sono sempre stato.»

«Ma hai condiviso delle cose con i tuoi amici, vero?»

Dylan scosse la testa. «Tenere tutto per me è stata un'abitudine per tutta la vita, che immagino sia difficile scrollarsi di dosso.»

«Non devi parlarne,» disse Mark con serietà. «Dico davvero. Non lasciare che ti stressi.»

«Forse imbottigliare tutto dentro è ciò che mi ha stressato. Forse dovrei parlarne.» Diede un'occhiata all'hamburger e alle patatine fritte. «Penso di aver appena perso l'appetito.»

«Se non vuoi mangiarlo, non sforzarti. Ti comprerò qualcosa quando avrai fame.» Mark era più interessato a ciò che gli stava divorando l'anima.

Il ragazzo spinse via il cibo. «Quando ero bambino, i miei amici… erano la mia àncora di salvezza. Mi hanno accettato. Si sono presi cura di me. Io… ero come una spugna, assorbivo la loro amicizia. Ma non potevo restituire nulla. Il mio amico Levi… sua nonna ci ha adottati. Eravamo sempre i benvenuti. L'unica cosa era che non potevo restituire l'invito.»

«Perché no?»

Lo sguardo di Dylan incontrò il suo. «Seb parlava di sua madre, di come non potesse accettare che fosse gay. Finn ha avuto un momento altrettanto difficile con la sua famiglia. Le mie preoccupazioni sembravano così… deboli accanto alle loro, quindi non ne ho mai parlato.» Indicò i jeans e la maglietta. «Questo non sono io. Non ne hai idea.»

«Cosa intendi?»

«Questo è un look davvero casual per me. I miei amici mi prendono in giro perché vesto sempre in modo ordinato, ma non capiscono. Non è una decisione consapevole, è più… beh, è radicato in me. Sono stato cresciuto per vestirmi correttamente.»

«Non c'è niente di sbagliato nell'essere in ordine,» gli

disse Mark. «Abbiamo troppi sciattoni nel mondo.» Sorrise.

Il sorriso di Dylan non raggiunse gli occhi. «Se sceglievo una maglietta da indossare, uno dei miei genitori avrebbe detto che ovviamente era stata una mia scelta, ma poi avrebbe detto che i miei vestiti si riflettevano su di loro. Se andavo bene a scuola, mi dicevano che ero bravo quasi quanto una delle mie sorelle.»

«Oh. A proposito di atteggiamento passivo-aggressivo.» Mark si fermò. «Mi dispiace. Non avrei dovuto dirlo. È stato maleducato.»

Dylan lo fissò. «Per l'amor di Dio, non scusarti. Penso la stessa cosa da anni ormai, solo che... non ero sicuro di aver magari interpretato male.» Deglutì. «Per la maggior parte della mia vita ho fatto quello che volevano, ho cercato di accontentarli, ma sembrava che niente di ciò che facevo fosse mai abbastanza. Mi ci sono voluti anni per capire che non potrò mai renderli felici.» Rabbrividì.

«Penso che dovessi tirarlo fuori.» Mark non poté trattenersi. Allungò una mano attraverso il tavolo e prese quella di Dylan nella sua. «C'è un termine per ciò che i tuoi genitori ti hanno fatto passare, e forse ora sei nel giusto spazio mentale per accettarlo.»

«Quale termine?»

«Abuso emotivo.»

Il cuore di Dylan batteva forte e la sua adrenalina aumentò, facendogli venire i brividi. Sulla loro scia giunse un'ondata di pace che lo sollevò anima e corpo. Alzò la testa e respirò profondamente, il petto libero dalle sue invisibili costrizioni. «Non potevo dire niente ai miei amici, perché avrebbe significato dire loro il resto.»

Mark gli accarezzò la mano. «Va bene.»

Si concentrò sulla traccia gentile delle dita di Mark, sulla qualità calda e rassicurante della voce dell'uomo. «Mi sono sempre sentito come se fossi un tirapiedi. Mi hanno accettato, ma non sapevano nulla della mia vita. Quando avevo quindici anni i miei genitori hanno iniziato a esprimere le loro opinioni su Seb, Finn, Levi... Non volevano che restassi loro amico.»

«Perché quei tre?»

Dylan fissò il tavolo di legno. «Sono gay. E in tutti gli anni in cui ho vissuto sotto il tetto dei miei genitori c'è stata solo una cosa che mi sono rifiutato di fare, ed è stato rinunciare ai miei amici. Non potevo. Avevo bisogno di loro. Dio, non hanno idea di quanto.»

«Come hanno reagito i tuoi genitori?»

Staccò la mano dalla presa di Mark e lo guardò.

«Penso che probabilmente tu lo sappia. E quando le loro parole non funzionavano, facevano una concessione. Potevo tenermi i miei amici, purché non fossi come loro.»

«Le cose sono migliorate da quando sei andato via da casa?»

Dylan sbuffò. «Non tanto da accorgersene. Cercano ancora di manipolarmi tutto il tempo. A volte penso che non si rendano nemmeno conto che lo stanno facendo.»

«Probabilmente è verissimo.» Mark sospirò. «Guardaci. Entrambi abbiamo famiglie che ci causano dolore. I miei sono solo più... palesi dei tuoi.»

«Forse è per questo che mi sento così a mio agio con te,» suggerì Dylan. «Forse ho percepito... non so...»

«Uno spirito affine?» suggerì Mark.

Dylan sorrise. «È un termine buono come un altro, suppongo.» Prese un respiro incerto. «Ehi. Mi sento stordito.»

«È un bene far uscire tutto. Non c'è niente di sbagliato nell'essere una persona riservata, ma di tanto in tanto devi... fidarti di qualcuno raccontando la verità.»

La tensione nel suo petto tornò a farsi sentire. *Ma non ti ho detto tutta la mia verità.* Solo che Mark aveva ragione.

Forse era ora che lo dicesse a qualcuno, ma non era né il momento né il luogo.

«Quindi... ho fatto bene a portarti qui?»

Gli occhi di Mark erano luminosi. «Decisamente. Hai

detto che però c'è dell'altro in arrivo.»

C'era... in più di un modo. Dylan voleva una risposta alla domanda che lo aveva tormentato per così tanto tempo, e forse Mark era la persona a cui porla.

C'è qualcosa di sbagliato in me?

Capitolo undici

21 settembre

Mark premette il pulsante di caricamento, quindi si appoggiò allo schienale. *Questa è un'altra sessione da solista.* Doveva ancora caricare la seconda parte dei video con Joey e Chaz, ma avrebbe aspettato qualche giorno prima di farlo. Il resto della serata si stendeva davanti a lui, pieno della prospettiva di…
Niente.
Il bucato era fatto, la casa era pulita, la spesa riposta. E lui si stava stancando del suono della propria voce.
Ho bisogno di compagnia.
Guardò il telefono. *Probabilmente è al lavoro. È un lunedì sera. Sono passati solo tre giorni da quando l'ho visto.* Solo che sapeva che lo avrebbe chiamato. Mark scorse i contatti e compose un breve messaggio.
Impegnato?
Quando non ci fu risposta immediata, pensò di avere avuto la sua risposta. Andò in cucina e prese una birra dal frigo. Nel momento in cui aprì il tappo, il telefono squillò. Sorrise quando vide il nome di Dylan. «Ehi.»
«In risposta alla tua domanda, no, non ora. Ho appena finito.»

«Hai programmi per questa sera?» *Ti prego, dimmi di no. Ti prego, dimmi di no.*

Fu allora che Mark si rese conto di quanto avesse bisogno di compagnia.

«Sì, scusami.»

Mark represse il sospiro di delusione. «Oh. Va bene.»

«Tuttavia… se è una scelta tra fare qualcosa con te o fare il bucato, vinci a mani basse.»

Ridacchiò. «Cena e film qui?»

«Mmh. Dipende da due fattori. Cosa c'è per cena e qual è il film?»

«La cena è maccheroni al formaggio, temo.»

Ci fu una pausa. «Maccheroni al formaggio fatti in casa o in scatola? Perché una di queste opzioni porta alla mia adorazione e devozione immortali.»

Mark rise. «Fatti da me.»

«Scusa… devo solo pulire velocemente il telefono per eliminare la bava. Hai detto le parole magiche. Mi siederò davanti a un documentario noioso come una merda di balena se significa che mi dai da mangiare maccheroni al formaggio fatti in casa.»

«Pensavo più a un film d'azione. Scoppi, inseguimenti in macchina, quel genere di cose.»

«Sapevo che c'era un motivo per cui mi piacevi. Quando mi vuoi lì?»

Mark si sentiva leggero come l'aria e gli ci volle un momento per riconoscere l'emozione. *Fanculo, sono felice.* «Quando vuoi.»

«Se stai sentendo suonare il campanello, sono io. Hai un posto sicuro dove posso incatenare la bicicletta?»

«Vieni in bicicletta?»

«Sì. Arriverò più in fretta. Ci vediamo presto.» Chiuse la chiamata.

Fu allora che Mark capì che anche Dylan poteva aver bisogno di compagnia.

Tornò in soggiorno e fece un rapido sopralluogo. Era ordinato, beh, più o meno. Afferrò il portatile, il caricatore e il taccuino dal divano e li posò sul tavolino da caffè. Sprimacciò i cuscini e portò la tazza del caffè in cucina. Poi recuperò gli ingredienti per la cena.

Cinque minuti dopo sentì il campanello suonare. Si asciugò le mani e si affrettò ad aprire. Dylan stava esaminando l'esterno della casa e lui indicò il garage. «Te lo apro. La bici sarà più sicura lì dentro.»

Dylan sorrise. «Siamo a Wells. Andrà bene incatenata a questo.» Batté un colpetto sulla colonnina ai piedi dei gradini che portavano alla porta d'ingresso. Prima che lui potesse dire una parola, Dylan aveva aperto la cerniera della giacca, rimosso dalla tasca una catena ad anello ricoperta di spessa plastica trasparente e l'aveva fatta scorrere attorno al palo e al telaio della bici, fissandola con un grosso lucchetto. Si raddrizzò. «Beh? La cena è già pronta?»

Mark rise ad alta voce. «Entra, impaziente. Ho a malapena grattugiato il formaggio.»

«Ho portato un contributo,» disse Dylan entrando in casa. Infilò di nuovo la mano nella giacca e prese una bottiglia di vino bianco.

«Sei venuto qui in quel modo? Grazie a Dio non sei caduto dalla bici. Poteva essere una brutta faccenda.»

«Beh, non potevo infilarlo in una tasca, vero?» Dylan

sbuffò.

«Hai qualcos'altro là dentro? Dolce? Stuzzichini?»

Dylan ridacchiò. «È stato già abbastanza scomodo andare in bicicletta con una bottiglia di vino contro le costole.» Gliela porse. «Dovrà essere freddo.» Un lieve cipiglio gli increspò la fronte. «Avrei dovuto chiederti se ti piace il vino. Voglio dire, non lo bevo sempre, ma mi è sembrata una bella idea, e non volevo presentarmi a mani vuote...»

«Perché non ti rilassi? Mi piace il vino.» Mark scrutò l'etichetta. «E hai scelto bene. Questo è medio. Perfetto.»

«Nonna mi ha insegnato a scegliere il vino,» gli confidò Dylan. «Solo le basi. Ed è così che ha cominciato a piacermi. Non che sostituirà mai la birra nei miei affetti.» Si accarezzò il petto.

«Un uomo che la pensa come me.» Mark portò la bottiglia in cucina e trovò uno spazio nel frigorifero per sistemarla. «Puoi sederti qui e guardarmi mentre cucino, se vuoi,» disse a voce alta. Un attimo dopo, Dylan era fermo sulla soglia, senza giacca, e Mark indicò il piccolo tavolo. «Siediti.»

«Mi piace la tua cucina,» commentò Dylan mentre estraeva una sedia e si sedeva.

«L'unica cosa che non mi piace è questo.» Mark batté il piede. «Linoleum degli anni Settanta. Devo cambiarlo. Spero che sotto ci siano delle assi del pavimento decenti. Lo preferirei.» Il pavimento era un intricato motivo nei toni del marrone.

«Quindi rimani qui? Non è solo una casa di transizione, sulla via per un altro posto?»

Mark si bloccò. «Vuoi sapere una cosa strana? Fino a questo momento non ci avevo pensato, ma… sì, credo di voler restare.» Aveva sempre vissuto in affitto, da quando era uscito di casa, condividendo gli appartamenti con altri ragazzi, nessuno spazio, poca privacy… Avere un posto da chiamare proprio era…

Beatitudine.

«Com'è il resto della casa?» domandò Dylan.

Mark inarcò le sopracciglia. «Scegli: o preparo la cena, o ti faccio fare la visita guidata e poi preparo la cena. Quanto sei affamato?»

Dylan rise. «Farò il giro. Il vino ha comunque bisogno di tempo per rinfrescarsi.»

«Giusto.»

Mark lo portò prima in quella che sarebbe diventata la sala da pranzo e Dylan si avvicinò al tavolo da biliardo, accarezzando la copertura di feltro verde. «Sarò onesto, non sono molto bravo. C'è un biliardo in hotel, ma non ho mai avuto il coraggio di prendere una stecca e giocare, nel caso in cui il capo scelga quel momento per passare.»

«Mi ha dato l'impressione di un tipo subdolo.»

Dylan ridacchiò. «Giuro che è in parte ninja. Scherziamo sul fatto che dobbiamo mettergli un campanello al collo, così sappiamo quando è vicino.» Raccolse una stecca e guardò con desiderio le palle. «Possiamo giocare qualche volta?»

«Sicuro.»

«Sei bravo?»

Mark sorrise. «Oh, sì. Forse posso insegnarti una o

due cose.» Quello che gli venne in mente furono diverse scene di cattivo gusto che aveva girato quando aveva vent'anni, in cui era finito per farsi scopare su un tavolo da biliardo, e le scacciò rapidamente dalla mente. Non poteva negare di aver trovato Dylan attraente, ma era tutto lì.

Dylan era un amico e lui non aveva intenzione di perderlo. *E chi può dire che sarebbe interessato a essere più di questo?*

Il ragazzo ripose la stecca. «Ti dispiacerebbe se parlassimo del tuo… lavoro?»

A essere onesto, si era aspettato delle domande molto tempo prima. «Affatto.» Era nel settore da troppo tempo per essere imbarazzato dall'argomento. «Cosa vuoi sapere?»

Dylan si appoggiò al tavolo. «Beh… lavoravi con un paio di studi… ma non più.»

«E vuoi sapere perché è così?» Dylan annuì. Mark fece rotolare la otto attraverso il tavolo. «Gli studi mi hanno fatto iniziare, ma decidevano loro sulle scene. Decidevano quanto mi avrebbero pagato, sceglievano il contenuto…» Sorrise. «E alcune delle cose che pubblicavano… Cristo. Alcune trame folli. Parliamo di ragazzi che consegnano pizza, patrigni, scene in cui venivo scopato nel letto di un ragazzo e sua moglie dormiva proprio accanto a lui.»

«Immagino che sia ciò che chiamano sospensione dell'incredulità,» commentò Dylan con un sorriso.

«E tutto il resto. Ma una volta che ho iniziato a lavorare per me stesso, ho ottenuto un maggiore controllo. Scelgo il contenuto. E gli abbonati sono bravissimi a dirti cosa gli piace e cosa non gli piace. Puoi farti un'idea di cosa andrà bene con loro. Una tripla, per esempio. Ottengo sempre molti più like quando faccio una tripla.» Quando Dylan tossì, Mark ridacchiò. «Immagino che tu ne abbia visti alcuni.» Non aveva ancora capito Dylan. *È solo curioso e sta controllando su che sponda gioca l'altra squadra?*

«Forse.» Dylan inclinò la testa. «Ci sono stati dei vantaggi nel lavorare con uno studio?»

Mark si accarezzò la barba. «Forse solo uno. Quando arrivava il momento di girare una scena, tutto ciò che dovevo fare era presentarmi, mostrare i risultati dei miei ultimi test e la carta d'identità, prepararmi e partivamo. C'era tutto. Set, attrezzatura… Al giorno d'oggi, se voglio usare qualcosa in una ripresa, devo portarlo con me o chiedere se ce l'ha il mio partner sullo schermo, per risparmiarmi la seccatura. Ho investito in un sacco di attrezzature, ma a volte trasportarle non è così facile come si potrebbe pensare.»

«Cosa intendi?»

Mark piegò un dito. «Vieni da questa parte.» Condusse Dylan attraverso la casa fino alla sua camera da letto. «Di solito conservo questa roba nella camera degli ospiti, ma ho avuto qualcuno in visita di recente, quindi ho dovuto spostare tutto.»

Lo sguardo di Dylan andò subito all'angolo, dove dei pali sorreggevano un sedile di pelle. Il ragazzo si avvicinò, la mano tesa come per toccarlo, solo per tirarla indietro. «Hai un'altalena.»

«Ah, mi chiedevo se ne avessi mai vista una.»

Quando Dylan alzò gli occhi al cielo, Mark rise. «Lasciami indovinare. L'hai vista in uno dei miei video.» Si unì a Dylan, chinandosi per raccogliere una delle lunghe catene. «C'era uno studio che aveva un set allestito come un dungeon fatto per bene. Catene alle pareti e appese al soffitto, una Croce di Sant'Andrea...»

Dylan si guardò intorno nella stanza. «Non ne vedo.»

«Questo perché...» Andò alla porta dell'armadio e la aprì. «È qui, smontata.»

Dylan si acciglìo. «Perché questa roba non è assemblata?»

«Non giro porno qui,» rispose Mark semplicemente.

«Va bene, ma...» Lo sguardo di Dylan si spostò sul letto.

Lui fece scorrere una mano su uno dei montanti. «Odio ammetterlo, ma la maggior parte dell'azione che questo letto ha visto è quando mi rigiro di notte.»

La faccia di Dylan era arrossata. «Oh.» Il ragazzo gli lanciò uno sguardo interrogativo. «Lo fai spesso? Girarti e rigirarti, voglio dire.»

«Qualche volta.» Mark indicò il cesto ai piedi del letto. «Poi c'è la mia scatola dei giocattoli.»

Dylan si morse il labbro. «Lo voglio sapere cosa c'è dentro?»

«Puoi guardare. Non c'è niente che ti salterà addosso e ti morderà.» Mark girò il fermo e la aprì. Dylan fissò i dildo, i vibratori, le corde, un paio di frustini e una miriade di plug anali, pinze per capezzoli e manette. Tuttavia, non si mosse per toccare nessuno degli oggetti e Mark si chiese se fosse per gentilezza o per genuina mancanza di interesse.

Forse gli piace il sesso non kinky.

«Ho una ripresa da fare nel fine settimana.» Mark prese uno dei dildo. «Ho bisogno di capire cosa portare con me.»

«Che tipo di scena sarà? Se non ti dispiace che te lo chieda,» aggiunse Dylan velocemente.

«Una gangbang.» Mark inarcò un sopracciglio.

Un forte rossore si palesò sul collo di Dylan, colorandogli le guance.

Ah-a.

«In questo momento non ho idea di quanti ragazzi il mio amico infilerà in un piccolo appartamento di Brooklyn. Per quel che ne so, potrebbe stabilire un record. Penso che saranno un paio di giorni impegnativi. La parte migliore è che tornerò a casa con un sacco di filmati.» *E forse Joey ha ragione. Forse questo sarà il mio canto del cigno.*

«Penso di essere pronto per mangiare, ora.»

Mark ricevette il messaggio; il tour era finito.

Quando tornarono in cucina, Dylan riprese il proprio posto e lui non poté fare a meno di notare che era seduto un po' più rigido di prima.

«Stai bene?» Aveva avuto l'impressione che Dylan volesse discutere del suo lavoro, ma a un certo punto durante la discussione sembrava che fosse stato attivato un interruttore. L'ultima cosa che voleva era metterlo a disagio.

«Sì, certamente. Perché non dovrei?»

Davvero, perché? Continuò a preparare la cena e Dylan chiacchierò di film. Si scoprì che avevano gusti simili, ma lui non stava ascoltando davvero.

Perché mi sembra di aver preso la strada sbagliata?

Aveva un'idea, ovviamente. In linea di principio, a Dylan andava bene che lui fosse una pornostar, ma non andava così bene quando si trattava di vedere i suoi strumenti di lavoro da vicino.

Non è che non abbia mai avuto a che fare con quel tipo di reazione prima. Forse Dylan non era poi così diverso. Poi si rese conto che c'era un'altra possibilità, ossia il sovraccarico di informazioni. *Forse ne ha avute più di quante si aspettasse.*

Quando si sedettero per mangiare, l'imbarazzo di Dylan sembrava essere svanito e Mark ne fu profondamente grato. Avere Dylan che si sentiva a suo agio con lui era importante. Non per la prima volta quella sera, un pensiero lo consumava.

Non voglio perdere questa cosa.

Solo che nei confronti di Dylan provava più della semplice amicizia. C'era un mistero da risolvere e lui era un fanatico di un buon mistero. Era ovvio che qualcosa nella loro discussione avesse messo in imbarazzo il ragazzo, ma perché? Gli aveva detto che aveva quattro amici gay. Sembravano avere la sua stessa età, il che significava che molto probabilmente avessero parlato di sesso. La maggior parte dei ragazzi gay che lui conosceva lo facevano spesso.

Allora qual è il problema?

Dylan chiuse la porta della sua camera da letto, girò la chiave e si lasciò cadere sul letto.

Cristo.

Il cibo era stato ottimo, il film fantastico e la compagnia perfetta. Eppure… Per tutta la serata, aveva continuato a lanciare occhiate furtive a Mark, seduto accanto a lui sul divano, solo per distogliere lo sguardo quando questi aveva girato la testa verso di lui.

Cosa sto facendo?

Non aveva aiutato il fatto che sapesse cosa si nascondesse sotto i vestiti di quell'uomo. Un'occhiata all'inguine di Mark lo aveva inondato di calore, mentre immaginava il cazzo lungo e pesante che aveva visto così spesso.

Lo stesso cazzo che aveva immaginato penetrarlo lentamente, togliendogli il respiro.

Ma ciò che era rimasto maggiormente impresso nella sua mente era stata la camera da letto. *A proposito di un tesoro.* Avrebbe potuto passare ore a setacciare il contenuto di quella scatola dei giocattoli. Tenere le mani a posto aveva richiesto un vero sforzo, e tutto perché non voleva che Mark vedesse quanto desiderava toccare, accarezzare, scoprire…

Il rimpianto lo consumava. *Non avrei dovuto*

trattenermi.

Ciò che aveva inasprito la serata era stata la consapevolezza che Mark si stava preparando a girare altre scene. Sapeva molto bene che era quella la vita che l'umo conduceva, ma comunque... Sapeva anche cosa ci fosse alla base della sua infelicità.

Non voglio più immaginare come sarebbe. Voglio sapere.

di K.C. Wells

Capitolo dodici

27 settembre

Mark si prese un momento per stirarsi la schiena. Aveva lavorato davanti al laptop nell'ultima ora, cercando di modificare le ore di riprese in qualcosa di più mirato e più elegante. Fare molte registrazioni in prima persona significava che ne avrebbe avuto abbastanza per due video molto diversi, forse tre. Doveva ammettere che Joey aveva fatto di tutto. Erano finiti con otto ragazzi sopra e intorno al letto, e non aveva ancora idea di come ci fossero riusciti.

Il suo sguardo si spostò sul telefono. C'era stato un messaggio di Dylan poco dopo che lui era arrivato a casa. Dopo diversi giorni di silenzio radio, si era sentito sollevato, anche se erano solo un paio di righe.

Mi è mancato. Sperò che potessero organizzare un giro turistico durante la settimana. Aveva bisogno di ricaricare le batterie e pensare seriamente al suo futuro.

Voleva anche passare un po' di tempo con Dylan.

Devo condividere ciò che ho in mente? Forse Dylan avrebbe avuto qualche idea. Non era che non sapesse nulla del suo attuale stato d'animo, quindi il fatto che lui stesse cercando nuovi sbocchi non sarebbe stata una sorpresa totale. *E due teste sono meglio di una, non si dice così?*

Il campanello lo fece sobbalzare e guardò l'orologio a muro. *Chi è che viene così tardi di domenica sera?* Andò alla finestra e sbirciò.

Dylan se ne stava lì, intento a incatenare la bicicletta. *Che diavolo?*

Aprì la porta d'ingresso. «Ehi. Mi sono perso un messaggio o qualcosa del genere?» Dylan non aveva detto nulla sul fatto di passare a trovarlo.

«Posso entrare? So che è tardi, ma ho finito una decina di minuti fa, e...»

«Sicuro.» Mark si fece da parte per farlo entrare. Sorrise mentre chiudeva la porta. «In realtà, stavo pensando a te pochi secondi prima che suonassi il campanello.» Aspettò che Dylan si fosse tolto la giacca e l'avesse appesa a un gancio. «Vuoi del caffè, del tè...?»

«Hai qualcosa di più forte?»

Bene, ora era preoccupato. «Ho della birra.»

Dylan annuì. «Andrebbe bene.»

Lo lasciò in soggiorno e si diresse in cucina. «Quando non ti ho sentito, mi sono chiesto se ti avessi fatto qualcosa,» disse a voce alta.

«Avevo molto a cui pensare e non potevo parlarti finché non fossi stato pronto.»

Mark sbatté le palpebre. Suonava inquietante. «Quando hai il giorno libero questa settimana?»

«Domani.»

E qualunque cosa sia non poteva aspettare fino ad allora?

Afferrò le due bottiglie aperte e tornò in soggiorno. «Hai tutta la mia attenzione. Che cosa succede?»

Dylan era seduto sul divano, proteso in avanti, lo sguardo fisso sullo schermo del laptop dove lui aveva congelato un fotogramma: Joey lo stava cavalcando, mentre Chaz succhiava il cazzo di Joey. Un altro ragazzo era in piedi sul letto e lui lo stava ingoiando fino alla radice. Tre ragazzi stavano in piedi intorno al letto, l'uccello in mano.

«Me ne libererò,» disse in fretta. Posò le bottiglie e si allungò per prendere il portatile.

Dylan lo fermò, bloccandogli la mano con il braccio. Indicò lo schermo. «Quello. Quello è il problema.»

Il suo stomaco si strinse. Oh, cazzo. Aveva davvero sperato che Dylan fosse diverso. «Ho capito. Beh, penso.»

Dylan si acciglò. «Cosa pensi di aver capito?»

«Ho avuto fidanzati che non potevano venire a patti con quello, ma non mi aspettavo la stessa reazione da un amico.»

Dylan sospirò. «No, non hai capito affatto.»

Mark si sedette accanto a lui. «Allora dimmi cosa sta succedendo.»

Dylan continuava a fissare lo schermo. «Ho perso il conto di quante volte ti ho guardato. Vedo il modo in cui guardi quei ragazzi. Dio, i gemiti quando li scopi… Sei così… preso da loro. E ogni volta che guardavo, pensavo… Cosa non darei per avere qualcuno che mi guardasse in quel modo. Perché non ho mai avuto nessuno che lo facesse.»

«Ma quello che vedi sullo schermo non è reale,»

protestò Mark. «Quegli sguardi, i suoni, tutto è per la fotocamera. E ciò che finisce sul tuo telefono o tablet non ha nulla a che fare con ciò che è realmente accaduto. È il prodotto finale.» Poi ebbe un'idea. «Guarda questo.» Premette un pulsante.

«Ho visto la tua roba, ricordi?» protestò Dylan.

«Non così.» Mark si sedette e, sullo schermo, l'azione si fermò, seguita da una discussione sulle posizioni. Chaz disse a Joey di non andare così in profondità, e lui ammonì – come si chiamava? Leroy? – per la stessa cosa. Quindi venne applicato altro lubrificante, prima che chiunque stesse girando in quel momento urlasse loro di mettersi insieme. Quello che seguì fu un processo ferma-riparti-ferma-riparti che Mark sapeva sarebbe andato avanti per un po', mentre provavano diverse configurazioni. C'erano risate, molte risate, ed era stato divertente a volte, ma somigliava poco a quello che sarebbe stato l'articolo finito.

Mise in pausa. «Vedi? Questa è la realtà.»

La faccia di Dylan si rabbuiò. «No, no, no. Non mostrarmi questo. Non è quello che voglio.»

«Cosa intendi?»

Si voltò verso di lui, con un'espressione triste. «Voglio la bugia. Voglio quella... intimità che vedo in ognuno dei tuoi video.» Trattenne il respiro. «Io... voglio che tu mi guardi nel modo in cui guardi...» Tirò fuori il telefono dalla tasca, toccò lo schermo e poi lo sollevò. «Lui.»

Era un fermo immagine di una delle sue scene, dove si stava scopando un ragazzo alla missionaria, lo guardava negli occhi, le gambe del ragazzo appoggiate sulle sue spalle e l'angolazione della telecamera focalizzata sul suo viso. In un batter d'occhio, Mark si rese conto di due cose: capiva perfettamente cosa intendesse Dylan per intimità ed era confuso da morire.

Alzò la testa e guardò il ragazzo. «Cosa vuoi?»

Dylan sembrava così lacerato. «Io... voglio che mi tocchi. Che mi guardi come se fossi importante. Per tutta la mia cazzo di vita nessuno dei miei sentimenti, dei miei pensieri, delle mie opinioni... niente contava per la mia famiglia.»

Mark era senza parole. Perché Dylan non poteva chiedere... Non stava chiedendo a lui di...

Lo stava facendo?

Dylan osservò lo spazio tra loro, il modo in cui Mark si teneva così immobile... E poi realizzò. «Ho capito. Tu non mi vuoi così.» Si alzò dal divano, le membra maledettamente pesanti. «Mi dispiace di averti disturbato, specialmente quando sei così... occupato.» Si bloccò. «Gesù. Sembro proprio i miei genitori. Mi hanno inculcato il modo passivo-aggressivo a regola d'arte. Mi dispiace. Non avrei dovuto dirlo. Immagino che alcune cose si insinuino dentro di noi, che uno lo voglia o meno.» Si avviò verso la porta d'ingresso.

«Aspetta! Fermati.» Dei piedi sbatterono sul pavimento e all'improvviso Mark gli stava bloccando la strada. Gli afferrò le spalle, costringendolo a fermarsi. «Prima di fare qualcosa che potrebbe essere frainteso, voglio che tu ammetta una cosa.»

Il cuore di Dylan martellava. «Ammettere cosa?»

«Qualsiasi cosa!» ribatté Mark. «Qualunque cosa tu stia cercando così tanto di non dirmi. Perché non farò una mossa finché non lo farai tu.»

Dylan lo fissò. «Io... non posso.»

«Sì, puoi,» disse Mark con voce gentile. «Sei arrivato fin qui. Vai solo un po' più in là. Sfogati, perché te lo giuro, sarà molto meglio quando lo farai.»

Signore, quanto desiderava crederlo.

Poi il suo petto si allentò e il suo respiro divenne un po' più facile. *Diglielo.*

Dylan fece un respiro profondo. «Penso di essere... bisessuale. Beh, sono abbastanza sicuro di esserlo.»

Il sorriso di Mark lo riscaldò in tutto il corpo. «Ecco cosa stavo aspettando,» disse, gli occhi che brillavano. «Avevo ragione, vero? Non è bello sfogarsi?»

Bello? Dylan avrebbe potuto ubriacarsi per l'euforia che lo stava attraversando. Poi si fermò quando Mark gli prese la mano. Non era il toccare che aveva in mente, ma lo avrebbe accettato.

«Dylan... cosa vuoi da me? Sii onesto.» Dylan lo guardò confuso e il sorriso di Mark svanì, sostituito da uno sguardo intenso. «Stai guidando tu, adesso.

Dove andiamo da qui?»

Cazzo, da dove poteva iniziare?

«Mi puoi toccare?»

Mark fece un passo verso di lui, portandosi la sua mano al petto, e il battito del suo cuore accelerò. «Poiché sei stato onesto con me, ti mostrerò la stessa cortesia.» Si avvicinò ancora di più, finché i loro corpi quasi si toccarono. «Ti sei sbagliato, sai?» Mark abbassò la voce mentre si avvicinava ancora. «Su di me che non ti voglio così.» Le dita dell'uomo erano delicate sotto il suo mento. «Ti voglio bene per la nostra amicizia. Significa molto per me. Ma...» Lo guardò negli occhi e il suo cuore danzò. «Penso che tu sia un uomo stupendo e sexy. L'ho pensato dal primo momento in cui ci siamo incontrati. E da allora ho voluto fare... questo.»

Labbra calde incontrarono le sue e Dylan non riuscì a trattenersi. Si aprì per Mark, inspirandolo, attirandone il profumo nelle sue narici, il suo cuore che balzava in alto al primo tocco della lingua di Mark contro la sua. Era il bacio che desiderava da così tanto tempo e non voleva che finisse.

Poi Mark si staccò e lui si prese un momento per riprendere il controllo. Gli lanciò uno sguardo duro. «Ti sei fermato.»

Mark sorrise. «Sei attento.»

«Ma non voglio che ti fermi.»

L'uomo fece un passo indietro e lui dovette combattere l'impulso di avvolgerlo tra le braccia. «Avrò bisogno di qualcosa da te, prima di avventurarci oltre.»

«Il permesso di continuare? Ce l'hai.»

Mark sorrise. «Ah, ma il permesso di fare cosa, esattamente?» Poi sospirò. «È tardi, sono esausto, la tua testa sta per andare in corto circuito... quindi ti mando a casa con un po' di compiti da fare.»

Il dolore gli trafisse il petto e qualcosa gli ribollì nelle viscere. «Tu... tu mi vuoi ancora, vero?»

Mark sgranò gli occhi. «Sì. Dio, sì.» Gli prese il viso tra le mani e lo tenne fermo mentre azzerava le distanze, reclamando le sue labbra in un bacio deciso e casto. Quando lo interruppe, appoggiò la fronte contro la sua ed emise un altro lieve sospiro. «Ci sono così tante cose che voglio fare con te, ma prima ho bisogno che tu faccia qualcosa per me.»

«Che cosa?»

Le dita di Mark erano delicate sul suo viso. «Hai guardato abbastanza porno per avere un'idea di cosa vuoi provare... giusto?» Dylan annuì, le guance in fiamme. «Allora quello che voglio che tu faccia è scriverlo in due elenchi.»

Dylan si tirò indietro. «Non stavi scherzando sui compiti.» Le parole di Mark gli divennero chiare. «Due liste?»

L'uomo annuì. «Nella prima scrivi tutte le cose che non ti dispiace che io veda. La seconda è solo per te. Chiamala lista dei desideri, e scrivici tutte le cose che vuoi fare ma che non hai il coraggio di chiedere. Forse un giorno la vedrò, forse mai.»

«Ma... perché scriverli se non li vedrai mai?»

«Quella lista non è per me, è per te. Una specie di... terapia.» Lo sguardo fermo di Mark gli trasmise un'ondata di calore. «Forse ci sono cose che vuoi per le quali pensi che ti giudicherei, cose che ti vergogni di desiderare. Scriverle è solo un modo per essere onesto con te stesso. Il tempo di nascondersi è finito. Come ho detto, non devi farmi vedere la seconda lista, ma la prima posso sicuramente leggerla.» Si avvicinò, e questa volta il bacio fu meno casto, più acceso. «Tutte quelle cose che hai visto sul tuo telefono... le cose che ti fanno venire caldo sotto il colletto, che ti rendono duro...»

«E poi?» Il solo pensiero di alcune delle cose che sapeva sarebbero state nella sua lista gli facevano indurire l'uccello.

«Allora... le condividerai con me e faremo un passo alla volta.»

«Suona un po'... lento.»

Gli occhi di Mark brillarono. «Non c'è niente di sbagliato nella lentezza.» Curvò la mano intorno alla sua guancia. «Non ho molti amici, e quelli che ho me li voglio tenere.» La mano scivolò sulla sua nuca, tenendolo fermo. «Non farò nulla che metta a repentaglio questa relazione.»

«Ne abbiamo una?»

«Ci sono molte definizioni di relazione.» Le dita ferme gli accarezzarono la nuca. «Sì, può significare un coinvolgimento sessuale, ma significa anche una connessione, emotiva o meno. Abbiamo già una connessione, vogliamo solo... cambiarla un po'. Svilupparla.»

«Quando ci siamo incontrati la prima volta, la lussuria poteva essere stata l'emozione prevalente, lo ammetto. Ma poi ho avuto modo di conoscerti.» Dylan trasse un sospiro. «Non voglio perderti nemmeno io.»

Mark gli baciò la fronte. «Sono contento.» Mise spazio tra loro. «Domani. Incontriamoci al Cove Café per colazione. Non discuteremo della tua lista, okay? Non in pubblico. Poi, dato che è il tuo giorno libero, possiamo tornare qui e… riprendere da lì.»

Anche se Mark stava dicendo tutte cose giuste, Dylan non poteva sfuggire alla paura e al panico che lo attraversarono. *Però mi sta mandando via.*

Mark annullò la distanza tra loro e due forti braccia lo circondarono, un respiro gli aleggiò contro l'orecchio. «Devi aggrapparti a una cosa, mentre siamo separati. Ti voglio quanto tu vuoi me.» Fece scivolare le mani più in basso e lui trattenne il respiro mentre Mark modellava il suo corpo al proprio.

Era impossibile non accorgersi dell'erezione che premeva contro di lui.

Mark fissò lo sguardo nel suo. «Vedi?» Gli baciò il collo, prima di sussurrare: «Questo è per te.»

«Gesù, il mio cuore.»

Mark ridacchiò. «Il tuo cuore? Dovresti sentire cosa sta facendo il mio.»

«Grazie,» disse Dylan a bassa voce.

«Non c'è niente per cui ringraziarmi.»

«Non ancora.»

Mark si fermò. «Riguardo a quello che hai detto. Sei importante per me, hai capito? Sei molto importante.»

Era la cosa migliore che avrebbe potuto dire.

Mark si morse il labbro. «Ora, sei in grado di tornare indietro su quella bicicletta, o dovrei accompagnarti a casa?»

Dylan rise. «Non ho perso il senso dell'equilibrio.» La testa gli girava, tuttavia, e un milione di farfalle gli svolazzavano nello stomaco.

Mark lo accompagnò alla porta, afferrò la sua giacca e gliela tenne, mentre lui infilava le braccia nelle maniche. «Perché non provi a dormire?»

Dylan sbuffò. «Stai scherzando, vero? Farò i compiti.»

Mark emise una risatina ironica mentre apriva la porta. «Ho la sensazione che sarà una cosa interessante.»

Dylan aveva la sensazione che non avrebbe assolutamente condiviso la lista due.

Mentre salutava e iniziava il viaggio di ritorno, la sua mente corse, gli stessi pensieri gli turbinavano continuamente nel cervello.

Mi vuole.

Ha detto di sì.

di K.C. Wells

Capitolo tredici

28 settembre

Mark sorseggiò il caffè, lo sguardo fisso sulla finestra, osservando Dylan. Era arrivato al bar presto, con lo stomaco che brontolava. Non era sicuro se ciò fosse dovuto alla fame o all'attesa. Si sentiva come se tutto il suo corpo stesse vibrando, lasciandolo pieno di energia, il battito rapido.

Quando mai sono stato così eccitato?

Poi ricordò. Il giorno in cui aveva fatto il suo primo provino, aveva suscitato scalpore in studio. Gli avevano chiesto della sua esperienza con i ragazzi e lui aveva confessato di essere vergine. A giudicare dagli sguardi e dalle risatine che aveva ricevuto, aveva intuito che lo avessero sentito spesso. Quando aveva spiegato che non aveva mai fatto sesso prima, i ragazzi nella stanza avevano sorriso. La scena dell'audizione era stata breve, gli ci erano voluti meno di dieci minuti per convincere il suo cazzo alla durezza totale e meno di tre minuti per venire. Il ragazzo dietro la telecamera era sembrato contento, tuttavia, e il capo dello studio gli aveva offerto un contratto non appena si era ripulito.

La mia prima volta... Era stata solo una scena di un pompino, ma aveva pensato che il suo cuore sarebbe esploso; era stato così eccitato. Lo avevano accoppiato con il ragazzo più sexy che avesse mai visto e per fortuna Brian si era preso il suo tempo, mostrando una gentilezza inaspettata che aveva alleviato il suo cuore tremante.

Anche lui intendeva essere gentile con Dylan.

«Terra a Mark, rientra, Mark.»

Sobbalzò, Dylan era in piedi accanto al suo tavolo, sorridente. Mark gli lanciò una finta occhiataccia.

«Hai preso lezioni di ninja da quel tuo manager?»

Dylan scostò la sedia di fronte a lui e si sedette. «Scusa. Eri perso nei tuoi pensieri. Hai aspettato a lungo?»

«Non proprio. Non ho ancora ordinato. Ti stavo aspettando.» Dylan prese il menu e fece una smorfia, e lui si accigliò. «Che cosa succede?»

«Non è niente. Sono solo un po' rigido, stamattina.» Alzò gli occhi al cielo quando Mark ridacchiò. «Vuoi smetterla? Mi sono addormentato seduto sul letto la scorsa notte e quando mi sono svegliato mi faceva male da morire dappertutto.»

«Pensavo di averti detto di dormire un po'?»

«L'ho fatto, ero solo nella posizione sbagliata, tutto qui. Ed è colpa tua.»

Mark rimase a bocca aperta. «Come colpa mia?»

«Perché sono rimasto sveglio fino a tardi a fare... ricerche per le tue liste.» Dylan si strofinò la spalla.

Mark sorrise. «Stavo per chiederti se avessi fatto i compiti. Senza entrare nello specifico, ovviamente.»

Inclinò la testa verso il tavolo più vicino, dove due vecchiette dall'aspetto dolce stavano chiacchierando animatamente davanti ai loro caffè e toast alla francese.

Dylan guardò in quella direzione e tossì. «Già, meglio di no.»

«Cosa vuoi per colazione?» chiese Mark. «Io prenderò quell'omelette che ho mangiato l'ultima volta.»

«Sì, suona bene.» Dylan prese la caffettiera. «Questo aiuterà.»

Mark rise e si alzò per andare al bancone. Lasciò il loro ordine e, quando tornò al tavolo, Dylan stava chiaramente cercando di mettersi a proprio agio. Lo esaminò per un momento prima di parlare. «Sai cosa ti serve?»

«Una buona notte di sonno in posizione orizzontale?» scherzò lui.

«Un massaggio. Posso farti un massaggio, quando arriviamo a casa mia.» Dylan sbatté le palpebre e Mark dovette ridere di nuovo. «Okay, non volevo che risultasse squallido com'è sembrato. Faccio davvero degli ottimi massaggi.» Sorrise e si avvicinò. «E hai detto toccami, vero?» Si raddrizzò sulla sedia.

Quello lo fece ridere. «Sì, l'ho detto. E sì, ho fatto i compiti, signore.»

«Devo ammettere che sono curioso di vedere la dimensione della tua… lista.»

Dylan soffocò uno sbuffo.

«Ti senti meglio oggi? A parte i dolori, intendo.»

Il ragazzo annuì. «Sono in fermento, però.»

«Anch'io,» confidò in un sussurro, sporgendosi in avanti.

Dylan spalancò gli occhi. «Ma perché? Voglio dire… è quello che fai di lavoro, no?»

«Certo, ma questo è l'inizio di un'avventura. Posso esplorare… con te.»

«E io ho la possibilità di scoprire.» Per un momento, lo sguardo di Dylan si perse lontano. Poi sorrise. «È qualcosa che qualcuno mi ha detto quest'estate. Finalmente agisco secondo il suo consiglio.»

Mark si servì dell'altro caffè. «Posso chiederti una cosa? Da quanto tempo ci pensi?»

Dylan si morse il labbro. «Diciamo solo un po'.»

Doveva fare la domanda che lo assillava da giorni. «Hai pensato di confidarti con i tuoi amici?» Il su e giù del pomo d'Adamo di Dylan gli fece ritirare tutto. «Dimentica che te lo abbia chiesto. Non mi riguarda.»

«No, hai ragione. Avrei potuto parlarne con loro, ma…»

Mark lo studiò per un momento, cogliendo l'evidente deglutizione, lo sguardo altrove, il sorriso troppo veloce… *C'è qualcosa che non mi stai dicendo, vero?* Non avrebbe insistito. *Forse, qualunque cosa ti stia rodendo è nella tua seconda lista.*

Il ragazzo avrebbe potuto non rivelarne mai il contenuto e lui poteva conviverci.

Arrivarono le loro colazioni e per una decina di minuti nessuno dei due parlò. Non fu un silenzio spiacevole, e Mark ne fu grato. Voleva che Dylan fosse a proprio agio.

Un buon massaggio avrebbe aiutato. Per quanto riguardava quello che sarebbe successo dopo, sarebbe andato a istinto.

«Avevi ragione, sai?» La voce di Dylan era calma.

«Riguardo a cosa?»

Dylan si asciugò le labbra con il tovagliolo. «Mi sono sentito molto meglio quando finalmente mi sono sfogato.»

L'istinto gli diceva che ci sarebbero state altre rivelazioni in arrivo. «Ancora su di giri?»

«Dio, sì.» Dylan si avvicinò. «Sono emozionato, ma...»

«Sei anche nervoso. Lo so. Potrò anche aver passato i trenta, ma ricordo ancora tutte le emozioni che si scontravano dentro di me. Il mio compito è rendere l'esperienza positiva per te.» Sorrise. «Nessuna pressione, quindi.»

Dylan trasse un sospiro. «Mi fido di te.»

Mark sorrise. «Grazie.» Indicò i loro piatti vuoti. «Ora, vuoi restare qui a chiacchierare, o vuoi andare in un posto dove posso baciarti di nuovo?»

A giudicare dalla lenta espirazione di Dylan, sapeva quale opzione avrebbe scelto.

Quando raggiunsero la casa di Mark, il cuore di Dylan batteva forte, il suo corpo formicolava e lui era in fiamme. Non appena Mark chiuse la porta d'ingresso lui gli mise in mano un foglio di carta piegato. «Ecco.» Gli era bruciato in tasca durante tutta la colazione. Poi si tolse gli stivali.

Mark ricambiò con un sorriso. «Niente baci?» Prese la lista e la mise in tasca, poi lo attirò tra le braccia. «Ho desiderato farlo da quando sei entrato nel bar.»

Dylan apprezzò la sensazione delle labbra di Mark sulle sue, le mani dell'uomo sulla sua schiena, la sua nuca, il petto sodo premuto contro il suo. Non era un bacio veloce, ma un persistente, deliberato bacio da Ciao-Eccoti-Qui, e i suoi nervi si calmarono a ogni momento che passava.

«Così va meglio,» mormorò Mark contro il suo collo, le parole che vibravano dentro di lui, creando una sensazione quasi di solletico. «Ora diamo un'occhiata a questa lista.» Lo condusse al divano e si sedettero. Mark si frugò in tasca e, di colpo, il battito del cuore di Dylan prese un po' di velocità. Mark spiegò il foglio e lo studiò. «Okay, non lunga quanto pensavo che sarebbe stata.»

Era più breve di quanto avrebbe voluto, ma solo perché alcune delle sue idee erano state assegnate alla seconda lista. Dopo molte ricerche, okay, guardando porno, era giunto alle sue definizioni assolute.

Sega
Pompino: ricevere e dare
Sessantanove

Rimming: ricevere e dare
Dita
Scopare
Mark incontrò il suo sguardo. «Questo è tutto?»
No, non lo è, ma è tutto ciò che mi sono sentito in grado di condividere a questo punto. «Sì.»
«Bene. Dita… nel tuo culo, presumo.» Mark studiò di nuovo la lista. «Posso aggiungere qualcos'altro? Forse dei giocattoli?»
Cristo. La sua gola si bloccò. «Io… mi potrebbe andare bene.» Le parole gracchianti lo fecero sembrare una rana strangolata.
Gli occhi di Mark erano caldi. «Respira, Dylan. È una buona lista, ma sto solo chiarendo alcuni dettagli.» Gli rivolse uno sguardo indagatore. «Hai mai fatto sesso anale?»
Dylan cercò di trascinare l'aria nei polmoni. «L'ho suggerito a una ragazza una volta. Sembrava che le avessi chiesto di rotolarsi nella merda di cane per quanto era disgustata.»
Mark lo guardò con evidente interesse. «Dato che hai sollevato l'argomento… quanta esperienza hai?»
«Un po',» ammise Dylan. «Non sono vergine, se è questo che stai chiedendo.»
Il sorriso di Mark si fece vizioso. «Il tuo buco lo è.»
Porco cazzo.
La mano di Mark finì sulla sua coscia, accarezzando, toccando… «Questo ti fa eccitare, vero? Stai pensando a me che infilo un dito là dentro?»
Cazzo.
Mark si chinò, soffiando il respiro caldo sul suo

orecchio. «E il mio cazzo?»

Dylan fece un balzo indietro. «Va bene, va bene, penso che tu abbia appena dimostrato di potermi eccitare in un batter d'occhio.» Cristo, il suo cazzo pulsava.

Mark gli posò una mano sulla guancia. «Sei tu a stabilire il ritmo, ricordi? Come ho detto ieri sera, sei tu a guidare.» Tolse la mano e Dylan non vedeva l'ora di riaverla. «Ma che ne dici di iniziare con quel massaggio?»

Fece un respiro profondo. «Suona fantastico.»

La mano di Mark coprì la sua. «Ricorda. Ogni volta che vuoi una pausa, o diventa troppo opprimente, dimmelo, okay? Basterà un semplice stop.» Poi si alzò, gli prese la mano e lo condusse attraverso la casa fino alla camera da letto. «Non ho uno di quei lettini da massaggio fantasiosi, quindi il letto dovrà bastare. Fammi prendere degli oli e degli asciugamani, mentre ti spogli.» Si voltò verso di lui, gli occhi scintillanti. «A meno che tu non voglia che lo faccia io.»

Gesù, ecco che il suo cuore riprendeva a correre.

«Penso di potercela fare.» Aspettò che Mark avesse lasciato la stanza prima di togliersi la giacca e il maglione. Fece del suo meglio per evitare di guardare il letto, perché ogni volta che vedeva le lenzuola bianche e il lubrificante sul comodino i suoi brividi si moltiplicavano. Le dita gli tremarono mentre apriva il bottone dei jeans. «Quanto devo togliermi?» chiese.

«Tutto.»

Dylan spinse i jeans oltre i fianchi, abbassando anche gli slip. Si tolse i vestiti e piegò tutto in modo ordinato, appoggiandoli sulla pedana ai piedi del letto.

«Mi piace un uomo ordinato.» Mark si avvicinò al letto, depose una bottiglia di olio sul comodino e aprì un grande asciugamano bianco. Gli lanciò un'occhiata e il suo cazzo sussultò. L'uomo sorrise. «Grazie.»

«Per cosa?»

«Sono il primo uomo che ti vede nudo. E prima di dire una parola, lo spogliatoio del liceo non conta.» Lo guardò dall'alto in basso. «Sarò onesto. Ho passato un po' di tempo a immaginarti senza i vestiti, e devo dire di non essere affatto deluso.» Indicò l'asciugamano. «Sdraiati, per favore. Sulla schiena.» Le sue labbra si contrassero. «Il che potrebbe essere un po' scomodo, dato il tuo stato attuale.»

Nonostante il nervosismo, Dylan ridacchiò. «Colpa tua.» Salì sul letto e si distese al centro. Mark si tolse la maglietta e il battito cardiaco di Dylan accelerò, alla vista del corpo definito che avrebbe potuto descrivere con gli occhi bendati.

«Solo per metterci su un piano di parità…» Mark si slacciò i jeans e se li spinse alle caviglie. Si chinò per rimuoverli e Dylan gli intravide il culo.

«Quando lo hai fatto?» Indicò una delle natiche, dov'era tatuata la parola "Scopami". L'aveva vista Dio solo sapeva quante volte, naturalmente.

«Anni fa. Tutti si facevano tatuaggi, ma non volevo una scritta lunga o qualcosa di elaborato, quindi ho deciso di farne una semplice e diretta.»

Dylan riuscì a ridere. «Sì, niente di ambiguo.» Poi Mark si voltò e lui ebbe un bel primo piano del cazzo dell'uomo. «Oh.» Era più spesso di quanto apparisse sullo schermo e il suo buco si strinse involontariamente.

«Niente che tu non abbia già visto, vero?» lo stuzzicò Mark.

«Vederti sullo schermo è una cosa, ma nella vita reale...» Dylan sorrise. «Per citarti, non sono affatto deluso.»

Mark indicò i cuscini. «A faccia in giù, per favore.»

Dylan si girò e appoggiò la testa sul cuscino. Fece un salto quando l'olio gli gocciolò sulla schiena.

«Scusa. Avrei dovuto scaldarlo prima.» Mark posò la bottiglia e salì sul letto accanto a lui. «Hai mai fatto un massaggio?»

«No, mai.»

«Di solito chiedo se la persona che viene massaggiata vuole che io sia duro, morbido o che vada a fondo.»

Dylan ridacchiò. «Mi fiderò che tu sappia quello che stai facendo.» Poi le mani di Mark furono sul suo collo e sulle sue spalle e, accidenti, era fantastico. «Oh, questo è bello.»

«Non ho ancora iniziato.» Mark abbassò le mani, usando i pollici per spingere nella carne, e lui gemette.

«Proprio là.»

«Capito.» Poi la pressione cambiò.

«Cosa... con cosa lo stai facendo?»

«Con il gomito. Lo sto applicando a vari punti di

pressione. Va bene?»

Era molto meglio che semplicemente bene. «È davvero una bella sensazione. Dove hai imparato a farlo?» Mark si spostò ancora più in basso e Dylan gemette quando gli massaggiò la parte superiore delle cosce, scavando in profondità nel muscolo.

«Da un ragazzo con cui ho alloggiato a Las Vegas. Era un massaggiatore esperto e mi ha insegnato alcune cose.»

«O era un insegnante davvero bravo, o sei un talento naturale.» Dylan girò la testa di lato. «Volevi un cambio di carriera? Potresti fare questo.» Cercò di non fissare il cazzo di Mark che sporgeva verso di lui, oscillando.

Mark ridacchiò. «Fare massaggi agli amici è una cosa, farlo per vivere richiede una formazione adeguata, conoscenze specialistiche.»

«Cosa ti impedisce di ottenerle? Sono serio.» Poi gemette mentre Mark massaggiava la parte bassa della schiena, appena sopra il sedere. «Cazzo, proprio lì.»

«Questo è il risultato della posizione in cui hai dormito ieri notte. Ora chiudi gli occhi e lascia che ti sciolga.»

Dylan obbedì e non passò molto tempo prima che le mani gentili di Mark lo cullassero in un sonnellino, massaggiandolo su tutto il corpo, fino ai piedi. Non era sessuale, era sensuale, e lui si perse nei massaggi decisi e nelle manipolazioni.

Mark tornò alle sue spalle. «Ti senti meglio?»

«Tanto, non ci crederesti.»

«Bene. Perché ho intenzione di cambiare un po' le cose.»

Il suo respiro si bloccò quando Mark gli carezzò le natiche, le mani calde e scivolose che scorrevano sulla fessura tra di esse. «Adoro il tuo culo.»

«Adoro il modo in cui mi tocchi il culo.» Gemette mentre Mark affondava le dita nella carne, impastando verso l'alto con un colpo deciso.

Mark ridacchiò e lui trattenne un sussulto, quando l'uomo gli sfiorò il buco, prima di cambiare posizione per lavorare sull'interno coscia, le dita che andavano pericolosamente vicino alle sue palle. Ci fu una pausa momentanea, e poi l'olio gli gocciolò sul culo. Con una mano appoggiata sulla parte bassa della sua schiena, Mark allungò l'altra tra le sue gambe e liberò il suo cazzo, accarezzandolo con le dita lubrificate.

«Questo va bene?»

Dylan spinse in alto il culo e allargò leggermente le gambe, desiderando di più il tocco di Mark, il quale gli stuzzicò la cappella con la punta delle dita. «Lo prenderò per un sì.» Poi gli strofinò il pollice tra le natiche e Dylan si contorse, incapace di restare fermo un momento di più. Si spinse contro il materasso, quando Mark accarezzò con dita ferme il suo buco, le sue palle, fino alla punta del suo cazzo.

«Forse dovresti girarti,» suggerì Mark.

Il battito del suo cuore aumentò e lui si girò, l'uccello duro contro la pancia. Gli occhi di Mark brillarono.

«Questo mi porta per bene al primo elemento della tua lista, anche se ho la sensazione che stamattina potremmo cancellarne più di uno.» Prima che Dylan potesse chiedere quali, Mark gli avvolse la mano attorno all'uccello. Poi con l'altra gli afferrò la sua e se la portò al proprio cazzo.

Oh, Dio. Mark era caldo e setoso al tatto e si adattava perfettamente all'imbuto creato dalla sua mano.

«Hai detto seghe, ma non hai specificato come.» Mark sorrise. «Così ho pensato di usare un po' di iniziativa.» Gli tirò lentamente l'uccello. «Fammi vedere come ti piace. Accarezzami come se stessi accarezzando te stesso.»

«Posso… posso inginocchiarmi?»

Mark gli lasciò andare l'uccello e lo trascinò su, finché non furono entrambi inginocchiati, uno di fronte all'altro. «Così va meglio?» Poi gli afferrò di nuovo l'uccello, eguagliando i colpi che riceveva sul proprio. «Ecco. Proprio così.»

Trovarono il loro ritmo, lavorando in armonia, e Dylan ne amò ogni secondo. Mark si avvicinò, premendosi su di lui, ruotando i fianchi per far scivolare l'erezione su e giù lungo la sua pancia, lasciando una scia appiccicosa di liquido a ogni movimento.

Era eccitante da morire e quando Mark si avvicinò per baciarlo, fu perfetto. L'uomo gli mise una mano sulla nuca, l'altra sul suo culo, ondeggiò il corpo contro il suo, le loro labbra serrate. Dylan era in fiamme.

«Non credo di poter durare ancora a lungo,» confessò.

Mark si spostò rapidamente per inginocchiarsi dietro di lui e Dylan colse il *clic* della bottiglia del lubrificante. Poi un cazzo umido si insinuò tra le sue natiche e Mark avvolse le braccia intorno a lui, una mano che gli afferrava l'uccello. Mark dondolò i fianchi, facendo scivolare il cazzo su e giù tra le sue natiche mentre gli accarezzava l'uccello, prendendo ritmo. Quando gli pizzicò un capezzolo con le dita, finì tutto e Dylan gemette venendo sul letto, getto dopo getto, finché non si ritrovò tremante tra le braccia di Mark.

«Cazzo, sei bellissimo quando vieni,» gemette Mark. Lo tenne stretto, baciandogli il collo e le spalle.

«Ma tu non sei venuto,» ribatté Dylan.

«Allora faresti meglio a occupartene.» Mark si lasciò cadere sulla schiena, l'uccello duro e grosso. «Baciami mentre mi fai una sega.»

Dylan gli si sdraiò accanto e Mark gli accarezzò la nuca mentre si baciavano. Avvolse le dita attorno all'uccello dell'uomo e fece scivolare la mano su e giù, i fianchi di Mark che si staccavano dal letto, mentre si spingeva più in fretta attraverso il tunnel scivoloso creato dalla sua mano. Gemette nel bacio e quel suono gonfiò il suo ego.

Il calore gli inondò la mano e Dylan esultò nella consapevolezza di averlo fatto, di aver portato Mark al limite. Approfondì il loro bacio, il respiro affannoso, consapevole di ogni scossa del corpo di Mark contro il proprio. D'impulso, interruppe il bacio e si chinò per colpire un capezzolo con la lingua, adorando i brividi che gli provocò.

Alla fine, Mark rimase immobile, l'uccello molle nella sua mano, e lui lo guardò negli occhi. «Andava bene?»

Mark sorrise. «Stavo per farti la stessa domanda.»

Dylan lo lasciò andare e si girò sulla schiena. Mark giacque su un fianco, accarezzandogli la pancia e il petto con un movimento lento. «Penso di essere stato più nervoso di te.»

Dylan lo fissò. «Perché dovresti essere nervoso?»

«Perché lo desideravi da molto tempo, vero? Non volevo deluderti.»

«Deludermi... vieni qui.» Dylan lo tirò perché si sdraiasse sopra di lui e lo avvolse tra le braccia. «Questa è stata la cosa più incredibile che abbia mai sperimentato.» Il peso di Mark su di lui, che lo inchiodava al materasso, gli fece svolazzare per la testa i pensieri più deliziosi.

Gli occhi di Mark erano luminosi. «Ma abbiamo appena iniziato.»

Dylan ridacchiò. «Allora cosa stiamo aspettando? Cosa viene dopo?»

Mark lo baciò, un bacio lento e sensuale che gli spedì calore in tutto il corpo. «Ehi, pensavo che stessimo prendendo le cose con calma.» Gli passò le dita tra i capelli. «Allora, come ci si sente a essere nudi con un ragazzo?»

Lui fece una rapida valutazione. «Dovrebbe sembrare strano, ma... sembra giusto.»

Solo che "giusto" non si avvicinava affatto a come si sentiva.

«Questo perché non ti nascondi più.» Lo sguardo di Mark si intensificò. «Beh, non proprio. Hai ancora i tuoi segreti.»

Un filo di disagio lo percorse. «Non li hanno tutti?»

Mark si alzò a sedere, spostandosi attraverso il letto. «So quello che ho detto, ma ho cambiato idea. Voglio sapere cos'è che non mi stai dicendo.»

Dylan si irrigidì. «Non so cosa intendi.»

Mark emise un leggero sospiro. «Pensavo che mi andasse bene non saperlo, ma è già la seconda volta che mi rendo chiaramente conto di aver toccato un nervo scoperto con questa domanda. Beh, devo pensare che forse qualunque cosa tu stia nascondendo sia importante. E deve essere qualcosa di enorme, se lo hai nascosto ai tuoi amici più cari.» Lo guardò negli occhi. «Mi hai detto quanto è stato bello quando alla fine ti sei dichiarato e hai detto che sei bisessuale.»

Dylan annuì, la gola stretta.

«Sono disposto a scommettere che sentirai un sollievo ancora più grande quando condividerai ciò che ti sta divorando.»

Cercò di deglutire, ma aveva la bocca secca. «Come… come lo sapevi?»

«Ricordi che ho detto che non ho molti amici? Bene, con quelli che ho,» sorrise, «presto attenzione.» Gli prese a coppa il mento. «Ho ragione, vero?»

Dylan riuscì a fare un altro cenno.

«Cosa ti spaventa? Il pensiero che qualunque cosa sia mi farà vedere te in una luce diversa?»

«Sì,» sussurrò Dylan.

Mark lo baciò, un bacio leggero, dolce. «Non c'è niente che puoi dire che mi spaventi, okay? Perché ho visto molto in questi ultimi diciassette anni.

Quindi, per favore, smettila di preoccuparti e dimmelo e basta, così possiamo andare oltre.»

Diglielo. Perché Mark aveva ragione. Lo stava divorando. Ma la vergogna che lo aveva afflitto per così tanto tempo gli si aggrappava ostinatamente addosso. «E se non te lo dicessi... ma te lo mostrassi?»

«Mostrarmi cosa?»

«La mia seconda lista.»

Capitolo quattordici

Il cuore di Mark martellava. *Una svolta.* Non riusciva a scrollarsi di dosso l'idea che quella lista fosse alla base dell'ansia di Dylan. «Vai a prenderla.»

Dylan strisciò ai piedi del letto e lui dovette lottare duramente per non essere distratto da quel culo meraviglioso. *Non è il momento.* Il ragazzo afferrò la giacca e frugò nella tasca interna. Tolse il foglio piegato, fissandolo.

Mark gli tese una mano. «Sei arrivato così lontano, non fermarti ora.» Rivolse a Dylan un caldo sorriso speranzoso. «Non ho intenzione di giudicarti, okay? Potrei anche essere in grado di aiutarti. Perché presumo che qualunque cosa tu voglia dirmi sarà resa davvero ovvia una volta che avrò letto quell'elenco.» Accarezzò lo spazio vuoto accanto a lui. «Vieni a sederti qui.»

Dylan si arrampicò sul letto e si sedette accanto a lui, mettendogli in mano il foglio piegato. Mark lo aprì e lo scorse. *Oh, Dylan.* Sorrise. Era più breve dell'elenco precedente, ma infinitamente più rivelatore.

Bondage
Croce di Sant'Andrea
Sculacciate
Altalena

Posò il foglio sul comodino, consapevole della postura di Dylan, del fatto che non lo stesse guardando, del modo in cui sembrava quasi... accartocciarsi su se stesso davanti ai suoi occhi.

«Va tutto bene,» disse a bassa voce. Lo sguardo di Dylan incontrò il suo e Mark capì che il ragazzo aveva bisogno di qualcosa di più affermativo. Gli prese a coppa il mento e gli girò dolcemente il viso verso il proprio. «Quindi sei un po'... perverso. Non c'è niente di male in questo.»

Fu come se le sue parole avessero aperto una diga.

Dylan rabbrividì, appoggiandosi a lui. «Pensavo che ci fosse qualcosa di sbagliato in me per desiderare quelle cose.»

«Perché avresti dovuto pensarlo?»

Rabbrividì di nuovo. «C'è una ragazza in hotel, si chiama Della... Ci siamo frequentati tanto tempo fa, quando ho iniziato a lavorare lì. E una notte le ho chiesto se potevamo provare qualcosa di un po' diverso.»

Mark era incuriosito. «Qual è stato il tuo suggerimento?»

«Io... volevo che mi legasse al letto e poi mi cavalcasse.»

«E...? Cosa c'è che non va in questo?»

Dylan sbatté le palpebre e si raddrizzò. «Vedi, tu te ne stai seduto lì e lo chiedi come se essere legato durante il sesso fosse del tutto naturale, ma Della era inorridita.»

Oh, cazzo. «Quindi è stata solo sfortuna che la prima ragazza con cui sei stato abbastanza coraggioso da essere onesto fosse vanilla dalla testa ai piedi.» Mark inclinò la testa da un lato. «Immagino che tu abbia pensato di essere una specie di deviato.»

«Mi ha fatto sentire come se lo fossi,» protestò Dylan. «E me lo ha anche detto. Dopo, per settimane, mesi, ho avuto una paura tremenda che lo avrebbe detto a tutti quelli con cui ho lavorato. Ero così spaventato che ho evitato di chiedere a chiunque un appuntamento.»

«Oh, tesoro.» Il vezzeggiativo gli sfuggì prima che avesse il tempo di tenerlo a freno. Tirò Dylan tra le braccia. «Non c'è assolutamente niente che non va in te, okay?» Gli baciò la tempia. «Perché non ne hai parlato con i tuoi amici gay?»

«Perché a nessuno di loro piace quel genere di cose!»

«Come lo sai?»

Dylan sospirò. «Non hanno mai menzionato niente di quel… genere.»

Mark cercò di non sorridere. «Solo perché non ne parlano non significa che non lo stiano facendo. Forse preferiscono mantenere privato quel lato delle cose. Sarei disposto a scommettere che i tuoi amici si divertono con della roba perversa, a porte chiuse.»

«Lo pensi?»

Mark annuì. «Ed ecco una cosa che ti piacerà. Non hanno bisogno di sapere che sei attratto da tutto questo. Perché quello che fai nell'intimità della tua camera da letto non è affar loro, ma tuo.»

Dylan lo fissò in silenzio, poi si afflosciò contro di lui. «Avevi di nuovo ragione. Avevamo bisogno di parlare di questo. Il fatto è che mi ero fatto dei viaggi mentali, finché il solo pensiero di dirlo a un'altra anima vivente mi ha riempito di terrore.»

Mark ebbe un'idea. «Ti sentiresti più a tuo agio a discuterne davanti a una tazza di tè o caffè?»

Gli occhi di Dylan si illuminarono. «Possiamo?»

Mark rise. «Ovviamente. Vuoi vestirti o mettere una delle mie vestaglie?»

Dylan esitò per un momento. «Una vestaglia, per favore.»

Quello rivelò molto. «Bene. Fammene prendere un paio e poi possiamo sederci sul divano e parlare.» La lenta espirazione di Dylan gli confermò che aveva detto la cosa giusta.

«Grazie.» Dylan lo baciò, appoggiandogli una mano sul collo, e quella dolcezza fu per lui un monito.

Prendila con calma. Non avrebbe fatto un altro passo finché Dylan non fosse stato pronto.

Dylan si accoccolò contro i cuscini del divano, una tazza di tè profumato tra le mani. «Questo è... surreale.»

«Cosa c'è di surreale nel tè?» chiese Mark.

«Beh, niente, è solo il fatto che siamo nudi sotto queste vestaglie. E là fuori c'è la luce del giorno.»

Oh mio Dio, è così maledettamente adorabile.

Mark sorrise. «È ciò che lo rende divertente. Sexy.» Si schiarì la gola. «Allora... parliamo della tua seconda lista.»

«Cosa c'è da parlare? Adesso l'hai vista.»

«Certo che l'ho vista, ed è un po' vaga. Ma c'è un'altra conversazione molto più importante che dobbiamo avere.»

«Oh?» Il cipiglio di Dylan scomparve. «Oh. Intendi il sesso sicuro.»

«Esattamente.»

Dylan gli lanciò un'occhiata pensierosa. «Non usi il preservativo nei tuoi video.»

«È vero, la maggior parte delle volte, ma solo quando conosco lo stato del mio partner. La maggior parte dei ragazzi con cui giro sono sotto PrEP. Sai che cos'è?» Non aveva intenzione di fare supposizioni.

«L'ho letto. Non previene l'HIV?»

Mark annuì. «Quello che non fa è proteggere dalle malattie sessualmente trasmissibili. Quindi... mi faccio testare regolarmente. Alcuni ragazzi vengono testati ogni tre mesi, altri ogni sei. Poiché il sesso è una parte importante di quello che faccio, vado in una clinica una volta al mese. E chiunque filmi con me deve mostrarmi i suoi ultimi risultati. Nessun risultato, nessuna ripresa.»

«Significa che non abbiamo bisogno di... niente?»

Mark sorrise. «Ho una nuova scatola di preservativi nel mio armadio. Li useremo.» Dylan fece una smorfia, ma lui non si sarebbe lasciato influenzare. «Neanche a me piacciono, ma è meglio essere al sicuro.»

«E se mi sottoponessi anch'io al test?»

«Allora ne riparleremo.» Mark diede un colpetto alla lista accanto a lui sul bracciolo del divano. «Ora… sculacciate. Conosco così tanti ragazzi a cui piaceva essere sculacciati, alcuni durante il sesso, quindi non sei assolutamente l'unico. Bondage… hai citato l'essere legato al letto. È questo che vuoi?»

«Io… mi piace l'idea di essere… impotente, incapace di muovermi, incapace di… fermarti.»

Mark sorrise. «Anche a me piace quell'idea. Forse una volta che ti sarai abituato ad avere un cazzo nel culo. Il che mi porta al punto successivo. Lo vuoi? O vuoi solo essere attivo?»

Dylan arrossì. «Posso fare entrambe le cose?»

Rise. «Diavolo, sì.» Scrutò la lista. «A proposito dell'altalena…»

«Ho visto uno dei tuoi video in cui hai scopato un ragazzo sull'altalena. Gli hai giusto… martellato il culo.»

Quando il rossore di Dylan si intensificò, Mark si avvicinò e gli accarezzò la coscia nuda dove la vestaglia era scivolata. «Ti rimando alla mia precedente osservazione. Non ho intenzione di sbattermi dentro di te la prima volta, okay? Voglio che sia gentile.» Dylan emise un sospiro e lui gli strinse la gamba. «Se ti piacerà, allora dovrai dirmelo. Non devi trattenere nulla, va bene?» Picchiettò sull'elemento rimanente nell'elenco. «La Croce di Sant'Andrea…»

«Voglio solo provarla. Voglio dire, non voglio che tu mi frusti, o qualcosa del genere, solo… che mi ci leghi?» Il respiro del ragazzo si bloccò. «Ho visto molti video che mi hanno fatto rabbrividire, cose davvero pesanti. Quello... non è ciò che voglio.»

Mark annuì. «Vuoi un BDSM perverso, non hardcore.» Sorrise. «Sai cos'è, vero?» Il vigoroso cenno del capo di Dylan non fu una sorpresa. «Allora penso di avere un buon quadro.» Lanciò un'occhiata all'inguine del ragazzo, notando il modo in cui il tessuto morbido sussultava. «Meglio che me ne occupi io.» Si inginocchiò davanti a Dylan, slacciò la cintura intorno alla vita e tirò da parte la vestaglia per rivelare l'uccello duro del ragazzo. Gli posò le mani sulle cosce e gli allargò le gambe, al suono dei respiri aspri di Dylan. «Ho capito bene quella parte,» mormorò.

«Quale?»

Mark si avvicinò. «Hai un bel cazzo.» Leccò la cappella e assaporò il gemito che rotolò dalle labbra di Dylan mentre lo prendeva lentamente in bocca. Gli diede una succhiata potente, poi lo rilasciò con un sorriso. «Anche buono.»

Poi tutte le chiacchiere cessarono, mentre lui faceva in modo che Dylan venisse. Si accarezzò l'uccello mentre succhiava e leccava, alternando tra l'inghiottire l'asta di Dylan fino alla radice, e leccare un percorso dalle palle alla fessura, amando i brividi che attraversavano il ragazzo mentre lo faceva avvicinare all'orgasmo, e i suoni che gli sfuggivano. E quando venne, il cazzo palpitante sulla sua lingua, ingoiò ogni goccia prima di leccarlo.

«È il mio turno.» Mark si mise a cavalcioni sui fianchi

di Dylan e si accarezzò, il respiro frammentato mentre si avvicinava alla fine, finché non venne sul petto del ragazzo, tremando. Quando ebbe finito, tenne il viso di Dylan tra le mani e lo baciò, felicissimo quando l'altro lo strinse forte.

Mark non voleva muoversi. Si distese sul divano, tirando Dylan perché si sdraiasse accanto a lui, e coprì entrambi con la propria vestaglia.

Non aveva nessun posto dove andare, e un ragazzo bellissimo da stringere. Addormentarsi con Dylan tra le braccia gli parve...

Perfetto.

Dylan dovette ammettere che la giornata non era andata come aveva previsto. Fare un pisolino sul divano di Mark era stato inaspettato, ma svegliarsi e sentirlo rannicchiato contro di sé...

Non aveva voluto che finisse.

Era rimasto sdraiato lì, immaginando tutte le cose deliziose che sarebbero successe una volta che Mark si fosse svegliato. Solo che il primo suggerimento di Mark era stato il pranzo a Ogunquit, e anche se lui avrebbe preferito rimanere in casa e nudo, aveva dovuto ammettere che l'idea era stata buona.

Inoltre, stava morendo di fame.

Quello che lo aveva sorpreso era stata la scelta del luogo. Il Caffè Prego era un piccolo ristorante italiano con un patio coperto da tende da sole e cibo eccezionale. Non aveva mai mangiato lì, ma ci era passato davanti parecchie volte, lanciando sguardi di desiderio alle minuscole luci che coprivano gli alberi di fronte. Il posto urlava romanticismo e, anche se era metà pomeriggio, mangiare lì era stato speciale.

Non immaginare troppo, okay? Era diventato il suo mantra per tutto il pranzo. Si era detto che Mark lo aveva scelto perché sembrava carino, aveva letto le recensioni, aveva ricevuto un volantino sotto la porta, qualsiasi motivo a cui potesse pensare, a parte quello che voleva che fosse vero. Aveva bramato Mark per così tanto tempo, e ora che finalmente lo aveva incontrato la realtà era assai migliore di qualsiasi cosa avesse mai immaginato.

E aveva immaginato molto.

Avevano condiviso cocktail di gamberi, confit di funghi e caponata di melanzane, e gli antipasti di parmigiana di vitello e saltimbocca di pollo erano stati buoni da morire. Non aveva idea di come sarebbe finita la giornata, ma in quel momento era tutto dannatamente perfetto.

Avevano scelto il gelato come dessert e, mentre aspettavano, Dylan colse l'occasione per discutere di ciò che aveva in mente sin dalla loro prima conversazione.

«Posso chiederti una cosa?»

Mark sorrise. «Vai pure.»

«So che hai detto che ti fa incazzare quando i tuoi

video vengono pubblicati su siti gratuiti, ma è l'unica cosa che ti sta facendo ripensare alla tua carriera? Hai un seguito enorme. Vedo i tuoi post, i commenti…»

Mark bevve un sorso d'acqua. «Non è solo questo. Forse la vita era più facile con gli studios. Tutto quello che dovevo fare era alzarmi e scopare. Ma ora? C'è tutto il resto. Editare, fare promozione, l'aggiornamento e la manutenzione del mio sito Web, i social media… Quest'ultima cosa da sola è una gran rottura di palle. Non finisce mai.»

«Mi piace il tuo sito. È pulito e di facile lettura. E adoro i tuoi post.»

«Non amo i troll,» rispose cupo Mark. «Ogni giorno devo rimuovere i commenti degli hater. È un compito orribile. Cerco di non lasciare che mi colpiscano, ma ce ne sono sempre di più a ogni giorno che passa.»

«Ho notato che non pubblichi post sulle tue relazioni.» Se così fosse stato, se ne sarebbe accorto all'istante.

Mark sospirò. «Non mi piace fingere.» Quando Dylan lo fissò, annuì. «La mia ultima relazione è stata quattro, cinque anni fa.»

«Ma…» Dylan si accigliò. «Non capisco.»

«Ricordi che ho detto che avevo avuto alcuni fidanzati che non riuscivano a far fronte alla mia carriera? Intendevo dire tutti.»

Dylan era combattuto tra il dolore per i fallimenti delle relazioni di Mark e la gioia segreta che fosse single. «Forse dovresti uscire con un'altra pornostar. Potrebbe funzionare. Almeno capirebbe.»

Mark sbuffò. «L'ho fatto, quando avevo vent'anni.»

«Cos'è successo?»

«In una parola, gelosia. Era più grande di me, e non sto parlando di dimensioni, sto parlando di gente che lo seguiva. Stavo appena iniziando a farmi un nome. Abbiamo anche girato alcune scene insieme. Bene, il numero dei miei fan esplose improvvisamente fino a raggiungere un numero a cinque cifre e lui non ne fu contento. Feci una scena in uno studio e lui fece dei commenti denigratori sul mio collega. Ogni giorno era sempre peggio. Poi incontrò qualcun altro, non del settore, e io venni sbattuto sul marciapiede.»

«Lo amavi molto?»

Mark fece scorrere il dito sul bordo del bicchiere d'acqua. «Adesso posso essere onesto. Forse amore è una parola troppo grossa per quello che provavo. Mi ci è voluto un po' per andare avanti. Ovviamente, non è stato d'aiuto vedere le foto di lui e del suo nuovo fidanzato, beatamente innamorati. Ho cercato di evitare i suoi post, perché non volevo leggere quanto fosse felice, come avesse finalmente trovato l'amore, perché quello non faceva altro che sminuire tutto ciò che avevamo condiviso.» Si strinse nelle spalle. «Ho imparato la lezione. Non uscire con le pornostar.»

«C'è stato qualcun altro?»

Mark annuì. «Il mio ragazzo successivo era un fan.» Sorrise. «Casey. L'ho chiamato il mio stalker. È durata un po', ma... non doveva funzionare. Almeno, siamo ancora amici. È fidanzato, si sposerà il mese prossimo.» Sbirciò Dylan. «E tu?»

«Dopo l'appuntamento con Della, ho rinunciato alle relazioni. Penso che la mia fiducia abbia subìto un duro colpo.»

«Non c'è più stato nessuno dai tempi di Casey. Immagino di non essere fatto per innamorarmi.»

Non dirlo.

Dylan deglutì il fastidioso groppo in gola. «Non lo sai. Uno dei miei amici, Seb, beh, da quando lo conosco, è stato un vero… arrapato.» Quando Mark rise, si unì anche lui. «Fidati di me, gli si adatta. Era felice dei suoi incontri, di avere avventure di una notte… Pensavo di conoscerlo, e poi… quest'estate ha incontrato qualcuno. Un tipo più grande. E sai cosa? Non lo riconosco più. Seb è innamorato, ed è così bello vederlo così preso. Se è riuscito a trovare qualcuno lui, c'è speranza per tutti noi.»

Sapeva di star camminando sul ghiaccio sottile. Aveva una cotta per Mark, ma si sentiva impotente nel fermarla, anche se comprendeva che ciò che li legava era solo il sesso.

Lo sapeva Dio, che voleva che fosse qualcosa di più.

Cambia argomento.

«Posso capire perché gli appuntamenti potrebbero essere difficili per te.»

Mark inarcò le sopracciglia. «Sì?»

Dylan annuì. «I ragazzi ti vedono esibirti sullo schermo, quindi arrivano con certe… aspettative su quello che farai.»

Mark sbuffò. «Hai ragione. Ma c'è dell'altro.»

«Che cosa?»

«Vanno a letto con una pornostar, quindi pensano di

dover agire come una pornostar. Gemiti esagerati, rumori incessanti...»

«Lasciami indovinare.» Dylan sorrise. «Dicono spesso *fanculo, sì.*»

Mark scoppiò a ridere. «Esattamente. Pensano che sia quello che voglio, ma non lo è. Voglio un ragazzo che mi faccia sapere che gli sta piacendo senza tutte quelle parole, senza il dramma...»

Dylan arrossì. «Grazie per il consiglio.»

«Sei al sicuro, a giudicare da stamattina.» Quando lui inarcò le sopracciglia, Mark sorrise. «Non eri rumoroso. Ma, ripeto, non credo sia stata la tua prima... esperienza del genere.»

«No, non lo era, ma ha gettato tutte le altre volte nel dimenticatoio.» Poi si fermò mentre un uomo si avvicinava al loro tavolo con evidente esitazione, lo sguardo fisso su Mark. «Penso che questo sia per te.»

Mark alzò lo sguardo e si irrigidì per un secondo, prima di incollarsi un sorriso. «Ehi.»

Il tizio ricambiò. «Scusa se ti interrompo, ma... sei Mark Roman?»

Mark annuì. «Colpevole.»

L'uomo sorrise di nuovo. «Pensavo che fossi tu. Ho continuato a guardarti per tutto il tempo che stavamo mangiando. Posso fare un selfie con te?»

«Sicuro.» Mark si alzò e fece il giro del tavolo per stare accanto al ragazzo, che teneva il telefono a debita distanza. Dopo un paio di tentativi, ottenne un risultato che lo soddisfaceva. Vide Mark soffocare un sussulto quando il ragazzo gli diede un breve abbraccio.

«Grazie. Aspetta che lo dica ai miei amici. Saranno così gelosi.» Con un cenno verso di lui, si avviò verso i gradini che scendevano in strada.

Mark riprese il proprio posto. «Scusa. Rischi del mestiere.»

«Becchi un sacco di strani uomini che ti abbracciano?»

«Mi abbracciano, pizzicano o schiaffeggiano il culo... Un ragazzo ha chiesto se potevamo baciarci per il selfie.»

«E tu?»

Mark arrossì. «In realtà l'ho fatto. Era sexy.» Poi sospirò. «Ma mi sta stancando.» Si schiarì la gola. «Cambiamo argomento, perché questo mi farà solo deprimere.» Mark lo guardò. «Hai avuto una giornata ricca di eventi.»

Dylan si fermò. «È finita?»

«Vuoi che lo sia?»

Frenò l'impulso di urlare *cazzo, no!* «No.»

«Allora perché non torniamo a casa mia e continuiamo la tua... educazione?»

di K.C. Wells

Capitolo quindici

Arrivare a casa di Mark fu un po' confuso.

Probabilmente perché la sua testa si trovava altrove, sicuramente non sulla strada da percorrere. Ciò che occupava i suoi pensieri era che sapeva cosa aspettarsi. Quante volte aveva visto Mark scopare qualcuno? E tuttavia non era così. Perché il Mark che lo aveva succhiato non era per niente l'uomo che lui guardava sul suo telefono o laptop, e non riusciva a capire perché avrebbe dovuto essere così.

Sapeva che avrebbero dovuto avere un'altra conversazione, ma non proprio in quel momento. Tutto ciò su cui riusciva a concentrarsi era l'arrivo imminente del cazzo di Mark nel suo culo, perché era tutto ciò che voleva. Aveva aspettato abbastanza a lungo, maledizione.

Mark tossì. «Volevi tornare qui, vero?»

Dylan sbatté le palpebre. Erano sul vialetto, il motore era spento e Mark gli stava sorridendo.

Si slacciò la cintura di sicurezza e scese, seguito da Mark con una risatina. «Vuoi guardare un po' di TV? Giocare a biliardo? A meno che non ci sia qualcos'altro che preferiresti fare.»

Aspettò che Mark aprisse la porta d'ingresso, poi si affrettò all'interno. Nel momento in cui l'uomo chiuse il chiavistello, lui si tolse la giacca, sfilò gli stivali ed emise un piccolo lamento impaziente mentre Mark si prendeva il suo tempo per togliersi i vestiti e le scarpe.

«Lo stai facendo deliberatamente, vero?» ringhiò Dylan.

Mark gli rivolse uno sguardo innocente. «Facendo cosa?» Poi, prima che lui potesse urlargli contro, Mark lo afferrò per una mano e lo trascinò verso la camera da letto. «Va bene, è ora del cazzo nel culo.»

«Aspetta, cosa?» Il suo cuore iniziò a battere forte.

«È quello che vuoi, giusto?»

«Sì, ma…»

«Quindi che cosa stiamo aspettando?» Il respiro di Dylan era irregolare nella stanza tranquilla. Poi Mark sorrise e a lui si piegarono le ginocchia. Mark colmò il divario tra loro. «Sai dov'è il mio bagno. Prenditi il tuo tempo. Abbiamo il resto della giornata per divertirci insieme.» Premette la bocca contro la sua e lui sospirò nel bacio.

«Per un secondo mi hai davvero spaventato,» mormorò quando si separarono.

«Te lo avevo detto. Sarò gentile. Voglio che questa cosa sia bella per te. Ma chiariamoci.» Le labbra di Mark gli sfiorarono l'orecchio. «Non vedo l'ora di essere dentro di te.»

Il battito del suo cuore tornò a correre.

Dylan si precipitò in bagno, con la mente in subbuglio. *Bene. Facciamolo.*

Mark lasciò i giocattoli dov'erano, ci sarebbero state altre occasioni per usarli. Tutto ciò di cui aveva bisogno era un asciugamano, lubrificante e preservativi. Sentì il rumore dell'acqua che scorreva nel bagno e sorrise. Ricordava di essersi preparato per la sua prima scena anale, dopo aver ricevuto consigli sull'argomento dal suo partner sullo schermo.

Ero così nervoso.

Sapeva esattamente cosa voleva fare e fremeva di anticipazione al pensiero di esplorare il corpo snello e sodo di Dylan, ma era più di quello. Voleva che Dylan si sciogliesse tra le sue braccia, tremasse di desiderio. Voleva che Dylan volasse.

Era sicuro che guardare Dylan sciogliersi sarebbe stato qualcosa di splendido da vedere.

La porta si aprì e Dylan emerse, senza i vestiti e un asciugamano avvolto intorno ai fianchi. Mark allargò le braccia. «Vieni qui.»

Dylan si avvicinò e lui lo attirò a sé, le mani sulla schiena. Il loro bacio all'inizio fu esitante, ma a poco a poco Dylan si aprì per lui. Il cambiamento nel respiro del ragazzo parlava di urgenza e bisogno crescente, e Mark era consapevole della dura lunghezza che premeva contro di lui.

Fece un passo indietro. «Perché non mi spogli?»

Dylan sorrise. «Posso farlo.» Lo aiutò a togliersi la maglietta, poi gli sbottonò i jeans, inginocchiandosi mentre li abbassava alle caviglie. Il suo uccello era puntato contro la faccia del ragazzo, del liquido che già bagnava la fessura. Dylan trattenne il respiro e alzò lo sguardo su di lui, le labbra socchiuse.

Mark gli poggiò una mano sulla guancia e con l'altra si afferrò l'uccello, puntandolo alla bocca di Dylan. «Va bene?»

Dylan deglutì. «Sì. Va bene se…?»

Lui annuì. «Bravo ragazzo. Chiedi sempre. E non ti lascerei mettere la bocca su di me se ci fosse qualche rischio.»

La lingua sulla sua cappella gli trasmise un brivido, e lui gemette mentre Dylan leccava il liquido trasparente. Il ragazzo spalancò gli occhi. «Ha un sapore quasi… dolce.»

«Sono contento che ti piaccia, perché ce ne sarà altro.» Mark sapeva che ci sarebbe stato un flusso costante prima che fosse pronto a mettere il preservativo. Sussultò quando la calda bocca di Dylan gli circondò la punta dell'uccello. «Ecco. È bello.»

Le sue parole di lode portarono una luce negli occhi di Dylan, e quello gli diede un brivido di gioia. Il ragazzo si mosse lentamente, prendendolo centimetro dopo centimetro, finché tre quarti del suo cazzo non furono scomparsi tra le labbra del ragazzo.

Il pompino che seguì non aveva niente a che fare con la varietà veloce, frenetica, di ingoio fino alla radice a cui lui si era abituato, e questo lo rendeva ancora migliore. L'iniziale esitazione di Dylan, la crescente sicurezza, i piccoli rumori che faceva per fargli sapere che si stava godendo l'esperienza, il modo in cui l'uccello di Dylan si agitava mentre succhiava... Ogni parte era legata a un senso di gioia, mentre lui si lasciava andare, le mani appoggiate leggermente sulla testa di Dylan, incoraggiando i suoni che uscivano dalle labbra del ragazzo mentre questi lo lavorava con le labbra e la lingua.

Mark si tirò indietro, incapace di trattenere il sorriso. «Come prima volta, è stata piuttosto impressionante.»

«Ma... non sono riuscito a prenderlo tutto...»

Sollevò Dylan, tirandolo in piedi. «Non mi aspettavo che lo facessi. Okay, sarei stato felicissimo se mi avessi ingoiato fino alla base, ma conosco molti ragazzi che non riescono o non possono farlo.» Accarezzò la guancia del ragazzo. «Non usare il porno come metro di paragone, okay? Se lo facessi, saresti perdonato se credessi che ogni uomo ha un cazzo di venticinque centimetri, una resistenza incredibile e nessun riflesso del vomito.» Dylan rise e lui lo baciò. «Sdraiati con me sul letto.»

Dylan annuì, e poi ridacchiò. «Prima potresti toglierti i jeans.»

Si chinò per rimuoverli, prima di prendere Dylan per mano. Salì sul letto, invitandolo a stendersi accanto a lui. Si chinò e lo baciò, accarezzandogli il petto e gli addominali prima di abbassarsi per prendergli in mano le palle e applicare una leggera pressione.

Dylan gemette nel bacio, dondolando il corpo mentre allungava una mano verso di lui, esplorandolo con le dita. Il bisogno del ragazzo si rivelò contagioso e il calore tra loro si intensificò.

«Per favore,» sussurrò Dylan.

«Dimmi cosa vuoi.»

«Vuoi... giocheresti con il mio buco?»

Mark sorrise. «Pensavo che non me lo avresti mai chiesto. Girati e metti il culo in aria.»

Dylan rispose con una velocità gratificante. Appoggiò gli avambracci sul materasso e inclinò i fianchi.

«Allarga le gambe per me, belle larghe.»

Oh, merda. Dylan fece come gli era stato ordinato, il battito cardiaco che accelerava. *Spero di aver fatto un lavoro abbastanza buono. Spero che sia perfettamente pulito. Spero...*

Tutti quei pensieri svanirono, quando Mark gli allargò le natiche e una lingua calda e bagnata leccò un lussurioso percorso sul suo buco. Dylan scoppiò a ridere. «Mi fa il solletico!»

Mark si fermò. «Un buco da solletico? Buono a sapersi.» Poi Dylan sentì il leggero graffio del mento coperto di barba sulla sua apertura e rise di nuovo.

«Lo stai facendo apposta.»

«Facendo cosa?» Un altro sfregamento, e lui si dimenò e rise, incapace di stare fermo.

E poi cambiò tutto, quando Mark premette la lingua sul suo buco.

Santa Maria, Madre di Dio.

«Cazzo, piccolo, il tuo culo ha un buon sapore,» disse Mark con un gemito. Anche lui gemette quando Mark gli afferrò l'uccello e lo leccò dalla punta al buco. Premette un dito sul suo buco mentre lo succhiava, stuzzicandogli la cappella con la lingua.

«Cazzo, che sensazione...» Dylan rabbrividì, ruotando i fianchi. I rumori che uscivano da Mark mentre gli leccava il culo erano quasi... affamati. Poi lui gridò quando Mark gli risucchiò le palle in quella bocca calda. «Oddio.» Non avrebbe mai immaginato che si potesse provare una sensazione così bella.

«Sdraiati di fianco,» lo esortò Mark. Quando lui lo fece, Mark gli spinse il ginocchio verso il petto, fino a quando il suo uccello non premette contro il materasso, il suo buco esposto. Mark ci passò sopra le dita. «Ti piace?»

«Oh, sì.»

«Userò del lubrificante mentre gioco con questo bel buco, ma voglio che tu faccia una cosa per me.»

«Che cosa?»

Mark si chinò e gli baciò la punta del naso. «Ricorda di respirare.» Poi si spostò attraverso il letto verso il comodino.

Dylan sentì il *clic* della bottiglia di lubrificante, poi del liquido freddo gocciolò tra le sue natiche, seguito dal calore delle dita di Mark.

«Hai mai avuto qualcosa nel culo, prima?»

«Forse?»

Mark ridacchiò. «Puoi dirmelo.» Le dita erano gentili su di lui.

«Ho chiesto a una ragazza di infilarci un dito. Lei ha detto no. Quindi, una volta, mentre mi stavo masturbando, ho provato con la punta del dito.»

«E cos'altro ci hai messo?»

Dylan allungò il collo per fissarlo. «Come l'hai capito?»

Mark sorrise. «Sto migliorando nel leggerti. Dai, andiamo. Confessa.»

«Io... potrei aver usato il manico di una spazzola per capelli.» Solo che era andato troppo veloce e il risultato lo aveva scoraggiato a provare tali attività per un po'.

Poi trattenne il respiro mentre Mark gli infilava un dito dentro. «Gesù...»

«Scommetto che è meglio della spazzola per capelli.»

«Il lubrificante aiuta,» ammise Dylan.

«Porta indietro le mani e tieni le natiche aperte per me. Semplificherà le cose.»

«Posso gestire una natica. È abbastanza?» Dylan la afferrò e si allargò. «Così?»

«Perfetto. Ora, ricorda quello che ho detto sulla respirazione.» Mark gli baciò la mano e poi quel dito scivolò più a fondo. «Oh, sei così stretto. È tutto dentro fino alla nocca.» Si fermò dentro di lui. «Abituati a come ci si sente. Fammi sapere quando sei pronto per avere di più.»

Dylan fece dei respiri profondi, la testa appoggiata nell'incavo del braccio, le dita che scavavano nella carne del culo mentre si teneva allargato. «Il lubrificante aiuta sicuramente.»

«È nostro amico.» Mark si fermò. «Posso provare qualcosa?»

«Penso che sia tu alla guida di questo autobus,» osservò Dylan. Poi un'ondata di intenso piacere lo investì quando Mark lo accarezzò dentro. «Oh, Signore.»

«Ecco il punto,» mormorò Mark. Continuò così per alcuni minuti, finché Dylan desiderò di più. «Ne aggiungo un altro.» Fece scorrere una mano sulla sua coscia. «Respira, piccolo.»

«Puoi continuare a farlo,» rispose lui con un gemito.

«Cosa... usare due dita?»

«No... chiamarmi piccolo.» A una parte di lui piaceva davvero. Mark si chinò di nuovo e Dylan apprese che essere baciato mentre Mark aveva le dita nel suo culo portava il piacere a un livello completamente nuovo. Mark aggiunse altro lubrificante, e poi tutto diventò più caldo e scivoloso, fino a quando lui non si contorse, desiderando, volendo avere di più. Mark si sporse dietro di lui, baciandogli il collo, le spalle, e per tutto il tempo mosse quelle due dita dentro e fuori, prendendosi il suo tempo.

Quando ne aggiunse un terzo, scivolò dentro proprio come se appartenesse a quel posto.

Mark si abbassò, baciandogli il fianco mentre lo scopava con le dita. «Ti piace?»

«È incredibile.»

«Non so dirti quanto sia eccitante vedere le mie tre dita seppellite nel tuo buco. Le stai prendendo così bene.» Un altro bacio, questa volta alla vita. «Pronto per il mio cazzo?»

Dylan contorse la parte superiore del corpo per guardare Mark, il cuore che gli martellava. «Puoi andare piano, per favore?»

Mark lo baciò, un bacio persistente e sensuale che lo inondò di calore. «Ho promesso che sarei stato gentile, no?» Poi ritirò le dita, si allungò dietro di sé e Dylan sentì il rumore della rottura dell'involucro del preservativo.

«Un sacco di lubrificante, giusto?»

Mark ridacchiò. «Lo sai.» Un altro *clic*, e poi Mark si inginocchiò davanti al suo culo. «Tienilo aperto per me, piccolo.»

Lui tirò una natica, Mark l'altra, e poi premette la cappella contro il suo buco allargato. «Andrò molto lentamente.»

Dylan cercò di non irrigidirsi ma, accidenti, Mark era grosso. Trasse un paio di respiri profondi, mentre Mark si insinuava in lui e nel frattempo gli accarezzava delicatamente il petto, il fianco e la coscia. Alla fine si fermò.

«Ecco. È tutto dentro di te.»

Dylan rabbrividì. «Okay, sembra molto più grosso di una spazzola per capelli.»

«Speriamo che sembri anche meglio.» Mark fece un lento movimento dei fianchi e le sensazioni che ne derivarono minacciarono di sopraffarlo. Poi gli accarezzò la gamba. «Troppo?» Si fermò e lui respirò un po' più facilmente.

«Sei troppo lontano,» si lamentò.

Mark sorrise. «Possiamo fare qualcosa al riguardo.» Si ritrasse e lui sentì ogni centimetro di quel cazzo mentre lo lasciava vuoto. Mark gli fece scivolare un braccio sotto il collo e le spalle, e se lo tirò al petto mentre entrava ancora una volta in lui. «Va meglio?»

«Molto.» Dylan girò il viso e le loro labbra si incontrarono in un morbido bacio, l'uccello di Mark del tutto dentro di lui.

Dylan aveva perso il conto del numero di volte in cui aveva immaginato quel momento, e non era per niente come le sue fantasie. Mark gli accarezzò la guancia mentre si baciavano, e vedere quell'uomo guardarlo negli occhi mentre si muoveva dentro e fuori di lui era tutto ciò che aveva sperato, e molto di più. Poi Mark si fermava, si baciavano e poi ricominciava, gentile come aveva promesso, finché lui non capì di essere pronto per altro.

«Ora puoi andare un po' più veloce.»

Mark si staccò da lui. «Sulla schiena, tesoro.»

Dylan obbedì, allargando le gambe e sospirando quando Mark fu di nuovo dentro di lui. Mark lo cullò ancora una volta come se fosse qualcosa di prezioso, e lui gli appoggiò i talloni sul sedere, sentendo ogni spinta mentre l'uomo lo riempiva ancora e ancora. Arricciò le dita dei piedi, il respiro irregolare mentre Mark aumentava il ritmo.

«Toccati,» gli ordinò Mark.

«Se lo faccio, verrò.» Lui voleva che durasse.

«Allora vieni, e poi ricominceremo tutto da capo.» Mark si morse il labbro. «Non posso durare ancora a lungo. Il tuo culo mi fa provare una sensazione troppo bella.»

Dylan non si era mai sentito così potente.

Si aggrappò a Mark con un braccio mentre si strattonava l'uccello, il corpo già formicolante. Mark si spinse dentro e fuori di lui con movimenti brevi e veloci, il respiro sempre più affannoso. E quando l'onda lo colpì, Dylan gemette, combattuto tra l'euforia del suo orgasmo e la delusione per il fatto che la fine fosse arrivata così presto.

«Oh, Mark...» Venne con forza, coprendo sia il suo petto che quello dell'uomo, il quale non rallentò. Spinse più velocemente, ruotando i fianchi, e Dylan gli si aggrappò alle spalle.

«Oh, cazzo,» gemette Mark, e si irrigidì. Dylan adorò il palpito costante di quel cazzo dentro di lui, ma il fatto che lo baciasse mentre veniva fu perfetto. Fu il suo turno di coccolare Mark, baciandolo mentre i tremori lo attraversavano. E quando alla fine rimase immobile tra le sue braccia, Dylan gli baciò la fronte, le guance e le labbra, sperando che i baci avrebbero parlato per lui, quando le parole non sarebbero arrivate.

Mark sospirò. «Non va bene. Devo sfilarmi.»

Dylan emise un sospiro pesante. «Veramente?» Lo baciò sulle labbra. «Non possiamo restare così ancora per un po'?»

Mark ridacchiò. «Devo eliminare qualcosa, ricordi?»

«Promettimi che lo faremo di nuovo.»

Mark lo guardò negli occhi. «Hai la mia parola.» Poi suggellò la sua promessa con un bacio.

Dylan inspirò, imprimendosi a fuoco quel momento nella memoria. *Ti ho voluto per così tanto tempo, senza mai sognare che saresti entrato nella mia vita. E ora che sei qui non voglio perderti.*

di K.C. Wells

Capitolo sedici

5 ottobre

Il turno di Dylan era quasi al termine e non vedeva l'ora di andarsene. La giornata si era trascinata, una di quelle volte in cui c'erano stati pochi check-in e nessun problema da risolvere. Non aiutava il fatto che fosse stato distratto da quando aveva varcato la porta quella mattina.

La sua testa era piena di Mark. In effetti, era così da una settimana.

È davvero passato solo un mese da quando è entrato in albergo? Sembrava di più. Gli ultimi sette giorni erano trascorsi con uno schema. La sua giornata era piena di lavoro, ma le sue notti le trascorreva nel letto di Mark. I suoi coinquilini avevano iniziato a fare battute sul fatto che la casa non fosse un hotel. Volevano sapere dove fosse stato, ma lui su quello taceva. Il silenzio gli era valso ogni tipo di commento osceno, che aveva ignorato.

Mark non mostrava segni di essere scontento dell'attuale stato delle cose. Ogni mattina, quando lui correva a casa per cambiarsi per il lavoro, Mark gli diceva che la cena sarebbe stata pronta per lui, quella sera, e Dylan pensava che se l'uomo avesse avuto bisogno di un po' di tempo da solo, non avrebbe esteso l'offerta.

Era cambiato altro, oltre alla sua routine. Aveva ritrovato fiducia.

Certe sere, tutto ciò che facevano era cenare e poi rannicchiarsi insieme sul divano e guardare un film, e per lui andava bene. Sembrava... comodo. Non appena scivolavano tra le lenzuola, però, l'atmosfera cambiava.

E a proposito di quello che accadeva tra le lenzuola, in quel momento avrebbe potuto fare le fusa come un gatto.

«Signor Martin.»

Merda. A proposito di gatti... Il signor Reynolds era silenzioso come un felino. «Sì, signore?»

Il manager esaminò la reception. «Mi ricorda che giorno è, per favore?»

Dylan si ac) cigliò. «Vuole la data di oggi, signore?»

Il signor Reynolds alzò gli occhi al cielo. «Sì, la data di oggi.»

Diede un'occhiata al calendario sistemato proprio di fronte a lui. «Il 5 ottobre, signore.»

Il signor Reynolds annuì. «In tal caso, alla reception sembra mancare qualcosa.»

Okay, era confuso da morire. «E cosa sarebbe, signore?»

Il manager andò dietro il bancone e prese a calci le scatole di cartone che si trovavano lì sotto.

Oh, cazzo. Gli era stato detto di esporre le decorazioni di Halloween durante il fine settimana, e gli era sfuggito di mente. «Inizierò subito a lavorarci.»

«Grazie. Si assicuri solo che sia fatto prima di andarsene.»

Sbatté le palpebre. «Mancano solo quindici minuti alla fine del mio turno.» Gli occhi del signor Reynolds si gonfiarono. «Ma ovviamente rimarrò finché non avrò finito,» aggiunse frettolosamente. *Merda.*

Il signor Reynolds si schiarì la voce, diede un'ultima occhiata in giro e attraversò a grandi passi l'atrio. Dylan aspettò che fosse fuori vista prima di estrarre il telefono dalla tasca.

Mark rispose al quinto squillo. «Ci vediamo tra meno di mezz'ora. Cosa c'è di così urgente?»

«Potrebbe essere necessario riscaldare la mia cena, quando arriverò.» Gli spiegò la situazione.

«Ops. Finisci il lavoro. La terrò in caldo per te.» Ci fu una pausa. «Puoi restare stanotte?»

«Dipende se me lo chiedi.»

Mark rise. «Sciocco.» Chiuse la chiamata.

Il calore lo pervase. Quello che stavano vivendo aveva un che di domestico e a lui non importava minimamente.

Un forte colpo di tosse dall'atrio lo fece abbassare sotto la scrivania per prendere le scatole.

Ragnatele, scheletri e ragni. Gesù.

«La porta è aperta,» urlò Mark quando sentì il campanello suonare. Fece capolino dalla soglia della cucina. Dylan era ovviamente arrivato direttamente dall'hotel, indossava ancora gli abiti da lavoro e lui sorrise. «Ti ho già detto quanto stai bene con un completo?»

Dylan si tolse le scarpe. «Sono morto.»

Mark gli si avvicinò e lo baciò. «Oh, brutta giornata? Hai finito tutto?»

Dylan annuì. Aprì la bocca per parlare, la chiuse, poi lo tirò più vicino. «Fallo di nuovo.»

Mark ridacchiò, ma fece come richiesto, adorando la ritrovata fiducia di Dylan. «Mi sei mancato oggi,» gli mormorò contro il collo. Cazzo, aveva un buon odore.

Vacci piano.

Dylan gli avvolse le braccia attorno al collo. «Mi sei mancato anche tu. In effetti, è colpa tua se ho dimenticato di mettere le decorazioni.»

«Mia?» esclamò lui con una punta di forzata indignazione.

Dylan fece un solenne cenno del capo. «Pensavo a te e non al lavoro. Vedi? Colpa tua.»

«Buffo. Anch'io stavo pensando a te, eppure sono comunque riuscito a portare a termine le cose.»

Dylan sbuffò e rimosse le braccia.

Mark sorrise tra sé. Aveva pensato a Dylan per tutto il tempo in cui si era masturbato davanti alla telecamera, quindi non era esattamente una bugia. «Allora, l'hotel è pronto per Halloween?»

«Sì. È così pieno di merda inquietante che non puoi

neppure muoverti. Ho anche aggiunto spettrali faretti verdi per una maggiore inquietudine. Ho pensato che il ragno che striscia fuori dalla bocca dello scheletro fosse un bel tocco. Spaventerà ogni bambino per miglia.» Annusò. «Qualcosa ha un odore fantastico.»

«Mangeremo polpettone, purè di patate, fagiolini e salsa.» Mark dovette sorridere, quando il viso di Dylan si illuminò. «Ho beccato un altro dei tuoi piatti preferiti?»

«Solo se hai fatto abbastanza polpettone per i panini domani.»

Sbuffò. «Ah. Perché non ci ho pensato?»

«Era sarcasmo, giusto?»

Gli baciò la fronte. «Togliti la giacca e la cravatta, slaccia i bottoni in alto e, quando sarai più a tuo agio, ti prenderò una birra.»

Dylan sorrise. «Saresti un marito meraviglioso.» Lui inarcò le sopracciglia e Dylan sbatté le palpebre. «Va bene, l'ho detto ad alta voce?»

Rise e tornò in cucina. «Hai avuto una lunga giornata.» Andò al frigorifero e prese un paio di birre. La prospettiva di un'altra serata in compagnia di Dylan lo pervase di una lenta ondata di calore.

Tutto questo potrebbe arrivare a piacermi.

«Ehi, hai detto che mangeremo polpettone. Hai già cenato, vero?» chiese Dylan a voce alta dal soggiorno.

«No. Ti ho aspettato.»

«Oh, non dovevi farlo.» Il ragazzo era fermo sulla soglia, i piedi nudi, il gilè sbottonato e il colletto della camicia aperto.

Il suo uccello reagì. I piedi nudi erano sexy da morire, e la camicia aperta lasciava intravedere i peli sul petto. Con uno sforzo supremo, riportò la mente alla questione pratica di nutrire Dylan. «Volevo. Mi piace mangiare con te.» Chi intendeva prendere in giro? Gli piaceva anche cucinare per Dylan. Avere qualcuno a cena lo costringeva a cucinare piuttosto che a comprare cene pronte per uno. La sera in cui Dylan era entrato dalla porta e aveva annusato il pane appena sfornato, avrebbe potuto giurare che avesse sbavato.

Mark era entrato in una nuova routine, durante la settimana precedente. Ogni mattina, quando Dylan usciva per andare al lavoro, lui registrava una sessione da solista. Certo, i suoi getti di sperma non erano spettacolari come quelli precedenti, ma era perché era già venuto una volta: sbarazzarsi dell'erezione mattutina era infinitamente più divertente in due.

Dylan tirò fuori una sedia e si sedette. «Com'è stata la tua giornata?»

«Produttiva. E avevo un'idea su cosa potremmo fare dopo cena.» Gli occhi di Dylan brillarono e lui rise. «Sporcaccione. Stavo per suggerire di giocare a biliardo.»

«Supponiamo che io voglia essere uno sporcaccione?»

«Allora devi aspettare fino all'ora di andare a dormire,» disse lui con voce ferma. Il fatto che Dylan stesse uscendo dal suo guscio gli piaceva infinitamente.

«Guastafeste.» Il sorriso di Dylan smentiva le sue parole. «Forse dovremmo farne una gara.»

«Cosa avevi in mente?»

Dylan si accarezzò il mento. «Mmh. Chi perde sta sotto?»

Mark rise. «Avrei dovuto immaginare che il sesso sarebbe stato inserito da qualche parte. Va bene, affare fatto. Perché perderai tu.»

«Non scommetterci. Potrei avere un'arma segreta.»

La serata si preannunciava molto divertente.

Mark era in piedi all'estremità del tavolo da biliardo. «Hai giocato molto a biliardo?»

Dylan si morse il labbro. «Okay, riguardo a questo… non ho mai giocato prima.»

«Aspetta… hai detto che c'è un tavolo in hotel.»

«È vero,» riconobbe Dylan. «Ma ho anche detto che non ho mai preso in mano una stecca. C'era una ragione per questo. Non volevo mettermi in imbarazzo.»

«E pensi ancora di vincere la nostra piccola sfida?»

Dylan sorrise. «Arma segreta, ricordi? Ma dovrai insegnarmelo.»

Mark scrollò le spalle. «Posso farlo.» Prese la stecca.

«Iniziamo da come tieni questa. Afferrala verso la base con la mano sinistra e appoggia la destra sul tavolo, facendo una V con il pollice e l'indice, dopodiché ci inserisci la stecca.» Glielo dimostrò, facendo scorrere la stecca avanti e indietro.

«In questo modo?» Dylan lo copiò, solo che era abbastanza vicino da riempirgli le narici con l'odore della colonia che indossava, quello stesso profumo caldo e mascolino che indugiava sui suoi cuscini molto tempo dopo che Dylan era andato al lavoro.

Mark inarcò le sopracciglia. «Se fai un passo indietro, ti mostrerò come spaccare.» Venne invaso dall'orgoglio quando riuscì a mantenere la voce equilibrata.

«Oh, certo.» Dylan obbedì con un sorriso. «Mostrami come si fa, poi ti mostrerò quello che ho capito.» Diede una piccola spinta con i fianchi e Mark fu momentaneamente distratto dal rigonfiamento che aveva nei pantaloni.

Ah, ho capito. Improvvisamente, l'arma segreta di Dylan non era più così segreta.

Quello era un gioco che poteva fare anche lui.

Gli mostrò come posizionarsi, come prendere la mira e come spedire il boccino a sfrecciare sul feltro verde, schiantandosi sulle palle e mandandole in tutte le direzioni. Si raddrizzò. «Okay, non ho messo in buca nulla, quindi tocca a te.»

Dylan prese la stecca e fece il giro del tavolo verso il boccino. Si chinò e Mark gli si avvicinò da dietro. «Cerca di capire quale palla andrai a colpire per prima,» disse, accarezzandogli la schiena prima di far scivolare la mano più in basso per sfregarla sul fianco del ragazzo.

Dylan lo guardò per un secondo, poi riportò la propria attenzione sulle palle. «Forse potrei colpire quella rossa, per provare a mettere in buca quella viola?»

«Potresti,» rifletté Mark, «ma un'idea migliore potrebbe essere quella di provare a buttarla dentro con la palla otto.» Era abbastanza vicino da far sì che il suo inguine premesse contro la cucitura posteriore dei pantaloni di Dylan. «Ricorda come tenere la stecca.» Glielo mostrò ancora con il braccio destro, ma questa volta dondolò gentilmente contro il culo di Dylan.

Dylan tossì. «È un po'… fonte di distrazione.»

«Oh, sono sicuro che ce la puoi fare.»

Dylan mirò, tirò e mandò la palla otto verso quella viola, dandole abbastanza slancio in avanti da farla cadere nella buca d'angolo.

«Ehi, ce l'hai fatta. Ora tocca di nuovo a te.» Mark indicò la tre. «Magari prova quella, dritta in fondo.»

Dylan tentò di posizionarsi, ma l'angolazione era del tutto sbagliata, quindi la cambiò e lui gli mise le mani sui fianchi. Dylan si girò per guardarlo da sopra la spalla. «Lo stai facendo di nuovo.»

«Facendo cosa?» Mark arretrò di un passo, ma non appena Dylan prese la mira, gli accarezzò il fianco.

Dylan mancò del tutto la palla.

«Ah, peccato. È il mio turno.» Mark prese la stecca. «Ora, vediamo.» Sorrise. «Manderò la palla sei fino alla buca dell'angolo più lontano.» Appoggiò la stecca sul pollice, proprio mentre Dylan si spostava verso la buca, l'inguine proprio allineato ai suoi occhi, e lui ridacchiò. «Forse è meglio se ti sposti da qualche altra parte, altrimenti potrei colpire qualcosa di vitale. E so cosa stai facendo.»

Accidenti, stava funzionando.

Mise la palla sei in buca, ma steccò la successiva, quindi il turno passò a Dylan. «Fammi provare uno scatto combinato.»

Mark ridacchiò di nuovo. «Ooh, ci sentiamo sicuri, vedo.» Attese che Dylan si fosse sistemato per il tiro, poi si intrufolò dietro di lui e gli appoggiò le mani sui fianchi, sfregandosi con lentezza contro il culo del ragazzo.

«Mark…»

Lui si avvicinò e sussurrò: «Ehi, tu hai le tue armi e io ho le mie.»

Dylan prese un respiro profondo, mirò e mise in buca la palla. Sorrise. «E sono comunque riuscito a metterla dentro.» Osservò il tavolo.

«Potresti provare con la palla tre,» gli disse lui, «ma dovrai sporgerti sopra il tavolo.»

Dylan provò. «Non riesco a raggiungerla.» Poi si arrampicò sul tavolo, spingendo il culo in fuori mentre mirava. «Ehi, funziona.» Allargò le ginocchia, i gomiti sul feltro verde perché potesse tirare. Una volta messa in buca la tre, si guardò alle spalle. «Vedi qualcosa che ti piace?»

Mark diede un'occhiata al tessuto teso su quel sedere sodo e ringhiò. C'era un limite alla tentazione che un uomo poteva sopportare. Poi si rese conto che c'era qualcosa nella tasca posteriore di Dylan.

Qualcosa che era inconfondibilmente un preservativo.

«Piccola merda, mi hai incastrato.»

Dylan mosse il culo. «Se lo vuoi, prendilo.»

Si avvicinò al ragazzo, fece scattare il bottone dei pantaloni, strattonò la cerniera, poi li tirò giù per rivelare il culo nudo.

Ovviamente lubrificato.

«Quando lo hai fatto?»

«Mentre stavi caricando la lavastoviglie.» Poi Dylan fece un cenno con la testa verso le finestre. «Ehi, chiudi le persiane. Non voglio offrire uno spettacolo gratuito ai tuoi vicini.»

«Perché non hai pensato di chiuderle prima che iniziassimo a giocare?» Mark attraversò la stanza e le chiuse, e quando si voltò, Dylan era nudo e chino sul tavolo, si stava sostenendo con una mano e si accarezzava l'uccello con l'altra, le gambe divaricate.

Mark si avvicinò, prendendosi del tempo, togliendosi il maglione e gettandolo a terra, poi spingendo i pantaloni di felpa fino alle caviglie e sfilandoli. «Non credo che tu abbia nascosto una bottiglia di lubrificante da qualche parte sulla tua persona,» lo prese in giro.

Dylan tossì. «Tasca laterale.»

«Late…» Mark vi sbirciò dentro e trovò un paio di pacchetti di lubrificante. «Ehi, questi vengono dalla mia borsa da lavoro.»

«La bottiglia non ci stava!» ribatté Dylan. «Ora ti sbrighi a mettermi quel cazzo nel culo?»

Mark strappò uno dei pacchetti, versò gocce del fluido viscoso sulle dita e ne fece scivolare due nel buco luccicante di Dylan.

«Gesù, non potevi iniziare con uno?»

Mark rise. «Scommetto che ne hai già avuto uno lì dentro, il tuo.» Mosse le dita dentro e fuori, Dylan si spinse all'indietro, impalandosi su di esse. «Va bene, ne hai avuto abbastanza.» Infilò una mano nella tasca dei pantaloni di Dylan e tirò fuori due preservativi. «Ah, ho capito. Notte delle pari opportunità?» Ne strappò uno, lo indossò e spalmò ciò che restava del lubrificante per tutta la sua lunghezza. Mark fece scivolare il suo cazzo nella fessura tra le natiche mentre allungava una mano per stuzzicargli un capezzolo.

«Non è giusto,» gemette Dylan.

«Ehi, hai iniziato tu.» Avvolse il braccio intorno alle spalle del ragazzo, tirandoselo contro, la schiena di Dylan premuta contro il suo petto, e iniziò a baciargli il collo. Dylan girò la testa, chiedendo un bacio, e lui lo accontentò, spingendogli l'uccello contro il culo.

«Vuoi scoparmi o continuare a stuzzicarmi?» disse Dylan a denti stretti.

Mark gli baciò la nuca e il ragazzo rabbrividì. «Chi comanda qui?» chiese.

Dylan abbassò la testa sul tavolo, il peso sui gomiti. «Tu, signore.»

«Bravo ragazzo.» Gli diede un forte schiaffo sulla natica.

«Per ora,» mormorò Dylan, ruotando i fianchi e il cazzo di Mark scivolò su e giù sulla fessura.

Non poteva aspettare un secondo di più.

Premette la cappella, poi spinse, sospirando quando il calore stretto lo risucchiò. «Oh, sì,» sussurrò.

«Non vuoi dire *cazzo, sì*?» Dylan gemette quando lui si spinse fino in fondo. «Eccoci. Adesso scopami.»

Si afferrò alla vita del ragazzo e all'inizio si mosse lentamente, scivolando dentro e fuori con un movimento dei fianchi. Quando Dylan si fece indietro per andare incontro alle sue spinte, capì che era ora di cambiare ritmo. Si spinse tutto dentro e i gemiti di Dylan punteggiarono ogni scivolata del suo uccello.

«Dio, adoro quel cazzo,» mormorò Dylan con un sussulto mentre lui glielo seppelliva nel culo.

Mark ridacchiò. «Cosa è successo... a quel ragazzo timido... che ho incontrato in albergo? Quello che non poteva... guardarmi senza... diventare di una bella sfumatura di rosso?»

Dylan si girò per guardarlo da sopra la spalla. «Lo hai fottuto per bene.» Gemette quando lui andò in profondità. «Ti stai lamentando?»

«Mi piaceva quel ragazzo timido.» Si fermò e tirò Dylan in posizione eretta. Gli baciò il collo, amando il brivido che lo percorse. «Ma mi piace ancora di più questo uomo sexy.» Poi lo spinse sul tavolo, gli mise le mani sulla parte bassa della schiena e gli martellò il culo, la pelle che schioccava mentre lo scopava.

«Più forte,» chiese Dylan, e lui lo afferrò per i fianchi, tirandolo indietro sul suo cazzo, i loro corpi che si scontravano con uno schiaffo. Dylan allargò le braccia, agganciando le dita nelle buche laterali del biliardo e tenendosi, mentre lui continuava a scoparlo. «Dio mio. Oh, cazzo. Fanculo.»

«È quello che hai chiesto, vero? Di essere fottuto?» Quando Dylan allungò una mano per afferrargli una gamba, Mark lo sollevò di nuovo in piedi, un braccio avvolto intorno al petto del ragazzo, e lo baciò con una ferocia scaturita dal nulla. Dylan coprì la sua mano con la propria, spingendosi indietro sul suo cazzo mentre si baciavano, scopandocisi sopra. Poi si sporse in avanti, le mani piatte sul tavolo, e cambiò ritmo, dondolandosi lentamente per prendere ogni centimetro del suo uccello. Era una sensazione squisita, ma non abbastanza.

Mark voleva essere dentro fino alle palle in quel culo caldo.

«Alza la gamba,» ordinò. «Metti il piede sul tavolo.»

«Ginnastica, adesso?» Dylan tuttavia non esitò, e il movimento lo allargò completamente. Mark si spinse fino alla base, riempiendolo, aggrappandosi ai fianchi del ragazzo mentre entrava in lui.

«Abbiamo due preservativi, ricordi?» Dylan stava sussultando tra una spinta e l'altra.

Mark si fermò, le braccia attorno al corpo del ragazzo, tenendolo stretto. «Come mi vuoi?»

Dylan voltò la testa. «Sul tavolo, sulla schiena.» Quando lui si allontanò, Dylan gli posò una mano sulla coscia. «Non rimuovere il preservativo. Non ho ancora finito con te.» Mark rise e Dylan sorrise. «Ehi, ti avevo avvertito che avrei preso il comando, vero?»

Gli piaceva sempre di più quel Dylan fiducioso.

Salì sul tavolo, il culo appoggiato sul bordo, un

ginocchio piegato al petto. Dylan srotolò il preservativo sul proprio uccello, quindi gli strofinò il buco con dita lubrificate. «Ho pensato di farlo così tante volte.»

«Perché non hai semplicemente detto qualcosa? Sai che sono versatile.» Soffocò un gemito quando Dylan lo penetrò con due dita. «Oh, questo è bello.»

Dylan fissò lo sguardo in quello di Mark. «Non lo so davvero. Adoro quando sei dentro di me. Immagino che ora lo sentissi… giusto.» Sorrise. «Sei così stretto intorno alle mie dita.»

«Lo sentirai ancora meglio quando il mio corpo sarà avvolto intorno al tuo cazzo.»

Dylan non voleva più aspettare. Ritirò le dita, portò la punta del suo uccello a premere contro l'entrata di Mark, e diede una leggera spinta, osservando come l'aria catturata sotto il lattice veniva spremuta fuori dalla pressione. «Oh cazzo, che sensazione…» Si spinse fino in fondo, sporgendosi in avanti per baciare il ginocchio sollevato di Mark. «Sorprendente.» Poi si raddrizzò, guardando il suo cazzo luccicante che andava dentro e fuori.

Era ipnotizzante.

«Potrei guardarlo tutto il giorno,» mormorò.

«Non devi andare piano,» disse Mark, allungandosi verso il lato del tavolo.

Dylan sorrise. «Ottimo, perché non voglio.» Afferrò il ginocchio di Mark e prese velocità, entrando e uscendo da quel culo con un movimento fluido che gli procurava una bellissima sensazione. Poi si fermò. «C'è qualcosa che voglio fare.» Allargò le gambe di Mark, gli passò le braccia sotto le ginocchia, e tirò fino a portare il culo dell'uomo fuori dal bordo e si chinò per baciarlo mentre scivolava dentro fino in fondo. «Così è meglio.»

«Molto meglio.» Mark gemette. «Quell'angolo è dannatamente perfetto.»

Dylan prese ritmo, alternandosi tra lunghe spinte e baci, mentre il cazzo ricoperto di lattice di Mark rimbalzava a ogni impatto, senza perdere nulla della sua durezza. Di tanto in tanto rallentava solo per vedere il suo uccello scomparire nel corpo di Mark, mentre questi lo risucchiava dentro. Avrebbe voluto ridere per la pura gioia di tutto quello.

Mark si afferrò l'uccello e si accarezzò, e improvvisamente Dylan capì come voleva venire. «Posso cavalcarti?» chiese, tirandosi fuori.

Mark sorrise e si spinse più indietro sul tavolo. «Salta su.» Dylan vi salì sopra e si mise a cavalcioni sui fianchi di Mark, allungando una mano dietro di sé per far scorrere il lubrificante. Guidò l'uccello di Mark in posizione, ed entrambi gemettero quando vi affondò sopra e le sue natiche incontrarono l'inguine dell'uomo.

«Cazzo, è così bello.» Dylan si tirò via il preservativo,

lanciandolo a terra. Avvolse le dita attorno al suo uccello e iniziò a muoversi, rimbalzando su e giù, usando le gambe per sollevarsi.

«Penso che… scopare sul tavolo da biliardo… conti sicuramente come kinky,» commentò Mark ansimando.

«Ti piace?» Dylan lo cavalcò un po' più forte, facendo sgroppare i fianchi.

Mark lo fissò con gli occhi sbarrati. «Se mi piace? No, mi piace da morire. Continua così e mi farai venire parecchio in fretta.»

«Anch'io sono vicino,» confessò Dylan. Con una mano sulla spalla di Mark e l'altra stretta al suo uccello, aumentò il ritmo. «Gesù, sei tutto dentro.» Lasciò andare Mark e piegò il busto all'indietro, tenendosi al bordo del tavolo mentre affondava più e più volte, il suo cazzo che dondolava e ondeggiava. Troppo presto, sentì quella scarica di elettricità che gli diceva che la fine era vicina, e si afferrò l'uccello, masturbandosi.

«Vienimi addosso,» ordinò Mark, il respiro spezzato e rumoroso.

Dylan annuì, muovendo la mano più velocemente. Si fermò mentre veniva, il suo sperma schizzò sul mento e sul collo di Mark. Ogni scossa gli trasmetteva un'altra sferzata di piacere, e prima che finisse, Mark piantò i piedi sul feltro verde, inclinò i fianchi e scivolò dentro e fuori da lui, acquistando velocità. I loro gemiti mescolati riempirono l'aria, mentre Mark riempiva il lattice, e lui si concentrò su quel palpito dentro di sé.

Si chinò per baciare Mark sulle labbra, il quale lo avvolse tra le braccia. Lui gli seppellì la faccia nel collo, continuando a cavalcare le onde di contentezza che lo attraversavano.

«Non avrei mai immaginato che il biliardo potesse essere così estenuante,» mormorò Dylan.

«Non abbiamo ancora finito il gioco.»

Alzò di scatto la testa. «Vuoi che continuiamo a giocare?»

Mark sorrise. «Certamente. Ho una gara da vincere, ricordi?» Si chinò e gli afferrò il culo. «Quindi è meglio che ti abitui a questa sensazione, perché questo buco sarà di nuovo mio, prima che la serata finisca.»

Dylan pensò che quella era una partita che sarebbe stato felice di perdere.

Scesero dal tavolo e Mark andò in cerca di un asciugamano, intanto che lui guardava le macchie di sperma sul feltro. *Ops.* Mark avrebbe avuto un ricordo permanente della loro prima partita.

Non voleva pensare che un giorno avrebbe potuto essercene un'ultima. In quel momento, qualunque cosa stesse accadendo tra loro, sembrava un sogno beato da cui non voleva svegliarsi.

Capitolo diciassette

9 ottobre

Mark diede un'occhiata al taccuino accanto al suo laptop. Richieste di apparizione, organizzazione di una festa, un servizio fotografico, posare come modello per biancheria intima… Okay, era tutto lavoro, ma solo guardare la lista lo sfiniva. Aveva trascorso la mattinata aggiornando il sito Web e condividendo collegamenti al suo ultimo video. La seconda parte della sessione di gangbang aveva ottenuto anche più like della prima parte, e riceveva un sacco di messaggi che chiedevano più o meno lo stesso, per non parlare delle richieste di ragazzi che volevano filmare con lui, incontrarlo o semplicemente scoparselo.

Almeno lo dicono chiaro e tondo.

Quando il suo telefono ronzò per un messaggio di Joey, non ne fu affatto sorpreso.

Hai visto quei numeri? DOLCI.

Mark premette il tasto di chiamata. «Sì, li ho visti, e no, non ho intenzione di farne un altro.»

«Sul serio? Non hai cambiato idea?»

Semmai, le ultime due settimane avevano solidificato la decisione. «Ho chiuso.»

«Ma…»

Mark sospirò. «Vuoi sentire qualcosa che ti sconvolgerà a morte? Non mi alleno da due settimane.» Non che fosse stato del tutto inattivo; il sesso fungeva da ottimo cardio.

Ci fu silenzio per un momento. «Scusami, ma credo di aver sbagliato numero. Chi sei tu?»

Mark ridacchiò. «Sì, lo so.»

«E come ti senti al riguardo?»

«Colpevole da morire. Ma mi ha anche fatto vedere le cose più chiaramente. Finora ho avuto questo bisogno costante di mantenermi in forma. Mi hai visto in palestra, vero? Bene, ho avuto una… epifania. Mi sono reso conto che non stavo lavorando come un demone sul tapis roulant, sui vogatori e sui pesi per me, stavo facendo tutto per le telecamere, i fan. Cristo, non riesco a ricordare l'ultima volta che ho pensato al cibo senza passare per qualche tranello mentale, decidendo come avrei risolto il problema più tardi.»

«Non ne avevo idea.»

«Sì, ce l'avevi,» ribatté. «Lo facciamo tutti. Basta visitare qualsiasi sito porno e dare un'occhiata ai modelli. Tutti quei corpi magri, tonici, belli… E che messaggio manda? In questo momento c'è un ragazzo che sta guardando la mia foto e sta pensando perché non può sembrare anche lui così. E probabilmente non c'è niente di sbagliato nel suo aspetto, si è solo messo in testa che è così che dovrebbero essere i ragazzi.»

Joey tossì. «Ci sono un sacco di daddy bear là fuori a

cui non frega un cazzo di come appaiono.»

«E più potere per loro, ma non voglio essere un daddy bear, okay?»

Un'altra pausa. «Avevi intenzione di affrontare l'intera questione dell'equilibrio tra lavoro e vita privata, ricordi? L'ultima volta che abbiamo parlato avevi intenzione di scoprire il Maine con un ragazzo etero.»

«Sì, beh, da allora sono successe molte cose. Non ho visto molto di Wells, per non parlare del Maine, ma ho visto molto di lui. E non è etero, è bisessuale.»

Joey ridacchiò. «Okay, questo suona meglio. Rimarrà nei paraggi?»

Dio, lo spero. Stavano prendendo le cose un giorno alla volta, ma solo perché lui era troppo spaventato per suggerire che avrebbero potuto rendere la situazione un po' più permanente. *Ci sono passato, l'ho fatto, ho le cicatrici per dimostrarlo.* «In questo momento, non lo so è la risposta onesta. Ma sono serio, troverò un altro modo per guadagnare.»

Joey sospirò. «Ti capisco. Con il bar e il lato promozionale del porno, sto finendo le ore della giornata. Se tutto ciò che dovessi fare fosse gestire il bar e scopare per la telecamera, sarebbe perfetto. Ma il problema è tutto il resto. Non riesco a ricordare l'ultima volta che ho aggiornato il mio sito. Penso che sia stato un anno fa, e questo non è un modo per gestire le cose. Forse devo pagare qualcuno che lo faccia per me.»

Mark lo capiva fin troppo bene. «Scopare è la parte facile, è tutto il resto che richiede tempo.»

«Sì, e tu non hai un lavoro come me.» Fece una pausa. «Questo ragazzo… è importante, vero?»

«Ho la sensazione che potrebbe esserlo, sì.»

«Allora non lasciarlo andare, hai capito? Aggrappati a lui. Sa del porno?»

Mark ridacchiò. «Oh, sì.»

«Ed è ancora in giro? È un buon partito.»

Quello riassumeva praticamente anche i suoi pensieri. *Non voglio perderlo.*

Ora, tutto ciò che doveva fare era scoprire se Dylan voleva restare.

Dylan mise i vestiti sporchi nella lavatrice e chiuse lo sportello. Mark si era offerto di fargli il bucato, ma lui sentiva che era un passo troppo avanti. Mark aveva la sua vita e lui ne stava già occupando molta. Ciò che lo preoccupava era che a un certo punto quella fragile bolla che li circondava sarebbe scoppiata.

Non ancora. Per favore, Dio, non ancora.

Si era costretto a trascorrere la giornata libera a casa. Prima di tutto, si era detto che non ci si poteva aspettare che ripulisse la merda che non aveva creato, e visto che si trattava principalmente di pasticci dei suoi coinquilini, non potevano lamentarsi del fatto che non fosse stato in giro. Quello non gli impedì di riordinare mentre loro erano al lavoro. Inoltre, si sarebbe sentito meglio ad andare da Mark quella sera, se avesse fatto delle cose a casa.

Solo che non sembrava una casa. Per il suo modo di pensare, una casa era il luogo a cui appartenevi, dove ti sentivi a tuo agio, e in quel momento…

Quella di Mark sembrava più casa di quanto non lo fosse mai stata la sua.

Il suo telefono vibrò e guardò lo schermo. Era un messaggio di Levi.

Hai lasciato il pianeta o il lavoro ti tiene molto impegnato? Ancora un'altra cosa per farlo sentire enormemente in colpa. *Quando ho parlato l'ultima volta con qualcuno dei ragazzi?* C'era stata quella telefonata di Seb e Marcus, ma era avvenuta ai tempi del barbecue di Aaron. Andò in cucina, si versò un bicchiere di succo e poi si ritirò nella sua stanza. Una volta che si fu messo a suo agio sul letto, chiamò Levi.

«Ehi. Sono ancora qui, sto ancora respirando.»

«Ho pensato che dovessi essere sepolto dalla neve al lavoro. Stavo iniziando a preoccuparmi, quindi ho controllato. Quando ho capito che non ero solo io, e che nessuno ti aveva sentito per un po'…»

Dylan trattenne un sospiro. «Io… ho avuto molte cose da fare, tutto qui.»

«Ad esempio?»

«Sto cercando di capire delle cose.» Era la verità, no? Ci fu una pausa prima che Levi parlasse. «Stai bene?» Non era sicuro di poter rispondere a quella domanda, quindi rimase sul vago. *L'ho fatto per tutto il tempo che ho conosciuto questi ragazzi.* «Sono a posto. Parliamo di te. Com'è il lavoro?»

«Adoro tutta la questione del lavorare da casa. Ho tempo per fare delle cose per Nonna, passare il tempo con i miei amici...» Ridacchiò. «Se credi ai media, siamo diventati tutti esperti di tecnologia, ma devo dirtelo, ci sono un sacco di persone là fuori che non ci capiscono nulla quando si tratta di tecnologia. Poi ci sono quelli che ne sanno, ma non hanno tempo per farci niente. E tutto questo è ottimo per me. Quindi finché ci sono aziende che vogliono pagare persone come me per mantenere i loro siti e promuoverli sui social media, sono un coniglietto felice.»

Dylan stava ascoltando, ma la voce di Levi si era trasformata in uno schema familiare e confortante che lo invase, alcune delle parole arrivavano al suo cervello, ma il resto stava decisamente diventando un rumore di fondo.

Poi capì che non si era comportato in modo onesto.

Ho girato attorno a loro per tutta la vita, facendo domande, assorbendo la loro amicizia e senza mai lasciarli entrare nella mia. È bello ridere con loro, amo la loro compagnia, ma non hanno la più pallida idea di cosa mi faccia stare bene.

Forse era ora di cambiare. Non doveva farlo tutto in una volta. Una persona alla volta, a cominciare da Levi.

«Dylan? Mi stai preoccupando di nuovo.»

«Stavo solo... ragionando se dovessi o meno menzionare qualcosa.» Solo che il dibattito interno era finito e lui aveva deciso.

«È importante?»

Sorrise tra sé. «Puoi ben dirlo.»

«Senti, se ci sono cose che vuoi condividere, sono qui per te.» La sincerità nella voce di Levi risuonava chiara. «E non ne farò parola con nessuno, non se non lo desideri.»

Respirò profondamente. «Ho capito qualcosa su me stesso… in realtà, diciamo che ho ammesso la verità su qualcosa che nego ormai da molto tempo.»

Un'altra pausa. «Cristo, ho la pelle d'oca. Dimmelo e basta, per l'amor di Dio.»

Il momento della verità.

«Io… io sono bisessuale.»

Il silenzio che seguì mandò il suo battito cardiaco nella stratosfera.

«Sul serio? Ho una notizia per te. Alcuni di noi non sono mai stati completamente convinti che tu fossi etero.»

Le lacrime gli pungevano gli angoli degli occhi e una vertigine si impadronì di lui. «Veramente?»

Levi ridacchiò. «Ho sempre pensato che ci fosse qualcosa dietro tutta quella curiosità. Ma devo chiedere… è successo qualcosa che ha portato a questa realizzazione?» Prima che lui potesse rispondere, Levi trattenne il respiro. «Dio mio. Hai incontrato qualcuno. È così, non è vero?»

«Sì, ma…»

«Beh, vuota il sacco. Immagino che stiamo parlando di un ragazzo, vista la bomba *Sono bisessuale*.»

Dylan sospirò. «Si chiama Mark, l'ho incontrato poco

prima del Labor Day e in questo momento non ho idea di dove stia andando la storia. Tutto quello che so è che sono più felice di quanto non lo sia stato da molto tempo.»

«Sono contento. Ho sempre pensato che ne avessi bisogno.»

Il respiro di Dylan accelerò. «Cosa? Cosa intendi?»

«Da quando ti conosco c'è sempre stato… non so, qualcosa che incombeva su di te, come una nuvola. Qualcosa che stavi nascondendo. Ma ho pensato che ce lo avresti detto, se avessimo avuto bisogno di saperlo.»

Le lacrime che aveva asciugato sgorgarono ancora una volta e la sua gola si bloccò.

«Ehi, va tutto bene.» La voce di Levi era morbida. «Puoi parlarmi di lui?»

Dylan si passò le dita sulle guance. «È più vecchio di me, ha trentacinque anni, ed è fantastico.»

«Nove anni di differenza? Dolce.» Fece una pausa. «E finora va tutto bene?»

Dylan sapeva come era stato allevato Levi. «Bene è un eufemismo. Mettiamola così… pensavo che Seb fosse insolito, che nessuno potesse essere così eccitato tutto il tempo. Ora mi sono ricreduto. Probabilmente è normale.»

Levi scoppiò in una risata. «Beh, questo spiega perché nessuno ti ha sentito. Sono geloso. Ti stai divertendo come un riccio, vero? Il gioco di parole è decisamente voluto.»

Mark era il punto luminoso nel suo orizzonte. Quella mattina aveva dato un'occhiata al calendario della ragazza nuda che Greg aveva appuntato al muro della cucina e un'ondata di freddo lo aveva attraversato. Il messaggio di suo padre era rimasto nella sua casella di posta, non letto, ma non poteva più ignorarlo.

«Dylan? C'è qualcos'altro, vero?»

Era arrivato così lontano…

«Mia madre compie cinquant'anni questa domenica. C'è una festa.» Almeno, presumeva che fosse di quello che trattava il messaggio.

«Non sembri così entusiasta. E… mi hai appena sorpreso da matti.»

«Come?»

«Non parli mai della tua famiglia, nemmeno quando eravamo bambini. Continuiamo a inventare teorie sul perché, ma nessuno di noi ti spingerebbe a parlare di qualcosa che non ti fa sentire a tuo agio. Abbiamo pensato che dovevi avere le tue ragioni.»

«Non volevo trascinarvi in un pasticcio tossico.»

Il respiro di Levi si bloccò. «Cristo. Oh, amico… È così brutto?»

«Abbastanza da non volerne parlare.»

«Ti capisco. Ma… questa festa… devi andarci?»

«Sì. Ma è un giorno, giusto? Posso sopportarlo per un giorno.» Lo sperava.

«Ora non so se essere felice per te o triste da morire.» Una pausa. «Verrai alla mia festa di Halloween, vero?»

Dylan sorrise. «Mi sono tenuto quel fine settimana libero non appena hai inviato il messaggio.»

«Grande. Porta Mark.»

«Che cosa?» Il suo battito cardiaco aumentò di nuovo.

«Portalo. Non è necessario dire a tutti chi è, basta dire che è un amico che ha bisogno di una bella festa, okay? E io non dirò niente.»

«Gesù, Levi... È un po' più complicato di così.» Del tipo, entrare a una festa con una pornostar gay al braccio. Perché se Marcus sapeva chi era Mark, allora Levi, Seb, Finn, Joel, Ben... potevano saperlo anche loro.

«Almeno pensaci?»

«Va bene, ci penserò.» Poteva promettere almeno quello, giusto? Inoltre, Mark avrebbe potuto non volerci andare.

E peggio ancora era la prospettiva che Mark potesse non voler rimanere nella sua vita, e lui non era ancora pronto a pensarci.

Dal momento in cui Dylan aveva varcato la soglia di casa, Mark non era stato in grado di scrollarsi di dosso il sospetto che qualcosa non andasse. Forse era l'aria di distrazione che aleggiava intorno al ragazzo, la sensazione che lo stesse ascoltando a metà mentre parlava della sua giornata, le risposte non impegnative su come Dylan avesse trascorso la giornata libera.

Quando non mostrò entusiasmo per un piatto di maccheroni al formaggio, Mark non fu più disposto a rimanere in silenzio.

«Cosa c'è che non va?»

Dylan sollevò la testa dal piatto. «Mmh?»

Mark si asciugò le labbra, poi mise da parte il tovagliolo. «Non so dove sia la tua testa in questo momento, ma non è qui. E da quando non divori i miei maccheroni al formaggio? Allora, perché non mi dici cosa ti preoccupa? E non dirmi che non è niente, perché dirò che è solo una stronzata.»

Dylan deglutì. «C'è un posto dove devo essere domenica e non voglio andarci.»

Mark si fermò. «Dove?»

«Alla festa di compleanno di mia madre.»

Mark trasalì. «Devi proprio andarci?» La perdita di appetito era stata un po' un'avvisaglia, ora se ne rendeva conto. Dylan si era comportato allo stesso modo a Wonder Mountain, quando alla fine aveva parlato.

«Sfortunatamente sì. Compie cinquant'anni.»

Non c'era verso che lasciasse che Dylan ci andasse da solo. «Vengo con te.»

Il ragazzo spalancò gli occhi. «Cazzo, no. Non ti voglio vicino a loro.» Il tremore che gli sentì nella voce lo scosse.

Coprì la mano di Dylan con la sua. «Non hai bisogno di dire loro niente, hai capito? Devi solo entrare, sorridere, baciare tua madre sulla guancia, consegnare il regalo, quindi fare tutto il necessario per uscire da lì con la tua anima intatta.» Gli strinse la mano. «Pensa a me. Pensa a noi, a letto. O sul tavolo da biliardo. Quello ti farà sorridere.»

Dylan ridacchiò, ma sembrò forzato. «Hai ragione. Non hanno bisogno di sapere nulla.»

Mark sorrise. «E poi vieni dritto qui, e io farò sparire tutto, lo prometto.»

«Sì? Come farai?»

«Farò l'amore con te fino all'alba, se è quello che servirà.» Poteva essere onesto con se stesso. Certo, entrambi si godevano una bella scopata dura, ma a tarda notte, quando lui si dondolava dentro e fuori dal corpo di Dylan, i suoi movimenti erano dolci e lenti come i loro baci…

Era il più lontano possibile dallo scopare.

«Farò in modo che tu tenga fede alla promessa,» disse Dylan a bassa voce.

«E io farò in modo di tenerti tra le braccia per tutta la notte.» *E non lasciarti mai andare.*

Se gli fosse stata data una mezza possibilità.

11 ottobre

«Papà dice che sei ancora un supervisore,» commentò Livvy mentre loro due si servivano di una fetta della torta di compleanno.

Gesù, sua sorella era cattiva quanto i suoi genitori. «Ancora?» Nessuna delle sue sorelle era mai stata minimamente interessata al suo lavoro.

Livvy scrollò le spalle. «Immagino che se non hai l'intelligenza per progredire oltre, almeno hai un lavoro.»

Il suo stomaco divenne duro come una tavola e non pensò che sarebbe riuscito a farci entrare un solo boccone di torta. Probabilmente gli sarebbe rimasto in gola.

Dylan mise il piatto sul tavolo. «Vado a prendere da bere.»

«Sì, ne vorrei anch'io. Grazie per averlo chiesto,» replicò piccata, mentre lui si allontanava.

Dylan la ignorò e andò nella sala da pranzo dove suo padre aveva allestito un piccolo bar. La casa era piena di parenti che non vedeva da anni e doveva essere stata necessaria molta organizzazione. Un fatto che suo padre aveva voluto sottolineare nel momento in cui lui si era tolto la giacca. C'erano zie, zii, cugini… Aveva ricevuto educati cenni del capo e sorrisi, qualche saluto superficiale, ma a parte quello tutti sembravano essersi formati in piccoli gruppi.

Tranne me. Dove mi incastro?

Conosceva già la risposta a quella domanda: non ne aveva idea. Non lo aveva mai saputo.

Meditò se bere qualcosa di leggero o versarsi un bicchiere dello champagne che suo padre aveva aperto. Non importava che avesse evitato le cose ardue per tutta la sera, c'era sempre qualcuno che doveva fare un commento, e non sapeva come avesse fatto a resistere così tanto senza l'effetto tampone dell'alcol.

Fanculo.

Si riempì un bicchiere di champagne fino all'orlo e le bollicine gli solleticarono il naso, mentre beveva un grande sorso del liquido dorato.

«Sono felice che tu abbia potuto unirti a noi.» Sua madre gli porse il bicchiere vuoto.

Glielo riempì. «Ehi, compi cinquant'anni solo una volta, giusto?»

«Significa che non ti vedremo più fino al prossimo grande compleanno? Perché questa è l'unica cosa che sembra portarti qui. Certo, mi rendo conto che non siamo importanti come quei tuoi amici.»

Dylan sorseggiò lo champagne, cercando di reprimere l'urgenza di rispondere.

«Allora, stai uscendo con qualcuno?» Gli rivolse uno sguardo duro. «Non che mi aspetti che tu me lo dica, se fosse così. Non hai mai portato una ragazza a casa, nemmeno una volta. E guardando la… compagnia che frequenti, beh, immagino sia prevedibile.»

Sbatté le palpebre. *Che cazzo?*

«Lo diciamo da anni,» continuò sua madre. «Ti associ a quei tipi e le persone fanno delle supposizioni.»

Suo padre si unì a loro, e quello non lo sorprese affatto. Sapeva cosa stava per arrivare.

Fanculo. Aveva chiuso con l'essere educato. «Scusa?»

Suo padre emise un profondo sospiro drammatico. «Non sprecare fiato, cara. Dylan è stato così gentile da onorarci con la sua presenza, quindi non facciamolo arrabbiare. Solo Dio sa quanto tempo passerà prima che si faccia vivo di nuovo, se lo indisponiamo.»

Gesù, dal modo in cui parlavano di lui era come se non fosse nemmeno lì. Chiunque li avesse ascoltati avrebbe creduto che fosse lui quello troppo suscettibile.

Poi si rese conto che non sarebbero mai cambiati, che ogni visita sarebbe stata uguale alla precedente. *Perché dovrei volermi sottoporre a questa... tortura?* Si sentiva insensibile, con le membra intorpidite. *Perché dovrei? Se questo è tutto ciò che otterrò da loro...* Forse era giunto il momento di accettare che Levi e il resto dei suoi amici erano stati più una famiglia per lui che la sua stessa carne e sangue.

Era anche ora di bruciare alcuni ponti.

Posò il bicchiere. «Va bene... Quei tipi. Se vuoi dire che alcuni di loro sono gay, allora non essere timido, dillo chiaro e tondo. Ma prima che tu lo faccia, vorrei chiarire, per la cronaca, che io non sono gay.» Sua madre aprì la bocca, ma lui non aveva intenzione di lasciarle parlare. «In realtà sono bisessuale. Tu sai che cosa significa, giusto? Mi piacciono le ragazze e i ragazzi. E adesso mi sono innamorato di un uomo, non di un ragazzo, e lui mi rende molto felice.» Ignorò i loro sussulti strozzati sincronizzati. «Non so se durerà, lo spero, ma chissà cosa mi riserverà il futuro? So per certo una cosa: anche se lo perdessi, anche se queste settimane fossero tutto ciò che avremo, sarei stato più felice con lui di quanto non lo sia stato in questa famiglia per molto, molto tempo. E se devo allontanarmi dalla mia famiglia e crearne una nuova con persone che mi accettano per come sono, che apprezzano tutto ciò che faccio e che mi supportano incondizionatamente, allora è quello che farò. Infatti...» Deglutì, poi alzò la testa. «Lo sto facendo. Proprio adesso. Non preoccuparti di accompagnarmi fuori, conosco la strada.» Senza un'altra parola, marciò nel corridoio per prendere il cappotto.

Avrebbe dovuto sapere che non sarebbe stato così facile.

La porta della sala da pranzo si chiuse dietro di lui. «Credi che sia una sorpresa? Pensi che siamo scioccati?» Quello era suo padre. «Pensi che non ce lo aspettassimo, da quando ci hai detto come erano?» Si accigliò. «Non è una sorpresa. Giaci con i cani, prendi le pulci.»

Si girò per incontrare lo sguardo ostile di suo padre, il cuore martellante. «Quindi pensi che mi abbiano infettato, vero? Lo credi sul serio? Non ti viene in mente che io possa essere così? Che lo sia sempre stato?» Poi la porta si aprì e sua madre si unì a loro, il viso arrossato. Dylan emise un gemito. «Non starò qui a discutere con voi, perché sarebbe solo uno spreco di fiato. Va bene, me ne vado.» Afferrò il cappotto, aprì la porta e lasciò l'edificio che non era mai stata una casa.

Si rese conto di non essere in grado di fare il viaggio in bici solo quando la sganciò dal pilastro del cancello. Con le dita tremanti, cercò in tasca il telefono e trovò il numero di Mark. Non appena prese la linea, sbottò: «Per favore, puoi venirmi a prendere?»

«Dimmi dove sei. Sto uscendo dalla porta.» Dylan snocciolò l'indirizzo. «Bene. Sto arrivando.»

«Grazie.» Chiuse la chiamata, poi camminò con la bicicletta a mano lungo il vialetto fino alla strada. La posò a terra, prima di sedersi sul muretto, la testa tra le mani.

Non posso credere di averlo fatto. Si sentiva male, aveva lo stomaco in subbuglio, ma c'era anche un crescente senso di sollievo. *È finita. Non devo tornarci mai più.* Una breve fitta di senso di colpa lo attraversò. *Non avremmo mai dovuto arrivare a questo. Nessuno dovrebbe essere costretto a prendere una decisione del genere.*

Ma ce l'aveva fatta, e a ogni momento che passava la sua risolutezza si consolidava.

Aveva fatto la cosa giusta.

Un'auto si fermò stridendo a pochi metri di distanza, Mark spalancò la portiera e corse verso di lui, il motore ancora acceso. «Stai bene?» Lo aiutò ad alzarsi in piedi.

Non gli importava più che qualcuno in casa lo vedesse. Seppellì la faccia nel collo di Mark. «Adesso sì.»

Mark lo tenne stretto in silenzio, poi gli baciò la guancia. «Andiamocene da qui.»

Dylan prese la bicicletta e Mark aprì il bagagliaio. Una volta riposta in sicurezza, salirono in macchina e si allontanarono dal marciapiede.

Lui non si voltò indietro.

Capitolo diciotto

Il polpettone avanzato di Mark aveva fatto centro, ma le coccole sul divano alimentarono un diverso tipo di fame.

Avevo bisogno di questo. Ciò che lo aveva scioccato era stato il grado di bisogno. *Non era solo una battuta, vero? Mi sono innamorato di lui.* Non era stata solo un'ammissione alla sua famiglia, ma anche a se stesso.

«Ti senti meglio?»

Dylan annuì. «Mi sento più calmo.» Allungò il collo per incontrare lo sguardo di Mark. «Posso restare, stanotte?» *Per favore, di' di sì.* Voleva addormentarsi tra le braccia di Mark, tenerlo stretto per tutta la notte. In quel momento non avrebbe pensato al futuro, avrebbe preso tutto ciò che poteva ottenere dal presente.

Mark si accigliò. «Credi davvero che ti lascerei andare a casa dopo quello che è successo?» Lo tirò più vicino e gli baciò la sommità della testa. «Ora ho bisogno di caffè. Ne vuoi un po'?»

«Sì, grazie.»

Mark si alzò e andò in cucina, e nel frattempo lui controllò il telefono. Non c'erano messaggi da nessuno della sua famiglia. Era abbastanza sicuro che non sarebbero rimasti in silenzio a lungo, comunque. Poi spuntò una notifica e gli venne da sorridere. «Sei stato impegnato mentre ero via.»

«Eh?» Mark spuntò con la testa da dietro la porta. «Hai detto qualcosa?»

Sollevò il telefono. «Ho detto che sei stato impegnato. Il tuo ultimo video?»

L'uomo sorrise. «Sì, finalmente sono riuscito a caricare la terza parte di quella gangbang. È tutto.» Si ritirò di nuovo in cucina.

Dylan aprì il collegamento e avviò il video. Aveva già visto la prima e la seconda parte e gli era toccato prendere un bicchiere di acqua fredda e il lubrificante. Rimase a guardare per un paio di minuti, prima che Mark entrasse con le tazze di caffè. Fermò il video con un sospiro. «Lavori con degli uomini meravigliosi.»

Mark lo guardò con le sopracciglia alzate. «Sicuro. Alcuni di loro sono davvero stupendi, ma la maggior parte di loro non potrebbe reggere il confronto con te.»

Dylan sbatté le palpebre. «Con me? Io non sono niente di speciale.»

Mark si sedette accanto a lui. «Va bene, devi sapere due cose. Non ci vediamo mai come ci vedono gli altri. E la personalità di qualcuno, ciò che ha dentro, è importante tanto quanto ciò che si vede fuori.» Si chinò e lo baciò sulle labbra. «Tu, tesoro, sei bellissimo, dentro e fuori.»

Nessuno gli aveva mai parlato in quel modo, e la cosa lo fece tacere.

«Non riesci a vedere quello che vedo io.» Mark gli rivolse uno sguardo pensieroso. «E forse è ora che tu lo faccia.» Si alzò, poi gli prese la mano. «Vieni con me.» Lo condusse verso la camera da letto.

«Sai, se volevi andare a letto presto,» scherzò lui, «avresti potuto semplicemente dirlo.»

«Devi avere pazienza, okay?» Una volta dentro, Mark andò all'armadio e tornò con due treppiedi.

«Cosa hai intenzione di fare?» chiese. Solo che divenne ovvio, quando Mark ne mise uno a lato del letto e un altro ai piedi di esso. Quindi lasciò la stanza, tornando con due tablet che fissò in cima ai treppiedi. Lo stomaco di Dylan si strinse. «Tu… non ci filmerai…»

Mark estrasse il telefono dalla tasca e lo agitò. «Uh-uh.»

«Non puoi… Voglio dire, non voglio che nessuno mi veda…»

Mark si avvicinò a lui e lo baciò. «Fidati di me. È solo per me, okay? Nessun altro lo vedrà, tranne te quando avrò finito.»

«Perché dovrei voler guardare me stesso?»

«Perché potresti imparare qualcosa.» Mark posò il telefono sul letto, poi attirò Dylan a sé. «Ora, voglio che ti dimentichi delle telecamere e…»

«Stai scherzando, vero?» Le indicò. «Sono piuttosto difficili da ignorare.»

«Vuoi fare un tentativo per me?»

Dylan diede un'altra occhiata ai tablet. «Non prometto nulla, va bene?»

«Grazie.» Poi Mark lo stava baciando, spogliandolo

ed eccitandolo, e lui non riuscì più a pensare chiaramente.

Non avrebbe saputo dire il momento in cui aveva smesso di pensare alle telecamere e si era lasciato andare; era arrivato e passato senza che lui se ne fosse reso conto. Non gli era nemmeno importato quando Mark aveva sollevato il telefono per registrare mentre scivolava dentro e fuori dal suo culo, o un primo piano della sua faccia mentre ruotava i fianchi, riempiendolo ancora e ancora. E quando aveva ricoperto la faccia di Mark con il suo sperma, se n'era completamente dimenticato, finché questi non si era alzato dal letto per fermare la registrazione. Poi tornò da lui e lo tenne stretto mentre si baciavano.

Dylan posò la testa sul petto di Mark. «Potevamo aspettare fino all'ora di andare a letto. Non che mi stia lamentando,» disse accarezzandogli la pancia.

Mark ridacchiò. «Ho delle cose da fare prima di allora.» Gli baciò la fronte, poi si alzò dal letto.

«Abbiamo finito?» chiese Dylan divertito. «Lo spettacolo è finito?»

«Ho bisogno di passare un po' di tempo al computer, quindi se vuoi fare una doccia, hai tutto il tempo per te.»

Dylan fece una smorfia. «E se non lo volessi solo per me?»

Mark rise. «Sai cosa succede quando proviamo a fare la doccia insieme.»

«Era quello che speravo.» Rimase senza fiato, quando Mark gli diede uno schiaffo sul culo nudo. «Ehi!»

Mark gli rivolse uno sguardo innocente. «Ehi niente. È nella tua lista.» Poi prese i due tablet e il telefono e uscì nudo dalla camera da letto.

«Chiudi le persiane!» gridò lui.

«Già fatto,» urlò Mark di rimando.

Dylan andò in bagno e colse l'occasione per fare una lunga doccia. Quando emerse dalla camera da letto con addosso una delle vestaglie di Mark, si sentì di nuovo umano.

Ho lasciato quella casa molto tempo fa. Tutto quello che ho fatto oggi è stato terminare il processo. Per tutta la sera si era chiesto se sarebbe potuta andare diversamente, o se la rottura fosse sempre stata inevitabile. *Sarebbero cambiati con il tempo?* Lo riteneva improbabile. Erano troppo radicati nei loro modi, e i loro atteggiamenti erano radicati in loro.

Ho bisogno di avere intorno persone che mi sollevino, non che mi trascinino giù. Poi sorrise, un calore che lo attraversava che non aveva nulla a che fare con la doccia.

Mark mi solleva.

Andò in soggiorno e lo trovò seduto sul divano, ancora nudo e con il portatile in bilico sulle cosce. Mark accarezzò il cuscino della seduta accanto a sé. «Siediti qui. Voglio mostrarti qualcosa.»

Dylan ridacchiò. «Giusto perché tu lo sappia, questa cosa sembra folle.» Lo raggiunse sul divano.

«Lo so, ma voglio che tu ti veda come ti vedo io. Penso che potrebbe sorprenderti.» Quindi premette il pulsante di avvio. «L'ho modificato in modo che assomigli a uno dei miei video.»

Era come guardare uno sconosciuto. I suoni che uscivano da lui, il modo in cui inarcava la schiena quando Mark entrava nel suo corpo, il modo in cui si muoveva mentre cavalcava l'uccello dell'uomo… E poi c'era l'espressione sul suo viso quando Mark gli era venuto dentro, la luce nei suoi occhi, la sua faccia…

«Sembro davvero così? Emetto quei suoni?»

Mark mise il video in pausa. «Sai quanto la gente odi ascoltare se stessa? Ma potrei metterlo online e non sembrerebbe fuori posto tra tutti gli altri miei contenuti.»

«Sul serio?» Lui annuì. «Ma non lo farai, vero?» chiese Dylan impallidendo.

«No, non lo farei mai, a meno che tu non me lo chieda.»

«Te lo dico adesso. Non voglio che succeda. Mai.»

«E va bene. Ehi.» Mark gli strinse il braccio. «Hai una posizione di responsabilità all'hotel. Perché dovrei rischiare?»

Dylan guardò lo schermo. «Posso chiederti una cosa?»

«Lo dici spesso, sai? E sì, puoi chiedermi qualsiasi cosa.»

«Quando sei con me... quando siamo a letto... o dovunque... è... reale?»

Mark dovette pensare per un momento a cosa intendesse. Poi comprese. «Ricordi quando mi hai detto per la prima volta cosa volevi? L'intimità che hai visto sullo schermo? Bene, quando sto girando un porno, è una performance. Mi esibisco per la telecamera e per il pubblico che alla fine lo vedrà. Quindi devo tenere conto di tutto. Gli angoli della telecamera, per esempio, perché i ragazzi vogliono vedere il mio cazzo scivolare nel culo di qualcuno. Il rimming... lasciamo perdere. È impossibile. Gli spettatori vogliono guardare la mia lingua nel buco di un ragazzo, ma per farlo significa arrivarci da una strana angolazione, il che non lo rende affatto facile o piacevole. Capisci?»

Dylan annuì.

«Ma con te... non è una performance. Posso essere me stesso.» Inclinò la testa. «Ti sembra intimo?»

«Sì.»

«Questo perché lo è.» Indicò lo schermo del laptop. «Sono io che faccio l'amore con un uomo bellissimo. Nessun programma, nessuna pianificazione, nient'altro che noi due, che godiamo l'uno dell'altro.»

E se fosse rimasto fedele ai suoi propositi, non ci sarebbero stati più video.

Non gli dispiaceva affatto quella prospettiva.

Dylan si avvicinò e fece ripartire il video, fissando lo schermo con le labbra socchiuse.

Lui si chinò e gli baciò il collo, e il ragazzo rabbrividì.

Mark vi strofinò il naso. «Mmh, hai un buon odore.»

«Ho un odore di pulito.» Il suo uccello sussultò, colpendo la parte inferiore del laptop, e Dylan ridacchiò. «Ma forse è ora di sporcarsi di nuovo.» Sorrise. «Questa volta senza le telecamere.» Indicò il tavolino da caffè. «Lascialo lì.»

«Sei sicuro di non volere che lo porti in camera da letto? Per… un aiuto visivo?»

Poi Dylan gli tolse il portatile dalle ginocchia, lo mise da parte e si inginocchiò sul tappeto ai suoi piedi. «Chi ha parlato della camera da letto?»

14 ottobre

Mark si versò una tazza di caffè e si sedette al tavolo della cucina per controllare il telefono. Gli venne da sorridere, quando il primo messaggio che vide fu di Dylan.

È già il fine settimana?

Povero ragazzo. Aveva fatto il turno di notte ed era appena andato a letto. I suoi pollici volarono sullo schermo. *Quando ti svegli vieni qui. Ti darò da mangiare.* Quando sullo schermo apparve una melanzana, Mark rise a crepapelle. *Ti darò da mangiare anche quello. Ora dormi un po'.*

Il suo telefono squillò ed era pronto a insistere con

Dylan perché chiudesse gli occhi, finché non vide un numero sconosciuto. Rispose alla chiamata. «Pronto?»

«Sto parlando con Michael Thornton?» La voce maschile suonava vecchia ed efficiente.

Si tese. «Sì.» Cristo, erano anni che nessuno lo chiamava con il suo vero nome.

«Mi chiamo Cedric Waterson. Rappresento lo studio Waterson e Deveraux, e chiamo per il suo defunto nonno, Derek Willis. Sono stato il suo avvocato per molti anni.»

«Il mio defunto...» Un'improvvisa sensazione di freddo si diffuse dal centro del suo essere e il dolore gli lancinò il petto. «Quando... quando è morto?» *Avrei dovuto chiamarlo. Avrei dovuto sapere che qualcosa non andava.*

«La scorsa settimana. La chiamo perché... beh, suo nonno ha condiviso la sua... situazione con me, quindi sapevo che c'era la reale possibilità che lei non fosse stato informato della sua morte o del funerale.» Fece una pausa. «Mi dispiace essere portatore di tali tristi notizie.»

Fu allora che tutta la forza della situazione lo colpì. *Nessuno ha chiamato per dirmelo. Nemmeno uno di loro.* Il disgusto lo attraversò. Con uno sforzo supremo, Mark trattenne le lacrime. «Quando è il funerale?»

«Lunedì prossimo. Ho pensato che dovevo chiamarla per darle il tempo sufficiente per organizzare il viaggio. Risiede ancora a Wells, nel Maine? L'indirizzo che ho è il 18 di Acorn Drive.»

«Sì, è giusto. E ci sarò.» Dire addio al nonno era la

cosa principale, poi avrebbe fatto esplodere quei bastardi con tutto il veleno che possedeva.

«C'era un altro motivo per cui dovevo accertarmi della sua presenza. Ho bisogno di parlare con lei, riguardo alle volontà di suo nonno. È nominato come beneficiario.»

«Oh. Oh, capisco.» Era tipico del nonno aver pensato a lui. Poi si rese conto di sapere esattamente cosa gli aveva lasciato. *L'orologio che stava nel loro corridoio a Wells. L'unico che il nonno mi lasciava caricare ogni volta che stavo con loro.*

«A parte una serie di lasciti, ci sono solo due grandi beneficiari: lei e sua madre, Rebecca Thornton, nata Willis.»

Quello lo gelò. «Veramente?»

«Se potessi avere un indirizzo e-mail, le manderò i dettagli per il funerale, che sarà a Miami.»

Mark glielo riferì e il signor Waterson glielo ripeté. «Come... come è morto?» *Ti prego, Dio, non lasciare che abbia sofferto.*

«È stato un infarto fulminante. Non c'è stato nessun avviso. È stato mio cliente per oltre quarant'anni e mi ha nominato suo esecutore testamentario. Di nuovo, le mie condoglianze. Le invierò i dettagli su dove possiamo incontrarci lunedì o quando arriverà a Miami. Posso sempre incontrarla al suo hotel.»

«Grazie, signor Waterson. Direi che non vedo l'ora di incontrarla, ma date le circostanze...»

«Giusto. Bene, ci vediamo lunedì.» Il signor Waterson chiuse la chiamata.

Mark posò il telefono sul tavolo, con la testa che gli

girava. I rimpianti per non aver chiamato il nonno erano uno spreco di energie. L'ultima volta che si erano parlati era stato a metà agosto, il nonno aveva chiamato per lamentarsi del caldo e lui gli aveva ricordato che, ehi, avevano scelto di trasferirsi in Florida, giusto?

Le lacrime gli punsero gli occhi e Mark pianse per l'uomo che lo aveva amato quando nessun altro lo aveva fatto. Lottò per riguadagnare l'autocontrollo e andò alla ricerca del suo laptop.

Aveva un volo da prenotare.

Solo quando aprì la pagina della compagnia aerea si rese conto che non voleva farlo da solo. Compose rapidamente un messaggio.

Chiamami appena ti svegli.

Quando il suo telefono squillò meno di un minuto dopo, capì che Dylan non aveva disattivato la suoneria. «Cosa c'è che non va?» Dylan sembrava un po' intontito.

«Può aspettare.»

«No, non può. Pensi che andrò a dormire dopo aver ricevuto quel messaggio? Che cosa succede?»

«Hai a disposizione delle ferie?»

Dylan sbuffò. «Cosa sono le ferie?»

Grazie, Dio. «Quindi se avessi bisogno che tu chiedessi un permesso con breve preavviso, potresti farlo?»

«Penso che potrei discuterne. Perché?»

«Devo andare in Florida questo fine settimana. Mio nonno è morto. Il funerale è lunedì e... non voglio andare da solo.»

«Oh, Mark, mi dispiace tanto. So che per te significava molto. Fammi chiamare le Risorse Umane e vedo cosa posso fare. Dove staremo?»

«Prenoterò una stanza d'albergo, non preoccuparti. Grazie.» Non era mai stato così grato.

«Ci sarò per te, okay? Ti chiamerò quando saprò per certo che mi hanno concesso delle ferie.» Terminò la chiamata.

Mark chiuse il portatile. Non aveva senso cercare voli finché non sapeva se doveva prenotare per uno o due passeggeri. La tentazione di chiamare i suoi genitori e dire loro cosa pensava era forte, finché non si ricordò che sua madre aveva appena perso il padre.

Le mostrerò più considerazione di quanta lei ne abbia mostrato a me.

Sapeva come comportarsi da adulto.

di K.C. Wells

Capitolo diciannove

18 ottobre

Mark ringraziò l'autista dell'Uber e scese dall'auto per prendere le loro valigie dal bagagliaio mentre Dylan osservava le palme lungo il viale. Quando l'auto si allontanò, il ragazzo gli rivolse un sorriso stanco, indicando l'hotel. «Sai che devo chiederlo, vero?»

Stanchezza e apprensione duellarono per il predominio, e la fatica stava vincendo, ma il commento portò una risatina. «Sì, ho usato questo hotel per un servizio fotografico.» L'Holiday Inn a Miami Beach era stato il primo posto a cui aveva pensato. Aveva già informato il signor Waterson di dove alloggiavano e l'avvocato aveva risposto dicendo che lo avrebbe incontrato nel bar dell'hotel quel pomeriggio.

Dopo che ci saremo fatti un pisolino. Erano state solo tre ore di volo, ma erano partiti presto e nessuno dei due aveva dormito molto; per una volta, non aveva nulla a che fare con il sesso e tutto a che fare con il tumulto nella sua testa. Dylan stava facendo del suo meglio per sostenerlo, ma lui era teso come una corda di violino, cercando di reggere fino a quando non avesse superato il funerale e visto la sua famiglia. Dylan non stava dicendo molto, e Mark sapeva che dipendeva da lui. Il suo umore non invitava a molte conversazioni, ma il tocco della mano di Dylan sulla sua schiena, il calore che gli vedeva negli occhi, persino il modo in cui gli dava un po' di spazio, diceva più di quanto le parole avrebbero mai potuto fare.

Dopo aver fatto il check-in ed essere saliti nella loro stanza, Dylan si lasciò cadere su uno dei letti Queen-size. «A che ora deve arrivare quell'avvocato?»

«Alle due. Quindi, se vuoi farti un pisolino, vai. Io farò lo stesso.»

«Va bene, a patto che tu non abbia intenzione di dormire laggiù.»

Mark aveva intenzione di addormentarsi con le braccia avvolte attorno a Dylan.

«Sei sicuro che non ti dispiace stare qui mentre incontro il signor Waterson?» chiese, controllando il telefono.

Dylan sospirò. «Ovviamente no. Dovete essere solo tu e lui. Ti aspetterò quando avrai finito.»

Mark lo baciò. «E stasera hai una scelta. Andiamo a mangiare fuori oppure ordiniamo in camera.»

Dylan alzò gli occhi al cielo. «Per essere un uomo intelligente, dici cose stupide.»

Un altro bacio, e Mark era fuori di lì, diretto verso l'ascensore. Non c'erano stati messaggi da parte di nessuno della sua famiglia e doveva presumere che anche loro fossero a Miami. *E ovviamente non si aspettano di vedermi.*

Non aveva intenzione di tenere a freno la lingua.

Quando raggiunse il bar, lo esaminò per trovare qualcuno che avesse le sembianze di un anziano avvocato, ma non dovette cercare molto. Un ometto con un abito grigio scuro era in piedi e alzò un braccio in un cenno. Mark si affrettò ad avvicinarsi e si strinsero la mano.

«Signor Thornton. L'ho riconosciuta da una foto che aveva tenuto suo nonno. Sto prendendo del tè.» Il signor Waterson indicò la teiera sul tavolo. «Ne gradisce un po'?» Mark accettò l'offerta e si sedette di fronte all'uomo. «Grazie per aver accettato questo incontro,» disse il signor Waterson mentre versava il profumato liquido ambrato in una tazza bianca. «Questa è una formalità che deve essere espletata e ci sono documenti ufficiali che richiedono la sua firma, in quanto uno dei beneficiari.»

«Immagino che incontrerà anche mia madre.»

Un altro cenno. «Domani, dopo il funerale. Ho immaginato che fosse meglio vedervi separatamente, dato lo… stato attuale delle cose.»

Che doveva essere un discorso da avvocato per *non vogliono avere niente a che fare con te.* Gli andava bene. Anche lui non voleva avere niente a che fare con loro.

Il signor Waterson gli rivolse uno sguardo interrogativo. «Suo nonno l'ha mai chiamata con un altro nome?»

Mark sorrise. «Nessuno mi chiama Michael, tranne probabilmente i miei genitori e fratelli. Il nonno mi chiamava Mark, il nome che uso da quando ho lasciato casa. Perché lo chiede?»

Il signor Waterson bevve un sorso di tè. «Mi ha appena risolto un enigma. Lo spiegherò tra un momento.»

«Al telefono ha detto che ha rappresentato il nonno per quarant'anni.»

L'avvocato annuì. «L'ho aiutato a fondare la sua prima azienda. Lo sa che aveva molti interessi commerciali?»

«Quando ho avuto la possibilità di conoscerlo bene, era andato in pensione.»

L'avvocato annuì ancora una volta. «Si erano trasferiti qui per la salute di sua nonna e quando è morta non aveva alcun desiderio di andarsene.» Si appoggiò allo schienale della sedia. «La casa di Wells… se la ricorda?» Mark fece un cenno del capo. «Beh, quando hanno lasciato il Maine, non l'hanno venduta, ma lasciata nelle mani di un'agenzia di case in affitto che l'ha tenuta fino a oggi. Gli attuali inquilini sono stati avvisati e, una volta che tutte le pratiche burocratiche saranno state completate, le invierò i dettagli.»

Mark si accigliò. «Perché dovrei averne bisogno?»

Il signor Waterson sbatté le palpebre. «Mi perdoni. Non gliel'ho detto, vero? Suo nonno le ha lasciato in eredità la casa di Wells.»

Lo shock lo investì. «Pensavo... beh, mi aspettavo...»

«Cosa pensava che le avesse lasciato?»

Mark si sforzò di sorridere. «L'orologio che stava nel loro corridoio.»

Gli occhi del signor Waterson brillarono. «Lo ha fatto... in un certo senso. Quell'orologio è stato messo in un deposito quando hanno lasciato il Maine ed è elencato nell'inventario degli oggetti da trasferire a lei, insieme alla casa. Ha lasciato la casa di Miami a sua madre, insieme a lasciti monetari a determinate persone nominate.»

«Quando ha redatto il testamento?»

«Due anni fa.» Raccolse la valigetta che era per terra accanto alla sedia, la posò sul tavolo, la aprì e ne tolse un lungo plico bianco. «L'ho trovato quando ho esaminato le sue carte. Come le ho detto, suo nonno è morto all'improvviso, quindi non ho idea di quando abbia scritto questo.» Il sorriso dell'avvocato era gentile. «E ora so che era per lei.»

Mark lo prese, la mano che tremava un po'. Era indirizzato semplicemente a Mark, che riconobbe immediatamente lo scarabocchio in stile ragno di suo nonno. Per un momento, lo guardò.

«Le era molto affezionato.» La voce del signor Waterson tremò. «Mi ha detto di condividere i dettagli di uno dei suoi lasciti che, secondo lui, sarebbero stati per lei di particolare interesse.» Consultò i propri appunti. «Gioventù Persa-E-Ritrovata, un'organizzazione no-profit con sede ad Atlanta, credo, che offre sicurezza e riparo per i giovani LGBTQ+.»

Mark sentì la gola stringersi. «Sì. Sono stato io a parlargliene.» Tenne il plico contro il petto.

Il signor Waterson annuì. «Ha lasciato loro la somma di diecimila dollari.» L'uomo lo guardò. «Queste sono tutte le informazioni che posso darle in questo momento. Come ho detto, inoltrerò tutte le scartoffie una volta che tutto sarà sistemato, ma poiché l'agenzia ha contattato gli inquilini subito dopo la morte di suo nonno, tutti i dettagli dovrebbero essere in ordine entro la fine di questo mese. Le farò spedire le chiavi e i documenti tramite corriere.» Prese la tazza e bevve, poi infilò di nuovo la mano nella valigetta. Posò una cartellina sul tavolo, poi tolse diversi fogli di carta. «Questi richiedono la sua firma. Affermano semplicemente che ho trasmesso i dettagli rilevanti del lascito, la lettera, e che invierò tutti i documenti, le chiavi, eccetera.» Separò i fogli e gli porse una penna. «Per favore, firmi dove vede una X.» Tossì. «Temo di aver bisogno del suo nome di nascita. E avrò bisogno di vedere un documento d'identità. Pura formalità.»

Mark posò la busta sul tavolo e gli consegnò la sua carta d'identità. Firmò con il suo vero nome su tre documenti dall'aspetto ufficiale. «Ci vediamo domani?»

«Ovviamente.» Il signor Waterson diede un'occhiata alla lettera. «Ne ha lasciata solo una.»

Quello gli fece stringere ancora di più la gola.

Si alzò, imitato dal signor Waterson, si strinsero la mano e Mark lasciò il bar, dirigendosi verso gli ascensori. Quando le porte si chiusero e si ritrovò solo, prese un profondo respiro.

Oh, nonno. Tu, dolce, dolce uomo. Aveva così tanti ricordi felici legati a quella casa.

Quando arrivò al piano, uscì dall'ascensore e si diresse verso la stanza. Dylan era sul letto, con gli auricolari, gli occhi chiusi, ignaro del mondo. Mark si avvicinò furtivamente al balcone e aprì la finestra. Uscì e tirò dietro di sé il pannello scorrevole. Sedette su una delle sedie, guardando l'oceano. Il sole era caldo sul viso e la temperatura doveva essere sui ventisette gradi.

Posso capire perché abbiano preferito questo posto al Maine. La temperatura nel Maine era intorno ai dieci gradi. *Solo che non sono sicuro di poterci convivere in questo modo.* Stava tergiversando e lo sapeva. Aprì la busta e tirò fuori un unico pezzo di carta color crema piegata, così familiare e simile alle lettere che aveva ricevuto. La aprì, cercando una data. La lettera era stata scritta l'anno precedente.

Mio caro Mark,
Non sono davvero sicuro del motivo per cui ho deciso di scriverla ora e, a essere sincero, non so se la spedirò per posta o te la lascerò da leggere quando me ne sarò andato. Quindi o sono morto, o stai pensando "devo chiamarlo, perché non l'ho mai sentito così sdolcinato".
La farò breve.
Mi dispiace per tutte le cazzate che hai dovuto sopportare.
Mi dispiace per quelle volte in cui avrei potuto parlare e non l'ho fatto.

Mi dispiace che in questi ultimi anni non siamo riusciti a passare insieme tutto il tempo che avrei voluto.
Volevo solo assicurarmi che sapessi che uomo speciale sei.
E se mia figlia e quel suo marito idiota non se ne rendono conto, allora sono degli sciocchi.
E se posso lasciarti una cosa a cui aggrapparti, è questa: Illegittimi non carborundum.
So che non è vero latino, ma è il pensiero che conta: non lasciare che i bastardi ti schiaccino. Non cambiare, Mark, non per loro.
Ti voglio bene.
Nonno

Mark lasciò cadere la lettera a terra e pianse, incapace di trattenere le lacrime. Il fatto che avesse indirizzato la lettera a Mark e non a Michael aveva scatenato un torrente di dolore che non era in grado di contenere.

Mi ha accettato quando nessun altro lo ha fatto.

La finestra si aprì. «Ehi, stai bene?»

Mark guardò il viso di Dylan, notando l'espressione preoccupata, e gli avvolse le braccia intorno alla vita, seppellendo il viso nel morbido cotone della maglietta, con le lacrime che la inzuppavano.

Dylan gli baciò la sommità della testa. «Ehi,» disse piano, accarezzandogli i capelli.

A poco a poco, Mark riprese il controllo di sé. Si appoggiò allo schienale, asciugandosi gli occhi, e fece un lungo respiro rabbrividendo. «Ora sto bene.» Si chinò e raccolse la lettera. «Questa è del nonno.» La porse a Dylan, poi respirò profondamente, lasciando che una nuova calma lo investisse.

Cadde il silenzio, mentre Dylan leggeva, seguito da una lenta espirazione. «Oh. Vorrei averlo conosciuto. Penso che mi sarebbe piaciuto.»

«Tu gli saresti piaciuto. Ogni volta che parlavamo, diceva la stessa cosa… *Stai uscendo con qualcuno?* E quando dicevo di no faceva uno schiocco con i denti e mi diceva che non dovevo essere così schizzinoso in fatto di uomini.»

Dylan si accomodò sulla sedia di fronte a lui. «Com'è andato l'incontro?»

«Mi ha lasciato la casa a Wells, quella che pensavo avessero venduto anni fa.»

«Non scherzi, vero? Dove si trova?»

Mark ridacchiò. «Non ne ho ancora idea. Quando le cose si saranno calmate, l'avvocato mi manderà tutti i dettagli.»

«Deve averti amato molto.»

«Sì,» ammise Mark. «E ti avverto adesso… Domani sarò un caso umano al funerale. Non perché di solito io pianga per queste cose, ma perché è il suo funerale.» Il suo stomaco brontolò. «Penso di aver bisogno di mangiare qualcosa.»

«Allora andiamo a cercare un posto dove mangiare, magari vicino alla spiaggia?» Quando lui lo guardò sorpreso, Dylan arrossì. «Sì, lo so. Hai pensato che avrei voluto mangiare qui. Ma fa caldo e ho pensato che avremmo dovuto sfruttare al meglio questo clima. Non potremmo mangiare all'aperto nel Maine in questo momento, beh, non senza i riscaldatori da patio.»

Annuì. «Mi metto i pantaloncini.»

«C'è un possibile inconveniente.» Dylan si morse il labbro. «Mi dovrò battere con i ragazzi che vorranno selfie tutto il tempo in cui staremo fuori?»

Mark sospirò. «Probabilmente?» Poi sorrise. «Mi comprerò un cappello e indosserò gli occhiali da sole.»

Dylan sbuffò. «Sì, come no. Riconoscerei il tuo corpo ovunque. Era per dire.»

Quanto tempo ci vorrà, dopo che mi sarò lasciato tutto questo alle spalle, prima di poter camminare per strada senza che nessuno mi dia una seconda occhiata?

Era più che pronto a diventare roba del passato.

19 ottobre

Il funerale non era così brutto come Mark aveva previsto.

Era molto, molto peggio.

Dal momento in cui lui e Dylan erano usciti dall'Uber, aveva sentito occhi che lo scrutavano. Aveva individuato all'istante i suoi genitori, ma non si era mosso per avvicinarsi a loro. Dylan aveva mormorato qualcosa sull'essere superiore, ma lui aveva ignorato il commento.

Era molto oltre.

Le persone in lutto stavano in piccoli gruppi, a

parlare a bassa voce. Sembrava che nessuno volesse lasciare il caldo sole per l'interno della cappella. Diversi volti gli erano sconosciuti e immaginava fossero persone che avevano conosciuto il nonno durante la sua permanenza in Florida, o da prima che andasse in pensione, a giudicare dall'età di alcuni di loro.

I suoi genitori stavano con i suoi fratelli e sua sorella, e gli ci volle un secondo o due per rendersi conto che c'erano altre persone con loro. Un uomo alto strinse la mano di sua sorella Beth, e sembrava che anche i suoi fratelli avessero dei partner.

Bene, anche io.

Prese la mano di Dylan nella sua ed entrò nella piccola cappella utilizzata dall'impresa di pompe funebri, ignorando il breve sussulto di sorpresa che Dylan cercò di soffocare. La bara era in primo piano, con il coperchio chiuso, e ne fu grato. Voleva ricordare suo nonno com'era stato l'ultima volta che era andato a trovarlo. I fiori circondavano la bara, in ghirlande o disposti in composizioni di fiori bianchi intervallati da piccoli tocchi di blu, annidati contro foglie verdi.

«Dammi un minuto, va bene?» Lasciò la mano di Dylan e si avvicinò alla bara, fermandosi davanti a essa. Chinò il capo.

Dio? Ne hai uno dei buoni, lì. Prenditi cura di lui. Poi sorrise tra sé. *E non giocare a poker con lui. È uno squalo a carte.*

«Non dovrei pensare che il Signore ascolti le preghiere di coloro che si allontanano dal sentiero che Egli ha tracciato per loro.»

Si bloccò alla voce di suo padre e gli ci volle tutto l'autocontrollo che possedeva per non voltarsi a guardare quegli occhi così simili ai suoi. Solo che sapeva che sarebbero stati freddi. «Predichi bene e razzoli male. Non dovrei pensare che Lui ascolti le preghiere delle persone che gli rendono onore solo a parole.» Represse un brivido. «Non conosco il tuo Dio, ma il mio è un Dio d'amore.» Inclinò la testa verso la bara. «Ecco un uomo che ha camminato con Dio.»

E, ancora, non riusciva a guardarlo.

Sentì suo padre trattenere il respiro e non aveva alcuna intenzione di dargli la possibilità di parlare. Si avvicinò lentamente al suo posto a sedere, tremante.

«Chi è quello?» mormorò Dylan sedendosi accanto a lui.

«Mio padre.» Non aggiunse altro. Qualcosa dentro di lui aveva cominciato a stringersi come la molla a spirale di un orologio, e non era certo di poter pronunciare altre parole.

«Stai bene?»

Lanciò un'occhiata a Dylan. «Hai bisogno di chiederlo?»

Dylan sbatté le palpebre, poi girò di scatto la testa, guardando in avanti. Intorno a loro, le persone in lutto stavano prendendo posto e Mark notò che la sua famiglia era sul lato opposto della cappella.

Per me va bene. Non voleva essere così vicino a loro.

Il signor Waterson era lì, i capelli bianchi in netto contrasto con l'abito nero. Fece un cenno del capo e un caloroso sorriso verso di lui prima di sedersi in fondo alla cappella.

Non fu un servizio lungo, ma le parole del ministro provenivano dal cuore, e Mark pensò che avesse conosciuto il nonno, a giudicare dai commenti umoristici che fecero ridere la folla riunita. Di tanto in tanto, Dylan posava delicatamente una mano sulla sua coscia, ma le sue mani erano serrate a pugni stretti. Le persone si alzarono per cantare un paio di inni e a Mark servì un momento per rendersi conto che Dylan non stava cantando. Poi pensò che non a tutti piacevano gli inni. Quindi la funzione finì e tutti passarono davanti alla bara. La sua famiglia se ne andò, un gruppo affiatato, e nessuno gli rivolse una seconda occhiata.

Mark trattenne il respiro finché non furono passati, poi lo lasciò uscire con una lenta espirazione. Accanto a lui Dylan era silenzioso, così silenzioso che Mark si voltò per controllare che fosse ancora lì. Dylan era di fronte alla cappella, la faccia tesa.

«Beh, ecco,» disse Mark con un sospiro.

«Vuoi salutarlo?»

Gli aveva già detto addio. «Andiamo,» replicò brevemente. Senza aspettare una risposta da Dylan, si alzò e si diresse verso la porta, il cuore che gli sprofondava quando vide la sua famiglia che attendeva appena oltre.

Mi stanno aspettando.

Anche quello andava bene. Aveva aspettato abbastanza a lungo di dire loro cosa pensasse veramente.

«Cosa cerchi di dimostrare?» Il viso di Paul sfoggiava ancora lo stesso ghigno che aveva avuto il giorno in cui lui se n'era andato. Fece un breve cenno della testa verso Dylan. «Mi vergogno a chiamarti fratello.» La donna accanto a lui gli rivolse uno sguardo stupito.

Mark non seppe resistere. «Ma io non sono tuo fratello. Me lo hai detto diciassette anni fa, ricordi? Tu potrai aver dimenticato quello che hai detto, ma io di certo non l'ho fatto.»

«Hai molto coraggio a portare quello lì. Sono contento che il nonno non sia qui per vederlo.»

Mark finalmente capì cosa intendesse la gente per nebbia rossa, perché ne stava scendendo una davanti ai suoi occhi. «Va bene, *fratello*. Il nonno è qui, e io per primo penso che ascolti ogni parola che esce dalla tua bocca odiosa. E so che sarebbe stato felice di incontrare Dylan. Perché voleva che fossi felice.» Rabbrividì. «Non so perché sei venuto qui, ma io sono venuto a salutare un uomo che amavo e rispettavo. Solo che non sapevo nemmeno che se ne fosse andato, perché nessuno di voi ha pensato di chiamarmi. Il mio telefono potrà essere cambiato molte volte, ma il mio numero sicuramente no, quindi non tirare fuori la scusa che non sapevi come contattarmi. Non ci hai nemmeno provato, cazzo.»

«Non parlerai con nessuno di questa famiglia usando quel tipo di linguaggio,» disse suo padre in un sussurro aspro. Gli occhi di sua madre erano rossi e gonfi, e per un momento il suo cuore si strinse per lei, finché non tornò in sé e si rese conto che non stava contraddicendo una singola cosa di quelle che stavano dicendo suo padre e suo fratello.

Non aveva intenzione di far loro vedere le sue lacrime.

«Sai cosa? Non voglio parlare con nessuno in questa famiglia, punto. Quindi immagino che abbiamo finito, di nuovo.» Si fece largo tra la folla, vagamente consapevole di Dylan che faceva del suo meglio per tenere il passo. Camminò lungo la strada, il telefono in mano, facendo varie cose mentre cercava un Uber. Tutto ciò che voleva era mettere più distanza possibile tra sé e la sua famiglia.

L'Uber stava arrivando e Mark espirò tutta l'ostilità che era finalmente sgorgata da qualunque punto oscuro della sua anima a cui si era aggrappata per così tanto tempo. Poi si rese conto che Dylan lo stava fissando e si fermò. «Qualcosa non va?»

«Perché mi hai chiesto di venire con te?»

di K.C. Wells

Capitolo venti

L'espressione perplessa di Mark non fece che aumentare la confusione di Dylan. «Cosa c'è che non va?»

Dylan lo guardò a bocca aperta. «Sul serio? Non lo sai?» Il suo cuore batteva forte e aveva la sensazione che qualcosa stesse sprofondando al centro del suo corpo. «Avresti potuto dirmi perché mi volevi qui. Se me lo avessi chiesto, avrei detto di sì.»

«Non capisco. Perché sei così... incazzato?»

Dylan lottò per tenere a freno le emozioni. «Non sono incazzato, sono solo confuso per essere stato invitato a supportarti, solo per ritrovarmi trascinato in giro e snobbato. E se sono arrabbiato con qualcuno, è con me stesso più che con te. Ho frainteso, tutto qui.»

«Dici cose senza alcun senso.»

Un'altra lunga inspirazione. «Non sapevo di essere qui come un vaffanculo per la tua famiglia. Non mi ero reso conto che era per questo che mi hai chiesto di accompagnarti.»

Mark abbassò le spalle e spalancò la bocca, lo sguardo piatto. «È questo che pensi?»

«Cosa diavolo dovrei pensare quando mi ignori, mi sgridi, ti comporti come se non fossi nemmeno qui...

ma ti sei impegnato a prendermi la mano quando siamo entrati nella cappella?» Gli lanciò uno sguardo duro. «Se fossi al posto mio, cosa penseresti?»

Il loro Uber arrivò e Mark sospirò pesantemente. «Entra. Ne parleremo quando torneremo in albergo, va bene?» Posò una mano sulla sua spalla. «Ma dirò questo: non potresti essere più in errore. Ed è colpa mia se ti senti in questo modo, quindi credo di avere alcune spiegazioni da dare.»

Quelle parole lo ammorbidirono un po', e il suo battito cardiaco tornò pian piano al ritmo normale. Entrarono nell'Uber, ma per tutta la durata del viaggio verso l'albergo Dylan non riuscì a parlare. *Pensavo che mi avesse chiesto di accompagnarlo perché aveva bisogno di me. Perché significavo qualcosa per lui.* Non aveva voluto credere che Mark potesse essere così… insensibile, ma ogni momento che passava era come se al suo fianco ci fosse uno sconosciuto.

Aspetterò finché non saremo soli.

Arrivarono all'hotel e lui seguì Mark attraverso l'atrio affollato fino agli ascensori. Quando furono finalmente nella loro stanza, Mark si tolse la giacca, si allentò la cravatta e se la tolse, poi si levò le scarpe con un calcio. Prima che lui potesse aprire bocca, Mark attaccò.

«Ho fatto una cazzata, vero? Stavi cercando di aiutarmi, ora lo capisco. Il motivo per cui non riuscivo a vederlo mezz'ora fa era perché quella… la mia famiglia ha messo a dura prova le mie emozioni e tu hai sopportato il peso maggiore della mia rabbia e frustrazione. Non avevo il diritto di scaricare la mia sofferenza su di te.» Gli accarezzò la guancia. «Pensavi davvero che ti avessi portato lì per schiaffarti in faccia alla mia famiglia?»

Dylan riuscì ad annuire.

«Quindi cosa intendevi per aver frainteso?»

Non era sicuro di potersi aprire tanto, ma ci ripensò. *Ho desiderato sapere come stanno le cose tra noi da così tanto tempo, perché non dirlo? Potrebbe non esserci mai un momento più opportuno.*

«Speravo che me lo avessi chiesto perché tu... tenevi a me. Perché ero... importante per te.»

Mark ritirò la mano e si lasciò cadere sul bordo del letto. «Sì, ho davvero fatto un casino.»

«No,» protestò lui, sedendosi. «Stiamo parlando, giusto? Non è niente che non si possa aggiustare, vero?»

Per favore, non lasciare che quello che abbiamo si spezzi prima ancora di avere la possibilità di farlo funzionare.

Mark intrecciò le dita con le sue e l'intimità del gesto lo riempì di speranza. «Il fatto è,» iniziò, «che per paura finora non ho detto quello che volevo dirti davvero.»

Quella sola parola gli fece rizzare i peli sulla nuca.

Mark non guardò lui, ma le loro mani giunte. «C'è un motivo per cui sono solo. Lo sai già. Il porno si mette in mezzo.»

Dylan stava iniziando a comprendere. «Stai dicendo che non hai portato oltre questa cosa tra noi perché hai paura che non riesca a far fronte alla tua carriera? Perché a me sembra di cavarmela bene.»

Mark annuì. «Tutti gli altri hanno detto la stessa cosa,

finché non hanno raggiunto il punto di rottura.» Poi si bloccò, gli occhi sbarrati. «Ma proprio ora ho capito una cosa. Sì, ho paura di chiederti di restare, ma ho più paura di perderti.»

«Allora questo dove ci porta?» *Dimmi quelle parole, dimmi quello che provi.* Dylan conosceva le parole che desiderava sentire, le parole che doveva dire anche lui.

Le dita di Mark erano gentili, mentre si allungava e gli accarezzava il viso. «Quando sono entrato in quell'hotel, non avevo idea che stavo per incontrare un uomo che avrebbe cambiato la mia vita, ma sapevo che la mia vita doveva cambiare. Quindi… se mi volessi… prenderesti un'ex pornostar.»

Dylan rimase a bocca aperta. «Stai mollando?»

Mark annuì di nuovo. «Sì. È ora di smetterla.» Fissò gli occhi nei suoi. «E non era la risposta che mi aspettavo.»

«Non mi interessa se sei una pornostar, un'ex pornostar, qualunque cosa… Nemmeno io voglio perderti.» Deglutì. «Anche tu hai cambiato la mia vita. Mi stai davvero chiedendo se ti voglio? Pensi sul serio che potrei allontanarmi da quello che abbiamo?»

Il respiro di Mark si bloccò, le labbra dell'uomo incontrarono le sue e lui si ritrovò sulla schiena, Mark che si toglieva la maglietta, la cintura, i pantaloni.

«O pensi che abbia bisogno di calmarmi, o sei intenzionato a fare cose sporche con me,» scherzò Dylan. Poi sussultò, quando Mark gli scoprì il petto e si chinò per leccargli i capezzoli. «Oh, Cristo, sì.»

Mark interruppe quell'assalto sensuale per guardarlo negli occhi. «Per quanto riguarda il mio intento, miro a essere dentro di te in meno di cinque minuti. Ti crea problemi?»

Dylan gli accarezzò la nuca. «Assolutamente no.» Si avvicinò al comodino per prendere i preservativi e il lubrificante, ma Mark lo fermò.

«Quando atterreremo a Portland domani, e riprenderò l'auto dal parcheggio, ti andrebbe bene se non tornassimo direttamente a casa mia?»

Dylan sorrise. «Cosa hai in mente? Un giro dei fari?»

«Stavo pensando più a una visita al Frannie Peabody Center.» Quando lui lo guardò confuso, Mark sorrise. «È dove vado una volta al mese per fare il test. Ho pensato che ti sarebbe piaciuto unirti a me.»

Oh, cazzo.

«Ho detto che ne avremmo parlato di nuovo, vero?»

Il battito di Dylan accelerò. «Sì, ma…»

Mark non interruppe il contatto visivo. «Quando ti ho chiesto se mi avessi voluto, intendevo tutto me stesso, senza niente tra noi. Nessun segreto… e niente lattice.» Fece una pausa. «Come ti sembra?»

C'era solo una risposta. «Perfetto.»

«Niente è perfetto.» Mark sorrise. «Non c'è niente di sbagliato nel mirare a quello, però.» Lo guardò, gli occhi che brillavano. «Qualcosa che vorresti perfezionare?»

Dylan si morse il labbro. «Ci sono alcune tecniche che vorrei migliorare.»

«Ad esempio?»

«Quanto velocemente posso farti togliere i vestiti.»

20 ottobre

Dylan chinò la testa sotto il getto costante dell'acqua calda, lasciando che gli calmasse la stanchezza. Era contento di essere tornato nel Maine, ma la prospettiva di lavorare il giorno successivo significava più del ritorno alla sua solita routine; poneva fine a tre giorni trascorsi totalmente in compagnia di Mark. Lo splendore delle dichiarazioni del giorno precedente non era svanito. Nessuno dei due si era subito dichiarato pronunciando la parola con la A, ma non era preoccupato. Il funerale aveva spianato la strada a un'intesa più chiara tra di loro.

Però non è stato tutto rose e fiori. Poi ragionò sul fatto che doveva essere una buona cosa. Nonna diceva che era un errore comprare una casa in un posto che avevi visto solo d'estate: dovevi vederla in tutte le stagioni per sapere se poteva davvero piacerti abitare lì.

Credo di aver visto Mark in tutte le sue stagioni. E indovina un po'? Non è il signor Perfetto.

Sì, era decisamente una buona cosa.

Chiuse l'acqua e uscì dalla doccia. Mark aveva detto qualcosa sul controllo dei suoi vari siti. Non per la prima volta, si chiese quale direzione avrebbe preso Mark. La decisione di lasciare l'industria del porno non era stata un grande shock, le avvisaglie erano in giro da un po', supponeva, ma ereditare la casa del nonno doveva avergli tolto un peso dalla mente, in termini di futuro finanziario.

«Hai finito lì dentro? Sono in cucina. È pronto tra un secondo.»

Dylan si avvolse un asciugamano intorno ai fianchi e uscì dal bagno. «Sì. Mi sono sbarazzato di tutti i miei pidocchi di viaggio.»

«I tuoi… cosa?»

Ridacchiò. «Uno dei detti di Nonna. È la sua scusa per non andare in vacanza. Ricordo che Levi tornò a casa da una lezione di scienze quando aveva forse dodici o tredici anni, informandola che il suo insegnante gli aveva detto che non esisteva una cosa del genere.»

«Cosa ha detto Nonna?» chiese Mark a voce alta.

Dylan sorrise. «Qualcosa su come ciò dimostrasse che qualcuno poteva avere un alto grado di istruzione ed essere ancora stupido come un asino.» Poi si rese conto che c'era qualcosa di diverso nella camera da letto di Mark.

La Croce di Sant'Andrea allestita nell'angolo poteva aver qualcosa a che fare con quello.

La sua bocca si asciugò e il suo battito accelerò.

Mark si avvicinò dietro di lui. «Pensavi che lo avessi dimenticato?»

Lui scosse la testa. «Ho solo pensato che avessi altro a occuparti la mente, tutto qui.» E quello che aveva in mente lui in quel momento era la sensazione del petto nudo di Mark contro la sua schiena.

«Non così tanto da poter dimenticare che hai dei bisogni, e che non li ho ancora soddisfatti.» Mark si avvicinò, il respiro caldo sul suo collo. «Ora, se sei troppo stanco, lo capirei. Possiamo sempre farlo un'altra volta se...»

«Nooo.»

Mark lo fece girare lentamente in modo che non potesse più vedere la croce nera con gli anelli di metallo e la struttura robusta, con tratti di corda bianca che pendevano al centro...

Gesù. Lo faremo davvero.

«Guardami.»

Dylan rabbrividì, ma incontrò lo sguardo schietto di Mark.

«Meglio. Ora, se vogliamo fare in modo che questa cosa tra noi funzioni, dobbiamo essere presenti l'uno per l'altro.» Mark gli accarezzò la nuca, facendogli venire i brividi. «Eri lì per me a Miami, anche se ero troppo incasinato per vederlo subito. E io sono qui per te. Perché hai detto qualcosa sul fatto di volerti sentire indifeso... sul non essere in grado di fermarmi...»

Dylan deglutì. «Sì.» La parola uscì come un sussurro.

Poi Mark lo spinse indietro, costeggiando il letto finché la sua schiena non incontrò la superficie fresca della Croce di Sant'Andrea. «Braccia in alto.»

Dylan non esitò, il suo cuore che batteva forte mentre Mark gli avvolgeva la corda intorno ai polsi, quindi fissava le estremità alle chiusure nella parte superiore del telaio.

«È troppo stretto?»

Dylan scosse la testa. *Cristo, lo stiamo facendo davvero.* Poi Mark gli afferrò il mento, costringendolo a guardarlo negli occhi.

«Ora… ogni volta che vuoi fermarti, di' rosso, okay?» Quando lui annuì di nuovo, la presa di Mark si strinse. «Ah-ah. Fammi sentire le parole.»

«Va bene.» Deglutì sonoramente.

Mark sorrise. «Pensavi che tutto quello che avresti ottenuto fosse una scopata sul tavolo da biliardo?» Si avvicinò e il bacio che gli diede fu caldo, selvaggio, i palmi che gli schiaffeggiavano i pettorali. «Niente di hardcore, come ho detto.» Un altro bacio brutale, solo che questa volta grattò con le unghie sui suoi capezzoli e sul petto. «Ti piace?»

No, lo aveva adorato, cazzo.

Mark abbassò lo sguardo e sorrise. «Ooh, mi sembra di aver svegliato qualcosa.» Poi puntò gli occhi nei suoi. «Dobbiamo toglierci questo asciugamano.» Glielo strappò via dai fianchi e il suo cazzo si alzò, duro e desideroso. Le dita di Mark ne tracciarono la linea, e lui inspirò quando gli diede un leggero schiaffo, seguito da un altro, e un altro ancora.

«Troppo?» chiese Mark.

«Assolutamente perfetto.»

Mark si chinò, gli prese a coppa le palle e gli succhiò forte l'uccello.

«Cazzo, sì.»

Mark si inginocchiò ai suoi piedi, sorridendo. «Lo sento dire spesso.» Le gambe di Dylan tremarono, mentre Mark gli succhiava le palle, prima una, poi l'altra, poi entrambe. Leccò la parte inferiore dell'asta, tirandogli la sacca, e i suoi tremori aumentarono. La testa di Mark sussultava mentre gli tirava forte i testicoli, allungando la pelle, e quando si sporse per prendere il lubrificante per bagnarsi un dito, il cuore di Dylan prese a martellare.

«Fallo,» lo esortò.

«Devo ficcarti le mie mutande in bocca? Il mio sospensorio sporco e sudato che ho indossato da Miami fino a casa?»

Dylan rimase a bocca aperta. «Come cazzo fai a sapere cosa dire per farmi andare su di giri?»

Sorrise. «Te lo avevo detto. Presto attenzione.» Poi quel dito finì nel suo culo e Mark chiaramente non si trattenne. Ingoiò il suo uccello fino alla base, il dito che si muoveva dentro e fuori da lui, in armonia con la bocca, finché non si ritrovò tremante, palpitante, il suo corpo che fremeva mentre veniva, incapace di trattenersi. Afferrò le corde e rimase lì appeso, troppo stordito per reggersi sui piedi.

Mark sciolse i legacci, strofinandogli i polsi. Lo condusse al letto e lui si lasciò cadere sulla schiena, il petto che si alzava e si abbassava. Il sangue gli pulsava nelle orecchie e lo stomaco gli tremava.

«Wow,» disse debolmente.

«Un buon wow?» Mark si stese accanto a lui.

«Oh, sì.»

Mark gli baciò il petto. «Bene. Perché siamo solo all'inizio.» Fece una pausa. «Ma prima di andare avanti, c'è qualcosa che devo dire.»

Il battito cardiaco di Dylan accelerò e non aveva idea del perché. «Oh? Sembra una cosa seria.»

«Lo è. Ed è per questo che ho bisogno di dirlo ora, non quando sono dentro di te, ma quando ti guardo negli occhi, quindi sai che intendo ogni parola.»

Gesù, il suo cuore…

Mark prese un respiro profondo. «Ti amo, Dylan Martin. Adoro il tuo senso dell'umorismo, le tue stranezze, le tue perversioni, tutte. Non sei il primo ragazzo a cui ho detto queste parole, ma con tutto il cuore, intendo ogni dannata parola, e voglio che tu sia l'ultimo ragazzo a cui le dico. E non mi interessa se pensi che sia troppo presto per essere…»

Dylan lo interruppe con un bacio. «Ero già tuo al ti amo.»

di K.C. Wells

Capitolo ventuno

28 ottobre

Mark firmò per ritirare la busta dall'aspetto ufficiale, poi chiuse la porta. Entrò in camera da letto, sorridendo mentre beccava Dylan a cantare sotto la doccia.

Qualcuno sembra felice stamattina.

Conosceva la sensazione, anche se non aveva molto senso logico che fosse così. Non aveva entrate né prospettive di lavoro all'orizzonte, eppure ogni mattina si svegliava sentendosi più leggero di quanto non fosse accaduto da molto tempo. Le sue giornate iniziavano allo stesso modo: abbracciare Dylan, baciare Dylan, fare l'amore con Dylan…

Non può andare meglio di così.

Si sedette sul letto, picchiettando la busta contro le dita. Sapeva cosa contenesse, ovviamente. Opzioni. Perché se la casa del nonno era finalmente sua, quella era una risorsa su cui non aveva fatto affidamento, qualcosa con cui alleggerire la pressione mentre cercava un lavoro per guadagnarsi da vivere. Non aveva idea se il nonno avesse voluto che ci vivesse o la vendesse, ma il risultato finale era lo stesso: sicurezza finanziaria.

«È quello che penso che sia?» chiese Dylan mentre usciva dal bagno pieno di vapore.

Mark rise. «Com'è che io riesco a farmi una doccia in tre minuti netti, senza lasciare condensa, mentre tu stai lì dentro quasi venti minuti e le pareti finiscono per gocciolare?»

«Posso sempre fare la doccia a casa,» suggerì Dylan. «Stavo per farlo finché qualcuno non ha detto: No, no, fatti una doccia qui. Ora, perché è successo?» Gli occhi del ragazzo brillarono mentre lasciava cadere l'asciugamano dai fianchi. «Potrebbe avere qualcosa a che fare con questo?»

Quell'uccello in piena vista gli fece venire l'acquolina in bocca.

Si schiarì la voce. «Sì, potrebbe. E sì, è quello che pensi che sia.» Strappò la busta e tolse il documento piegato. «Finalmente ho un indirizzo.» Sospirò. «Avrei potuto farlo prima, se avessi voluto chiamare mia madre o mio padre, ma non avevo fretta.»

Dylan si sedette accanto a lui e Mark fu momentaneamente distratto dalla vista dell'uccello del compagno. «Allora? Dimmi tutto. Dov'è questo palazzo che hai ereditato?»

Mark rise. «Non è certo un palazzo. Qui dice che è una casa con tre camere da letto e un cortile sul retro.» La foto gli riportò alla mente i ricordi. Le tavole di cedro blu scuro erano della stessa tonalità che ricordava, e sopra il tetto scorse gli alberi ad alto fusto che delimitavano i confini del lotto.

«Che è meglio di niente. Ora dimmi dov'è, prima che ti debba schiaffeggiare.»

Mark inarcò le sopracciglia. «Scusami? Qui sono io l'unico che schiaffeggia, ricordi? Tu sei quello che viene schiaffeggiato.» Poi guardò l'indirizzo e sorrise. «Ovviamente. Post Road. Eccolo.»

Dylan sussultò. «Fammi vedere.» Scrutò il documento. «Dio mio. Non ci credo.»

«A cosa?»

Dylan indicò la proprietà accanto, il cui bordo si vedeva appena nella foto. «Vedi quella casa lì? Con il cedro azzurro?»

«Sì.»

Dylan sorrise. «È lì che Levi vive con la Nonna.»

Fu lui a rimanere a bocca aperta questa volta. «Pazzesco.» Dylan si limitò ad annuire, continuando a sorridere. Mark lo fissò. «Da quanto tempo vivono lì?»

«Nonna ha cresciuto Levi fin da bambino e lei vive lì da sempre. Tutti a Wells la conoscono.»

«Ma...» Mark fece due conti. «Ciò significa... il ragazzino con cui ho parlato oltre il recinto...»

«Era Levi,» sussurrò Dylan con stupore. «Okay, è troppo strano. Ora non vedo l'ora che arrivi sabato.»

Mark sbatté le palpebre. «Perché? Cosa succede sabato?»

Dylan si morse il labbro. «Oh, merda. Mi sono completamente dimenticato.»

«Qualcosa che vorresti condividere?»

Il ragazzo arrossì. «Ogni Halloween, Levi dà una festa... e siamo invitati.»

«Siamo? Lui sa di me?»

«In un certo senso... mi sono dichiarato a lui come

bisessuale alcune settimane fa, e sì, lo sa. Solo che non sa molto, a parte il tuo nome e la tua età. Mi ha detto di portarti con me. Ha anche detto che non è necessario che qualcuno sappia che siamo più che amici.»

Si sentì invadere dal calore. «Ma siamo molto di più, vero?»

Dylan sorrise, gli occhi che si illuminavano. «Già.»

«Stavo solo controllando.»

«È passata solo una settimana da quando mi hai detto che mi ami. Credevi che me ne fossi dimenticato?»

«No, ma forse mi sento insicuro. Forse ho bisogno di rassicurazioni.» Poi trattenne il respiro, mentre Dylan toglieva delicatamente i documenti dalla sua mano, li posava sul letto e si metteva a cavalcioni sulle sue ginocchia, avvolgendogli le braccia intorno al collo.

«Ti amo.» Le labbra del suo ragazzo erano calde contro le sue. Mark lasciò vagare le mani sulla schiena di Dylan, toccando e accarezzando, poi le spostò più in basso sul suo culo. Lo sguardo di Dylan incontrò il suo. «E non sei obbligato a venire.»

«Non vuoi che lo faccia?»

«Beh…» Dylan tossì. «È solo che… ci saranno un paio di miei amici che… ti riconosceranno.»

Gli ci volle un momento per comprendere appieno il significato di quell'affermazione. «Oh.» Scosse la testa. «Vuoi sentire qualcosa di strano? Il mio primo pensiero quando lo hai detto è stato: perché dovrebbero? Non sono più una pornostar.»

Dylan rise. «Il fidanzato di Seb, Marcus, ha

riconosciuto il tuo nome in un batter d'occhio, quindi è ovvio che anche Seb lo saprà. Non so per quanto riguarda Finn, Joel, Ben, Wade e nemmeno Levi.» Poi il sorriso svanì. «Voglio dire che non voglio che tu ti senta in imbarazzo.»

Mark lo baciò. «Sono più preoccupato per te.»

«Per me?»

«Questa festa potrebbe rivelarsi ricca di eventi.» Lanciò a Dylan uno sguardo attento. «Ma suppongo che dipenderà da quanto vuoi condividere con loro.»

«Ci ho pensato,» sospirò il ragazzo. «Mi sono nascosto per troppo tempo. Non voglio più farlo.»

Mark lo prese tra le braccia. «Ti ho detto ultimamente quanto sono orgoglioso di averti nella mia vita?»

Le labbra di Dylan erano morbide contro le sue. «Dimmelo di nuovo. Meglio ancora… mostramelo.» Quando il suo telefono si accese, gemette. «Qualcuno ha un tempismo davvero schifoso.»

Mark rise. «Oh, beh, quando sei con me, ricevere chiamate in un qualsiasi momento sarebbe un tempismo schifoso.» Guardò lo schermo e sorrise. «Ma questa la devo prendere.»

«Devo mettermi dei vestiti?»

Alzò gli occhi al cielo. «Per citarti… Per essere un uomo intelligente, dici cose stupide.» Si alzò dal letto e andò in soggiorno, aprendo la chiamata mentre camminava. «Beh, ciao, quasi sposini.»

Casey rise. «Quarantotto ore, più o meno, e le sto contando. Ti chiamo per ringraziarti del regalo. Non che lo abbia ancora aperto, ma non sono preoccupato. Hai sempre avuto un gusto eccellente.»

«Immagino di non essere ancora invitato, eh?» Non gli importava molto, a quel punto. *Sai una cosa? Il tempo cura le ferite.* Forse non tutte, ma una buona parte.

«Oh, Mark... vorrei che tu potessi essere qui, ma...»

Mark si sedette sul divano. «Nemmeno se mi presentassi con il mio ragazzo?»

Il silenzio che seguì gli fece desiderare di poter vedere l'espressione di Casey, che poi prese un brusco respiro. «Sul serio?»

«Beh, mi hai detto di farmi una vita, quindi me la sono fatta.»

«Ohhh. È una notizia fantastica. Parlami di lui. Come vi siete incontrati? Quando vi siete incontrati, soprattutto? È successo dopo l'ultima volta che ti ho visto?»

«Sono successe molte cose dalla tua visita. Tanto per cominciare, ho fatto una scoperta.»

«Quale?»

Sorrise tra sé. «Dopotutto, la carriera di una pornostar ha una data di scadenza.»

Seguì un altro silenzio sconvolto. «Dio mio. Hai smesso.»

«Sì. Continua a perseguitarmi, voglio dire, a seguirmi, e lo vedrai. Lo dirò a tutti i miei fan.»

«Non ci ripenserai?»

«No. Qualunque cosa accada, ho chiuso.»

Casey sospirò. «Sono così felice per te.»

«E io dovrei essere ancora felice per te?»

Ci fu una pausa. «Lo amo. E lo amerò finché avrò fiato in questo corpo.»

«So esattamente come ti senti.» Mark guardò Dylan, che era in piedi sulla soglia con addosso una delle sue vestaglie. Gli fece un cenno e il ragazzo lo raggiunse sul divano. «Va bene, devo andare. Ho qualcosa da cucinare. Sii felice, tesoro.»

«Lo sarò. E anche tu. Mi chiami di nuovo presto? Non mi hai detto niente di lui.»

«Stavo pensando di invitarti qui, così puoi incontrarlo. Non subito, ovviamente. Sarete in luna di miele.» *E quando torni, potrei avere un nuovo indirizzo.*

«Non vedo l'ora. Ti manderò delle foto del matrimonio.»

Mark lo salutò e chiuse la chiamata. Tese il braccio e Dylan si avvicinò per farsi coccolare. «Ora, dov'eravamo?»

Dylan allungò il collo per un bacio, e fu la risposta perfetta.

31 ottobre

«Non riesco ancora a crederci,» mormorò Dylan, fissando la casa. L'Uber era partito e stavano guardando l'eredità di Mark.

La festa non sarebbe andata da nessuna parte.

«Neppure io.» La mano di Mark era dietro la sua

schiena. «Stavo pensando di tornare domani per dare un'occhiata. Vuoi venire con me?»

«Mi piacerebbe.»

Mark guardò verso la casa accanto. «Pensi che Levi o la Nonna si ricorderanno di me?»

Dylan sbuffò. «Ho problemi più urgenti a cui pensare. Sto per entrare a una festa con il mio ragazzo.» Scosse la testa. «Almeno sono alla moda.» Quando Mark gli rivolse uno sguardo interrogativo, continuò: «Tre dei miei amici ci hanno sorpreso a morte quando si sono presentati con i partner. Solo che nessuno è rimasto scioccato nel vederli con un ragazzo. Io, invece…»

«Hai detto che eri pronto, ma ti è permesso cambiare idea. Qualunque cosa deciderai, ti sosterrò.»

«Lo so,» rispose lui a bassa voce. Emise un sospiro esagerato. «Dai. Facciamolo.» Camminarono lungo la recinzione bianca fino alla casa di Nonna e Dylan condusse Mark su per il sentiero fino alla porta d'ingresso.

Suonò il campanello e Levi aprì, vestito con un costume da scheletro completo di maschera. «Ehi, Levi.»

«Come sapevi che ero io?» Si tolse la maschera.

Dylan ridacchiò. «La maggior parte degli scheletri non ha la barba.»

Levi alzò gli occhi al cielo. «Beh, non la raderò solo per una notte.» Rivolse a Mark un caldo sorriso. «E tu devi essere Mark. Ciao.» Levi corrugò la fronte. «Ci siamo già conosciuti?»

«Possiamo discuterne al chiuso, per favore?» chiese

Dylan. «Qui fuori mi sto congelando le palle.»

Entrarono al caldo e Levi chiuse la porta. Diede un'occhiata ai loro abiti casual. «Va bene, mi arrendo. Da cosa siete travestiti?»

Dylan diede una gomitata a Mark. «È stata una sua idea. Non troppo originale, è vero, ma l'ha presa da un film.»

Mark sorrise. «Siamo psicopatici. Somigliamo a tutti gli altri.»

Levi ridacchiò. «Beh, sarete adatti, perché nemmeno gli altri sono venuti in costume.» Un altro roteare gli occhi. «Psicopatici. Bel tentativo.» Poi tornò a fissare Mark. «Sono sicuro di aver visto la tua faccia da qualche parte. Non era il liceo, questo lo so.»

«Ti darò un indizio. Giocavamo a palla oltre la recinzione del tuo cortile, fino al giorno in cui l'ho lanciata con troppo vigore ed è passata attraverso una lastra di vetro nella serra di tua nonna. Dopodiché, abbiamo potuto solo parlare. Niente più giochi.»

Gli occhi di Levi si spalancarono. «Dio mio. Mi ricordo di te. Solo che… sono abbastanza sicuro che il tuo nome non fosse Mark.»

«Ma adesso lo è,» disse Dylan con voce ferma.

Levi rimase a bocca aperta. «Avevi, quanto, quindici anni? Sedici? Pensavo che fossi così figo.» Poi inclinò la testa. «No, non è questo. Ti ho visto da qualche altra parte, ne sono certo.» Sorrise. «Mi verrà in mente.» Fece un cenno. «Da questa parte. Nonna ha aperto le porte tra il soggiorno e la sala da pranzo e sono tutti stipati lì dentro. Fa troppo freddo per stare fuori.»

Lui e Mark lo seguirono verso le doppie porte, dalle quali provenivano risate e chiacchiere. Dylan si fermò sulla soglia. «Pronto?»

«Certo. Sempre.» Mark gli baciò la guancia e Levi si lasciò sfuggire una leggera esclamazione. Poi le porte si aprirono e lo spettacolo ebbe inizio.

Seb e Marcus furono i primi a vederli. Seb lanciò un'occhiata a Mark, e spalancò la bocca.

«Oh, porco ca...»

Con una rapidità che lasciò Dylan in soggezione, Marcus coprì la bocca di Seb con una mano. «Ho una parola per te: Nonna.» Poi la ritirò lentamente, prima di farsi avanti per salutarli. «Sei Mark, vero? Sono Marcus e quello sboccato è il mio ragazzo, Seb.»

Seb stava ancora fissando Mark, a bocca aperta.

Dylan non seppe resistere. «La smetti di sbavare sul mio ragazzo, per favore?»

Silenzio.

Seb sorrise. «Piccolo stronzo subdolo,» sussurrò.

Mark scoppiò a ridere. «Oh. Immagino che non stiamo nascondendo un accidente di niente.»

Apparentemente, aveva appena aperto le cateratte.

«Il tuo cosa?»

«Da quando?»

«Acqua cheta.»

«Sono sempre quelli tranquilli.»

Levi fissò Mark, la fronte aggrottata ancora una volta. Poi i suoi occhi si spalancarono. «Oddio. Ora so dove ti ho già visto.» Fece guizzare lo sguardo verso il punto in cui la Nonna sedeva sulla sua sedia a dondolo. «Ma possiamo non menzionarlo, per favore?» Abbassò la voce. «È piuttosto liberale, ma *quello* potrebbe essere *troppo* liberale, se capisci cosa intendo.»

«Ma voglio sapere tutto,» si lamentò Seb.

Dylan diede un forte colpo di tosse. «Ragazzi? Siamo appena arrivati, okay? E abbiamo tutta la sera per rispondere alle domande, ma in questo momento ho bisogno di bere.»

«Bel tentativo,» disse Seb con una risatina. «Se pensi che questo ci terrà a bada, sei un illuso.» Si avvicinò a Mark. «Ehilà.»

«Seb. Comportati bene.» La voce di Marcus era un misto di avvertimento e divertimento.

«Ci siamo incontrati da qualche parte?» dissero Ben e Finn, quasi nello stesso momento.

Dylan si voltò verso Mark. «Ho la sensazione che sarà una lunga notte.»

«Vedo che hai davvero seguito il mio consiglio,» mormorò Marcus a Dylan mentre si serviva un bicchiere di punch. «A proposito, cosa c'è in questa roba? Ha un sapore forte.»

Dylan ridacchiò. «Non era così all'inizio. È una specie di tradizione da queste parti. La Nonna fa un bel punch innocente alla frutta, e poi arriviamo tutti noi. Ognuno aggiunge qualcosa e finisce per diventare un intruglio che potrebbe sconvolgerti la testa.»

«E la Nonna non se ne accorge?»

Rise ancora più forte. «Stai scherzando? Aspetta qualche ora prima di berlo, perché sa che tutti abbiamo aggiunto qualcosa. Intendiamoci, ne beve solo mezzo bicchiere. Ed ecco il mio consiglio. Ne basta una quantità minima.» Lanciò un'occhiata al punto in cui Mark era in profonda conversazione con Levi. «Pensi che ormai lo sappiano tutti?»

Marcus sbuffò. «Con Seb in giro? Diavolo, sì.»

«Ma nessuno ha detto niente.»

Marcus si schiarì la voce. «Potrebbe avere a che fare con il fatto che la Nonna non è ancora andata a letto. Dai loro tempo.» Alzò il bicchiere. «Sei l'eroe del momento.»

«Cosa ho fatto?»

«Da dove comincio? Ti sei dichiarato come bisessuale. Hai trovato un uomo bellissimo. E ti sei preso una pornostar.» Marcus sorrise. «E io che pensavo che tu fossi un tipo tranquillo.» Si strofinò le unghie contro la camicia. «Certo, mi prendo un po' di merito in tutto questo.»

Dylan ridacchiò. «Sì, beh, hai detto "Esplora, sogna, scopri".» Diede un'altra occhiata a Mark che stava andando in cucina con Levi. «Ho esplorato la mia sessualità, ho sognato di trovare la felicità e l'ho scoperta nell'hotel in cui lavoro.» Poi guardò Marcus con aria interrogativa. «E tu? Come sono andate le cose con tuo nipote?»

Il sorriso di Marcus si spense. «So perlomeno cosa sta succedendo adesso, ma...» Il suo viso si contrasse. «Non ha scelto una strada facile. Il suo cuore gli sta dicendo una cosa, e la sua testa un'altra. Non sono sicuro di cosa accadrà. Tutto quello che so è che sarò lì per lui, se avrà bisogno di me.»

Dylan lo abbracciò. «E questo mi dice che appartieni a questo posto. Perché è quello che facciamo.»

Gli vennero in mente Shaun e suo padre. *Anche il percorso di Shaun non è facile.*

«Stai bene?» Marcus gli strinse la spalla.

Dylan annuì. «Sto solo pensando a uno di noi che potrebbe avere bisogno di un po' di supporto.»

«Come il tuo ragazzo.»

Si accigliò. «Eh?»

Marcus sorrise. «Seb si sta dirigendo verso la cucina. Sta scegliendo un percorso tortuoso per arrivarci, glielo concedo, ma non mi inganna neppure per un momento. Faresti meglio a farlo desistere.»

«Cosa... di nuovo? È come una falena per una fiamma.» Ridacchiò. «Vado a salvare Mark.»

Ma sapeva che Mark era in grado di prendersi cura di se stesso.

«Non riesco ancora a superarlo.» Levi scosse la testa. «A proposito, sai quanti anni avevo quando la Nonna mi ha finalmente restituito quella palla? Quella che ci ha confiscato? Sedici.»

Mark rise. «Mi… dispiace?»

«E saremo vicini di casa?»

Mark non aveva preso decisioni al riguardo, sebbene si stesse muovendo in una certa direzione. «Se succederà, mi considero fortunato.»

Levi gli passò una fetta di torta, fatta a forma di zucca. «Quindi… Dylan dice che stai rinunciando alla tua… carriera.»

Lui annuì. «Anche se non ho ancora deciso quello che farò per sostituire quel reddito.» Mangiò una forchettata di torta e le sue papille gustative esplosero. «È fantastica.»

«Nonna ne fa una ogni anno.»

«Almeno non devi preoccuparti di risolvere tutto domani,» disse Dylan avvicinandosi a loro. Staccò un pezzo della sua torta con le dita e se lo ficcò in bocca.

«Oh, sono abbastanza sicuro che saprò come cavarmela,» confidò Mark. Poi diede una pacca sulla spalla a Dylan. «È un casino quando le briciole di torta vanno giù nel modo sbagliato, vero?» Si stava divertendo molto. Aveva la sensazione che almeno tre degli amici di Dylan avessero capito chi fosse, ma non avevano detto una parola. Seb non vedeva l'ora di dire qualcosa, ma il suo ragazzo Marcus lo teneva al guinzaglio.

Quella era un'altra cosa che gli piaceva davvero, le diverse età. Incontrare un paio di ragazzi sulla quarantina era stata una piacevole sorpresa.

«Ho visto il tuo sito web,» annunciò Levi a bassa voce. «Molto bello.»

«Grazie, credo.»

Dylan si avvicinò. «È quello che fa Levi. È un social media manager per molte persone e per diverse aziende Inoltre, gestisce i siti Web, tenendoli aggiornati.»

«Un'abilità che ovviamente hai anche tu,» aggiunse Levi. Trattenne il respiro. «Ehi, aspetta un minuto...»

La pelle di Mark pizzicò, quando sia Levi che Dylan lo fissarono, gli occhi brillanti. «Che cosa?»

Dylan era quasi in fermento. «Quanti artisti indipendenti conosci?»

Mark sbuffò. «Così tanti che non potrei contarli tutti?»

«E fanno tutti quello che fai tu... che hai fatto... giusto? Promuovono se stessi, pubblicano sui social, caricano video, accettano prenotazioni...»

«Sì.» Poi Mark si illuminò. «Oh.»

Levi annuì con entusiasmo. «Capisci cosa intende Dylan, vero? Quello che hai fatto con successo per te stesso in tutti questi anni, potresti farlo per gli altri.»

«Hai sempre detto che era una rottura di palle dover passare così tanto tempo a curare quel lato degli affari. Quindi...» Dylan fece un sorriso trionfante. «Perché non offri i tuoi servizi ad altri che la pensano allo stesso modo?»

Levi stava ancora annuendo. «Saresti ancora un lavoratore autonomo, conosci il settore... Sembra la soluzione perfetta.»

Quell'idea gli piacque molto. «Penso che abbiate entrambi ragione.»

«Ragione su cosa?» Seb fece capolino dalla porta della cucina.

«Stiamo dando a Mark idee per carriere alternative,» spiegò Levi.

Seb sgranò gli occhi. «Veramente? Perché dovrebbe volerlo fare?»

Mark rise. «Odio deluderti, ma è una cosa che stava arrivando da parecchio.»

«Non fare nulla di affrettato, okay? Sto solo dicendo...» Poi Seb scomparve dalla vista.

«Vado a vedere se qualcun altro vuole altra torta.» Levi lasciò la cucina.

Mark approfittò del momento e tirò Dylan verso di sé. «Sei un uomo intelligente, sai?»

Dylan arrossì. «Sono solo felice che ti piaccia l'idea.»

«E vuoi ancora tornare qui domani per dare un'occhiata alla casa?»

Annuì. «Almeno conoscerai già i tuoi vicini. Questo se decidi di viverci e di non venderla.»

Anche lui ci aveva pensato. «Se dovessi vendere una casa, sarebbe quella su Acorn Drive.» Non poteva separarsi da quella lì accanto.

Una volta lì ero felice. E aveva intenzione di esserlo di nuovo, in quello stesso luogo.

di K.C. Wells

Epilogo

«Beh, cosa ne pensi?» Mark indicò la camera da letto più piccola sul retro della casa. Le portefinestre erano aperte per consentire l'accesso al cortile sul retro.

Dylan si strofinò il mento. «Penso che tutto abbia bisogno di un rinnovamento.»

Era d'accordo. La proprietà era stata ben tenuta, ma purtroppo era obsoleta.

«Ma ho un'idea al riguardo.» Dylan sorrise. «Potresti parlare con Finn. Sarebbe perfetto per un lavoro come questo.»

«Mmh.» Mark si accarezzò la barba. «Chiedere a uno dei tuoi amici di farlo non suona un po' come nepotismo?»

«Quindi?»

Mark sorrise. «Finn fa parte della famiglia, vero?» La risata di Dylan lo sollevò. «Beh, è vero. Quando ti ho preso non mi sono reso conto che...»

«Mi hai preso?» Dylan aveva le mani sui fianchi, le sopracciglia puntate verso l'alto. «Penso che sia successo esattamente il contrario.»

Mark non avrebbe discusso su quello. «Come stavo dicendo, non mi rendevo conto che ti saresti portato dietro sette fratelli.»

Dylan mosse un dito. «Ah-ah. La mia famiglia cresce

continuamente. Chissà chi verrà aggiunto dopo?» Gli occhi del ragazzo brillarono. «Una sorella sarebbe carina. E ora vuoi sentire la mia altra idea, o no?»

«Un'altra?» Mark ne aveva una tutta sua, una che gli girava per la testa da una settimana.

Dylan guardò l'ambiente circostante. «Ricordi quando mi hai fatto il primo di molti massaggi?» Mark annuì. «E ho detto che avresti potuto sfruttare la cosa, se lo avessi desiderato.»

«Sì, ricordo.»

«Appena ho visto questa stanza, ho capito per cosa sarebbe stata perfetta.» Dylan sorrise. «Una stanza da terapia. Musica tranquilla, candele, un lettino da massaggio… Una volta che ti sarai specializzato, ovviamente, ma hai un talento naturale.» Indicò le porte francesi. «In estate potresti aprirle e ci sarebbe il meraviglioso profumo di caprifoglio e gelsomino proveniente dal cortile.»

Mark non riuscì a trattenere un sorriso. «Caprifoglio? Gelsomino? Non ricordo di averli visti là fuori.»

«Non ci sono, non ancora, ma possiamo piantarli la prossima primavera.»

«Noi?» Mark non avrebbe potuto desiderare un vantaggio migliore. «È buffo che tu lo dica. C'è qualcosa che avevo intenzione di discutere con te.» Si avvicinò a Dylan e lo prese tra le braccia. «Sono d'accordo sul fatto che il posto ha bisogno di essere rinnovato, ma vorrei il tuo contributo.»

«Il mio?»

Mark gli baciò la punta del naso. «Il tuo. Perché la tua opinione conta.»

Il viso di Dylan si illuminò. «Oh.»

«E ho pensato che avresti voluto aiutare a plasmare questo posto, visto che starai qui molto, spero.»

Dylan divenne immobile. «Stai chiedendo quello che penso tu stia chiedendo?»

Il battito del cuore di Mark accelerò. «Per come la vedo io, puoi restare dove sei, con tre sciattoni che ti fanno impazzire, oppure… potresti trasferirti con me. Sono bravo nei lavori di casa, non lascio casino dappertutto e cucino.» Un altro bacio gentile. «Non sto dicendo di trasferirti domani, perché anche io non lo farò, ma una volta che questo posto sembrerà una casa… vorrei che tu ne facessi casa tua.» Il suo battito era rapido mentre studiava il viso di Dylan in cerca di qualche segno.

Il sorriso di Dylan fu meraviglioso da vedere. «Qualunque posto in cui ci sei tu, lo sento come casa.» Poi inclinò la testa. «Riguardo a quel tavolo da biliardo… Verrebbe con te quando ti trasferirai?»

Mark rise. «Diavolo, sì. Pensi che me lo lascerei alle spalle? Inoltre, credo che abbia bisogno di altre interessanti… macchie.» Le guance arrossate di Dylan erano adorabili.

«E tutta la tua attrezzatura da palestra?»

«Ne terrò un po'. Il resto lo venderò.» Sorrise. «E sai cos'altro verrà con me? Qualcosa che troverai molto utile.»

Dylan si morse il labbro. «La tua scatola dei giocattoli?»

Sbuffò. «Pensavo di più al mio apriscatole per mancini, alle forbici per mancini, al pela verdure…»

Dylan ridacchiò. «Puoi anche ridere, ma sono cose importanti.» Si chinò e gli baciò il collo. «La scatola dei giocattoli, l'altalena, la Croce di Sant'Andrea… finiranno nella nostra camera da letto.»

Il brivido di Dylan era delizioso.

Poi il telefono di Dylan squillò e il ragazzo sospirò. «Un attimo.» Lo estrasse dalla tasca e rise. «Penso che abbiamo perso la cognizione del tempo. Seb ha appena visto il tuo video.»

«Cosa ha detto?» Mark aveva programmato l'uscita del video, così da non doverci pensare.

Dylan rise. «*Ha smesso? Amico, sul serio? Come potrò mai dare vita alla mia fantasia se Mark Roman lascia il porno?*» Sbuffò. «Immagino che Marcus abbia qualcosa da ridire al riguardo.»

«Vuoi tornare a casa mia e guardarlo?»

Dylan ridacchiò. «L'ho visto quando lo hai registrato, ricordi? Ero in piedi dietro la telecamera. Ma ho avuto un'idea su cosa potremmo fare…»

«Un'altra idea? Oggi ne sei pieno.»

«Ho pensato di rivisitare alcuni dei miei video preferiti di Mark Roman… solo che ricreare potrebbe essere una parola migliore.»

Mark inarcò le sopracciglia. «Hai in mente qualche video in particolare?»

Il rossore che risalì sul collo di Dylan fu delizioso. «Beh… c'è quello con un'altalena…»

La sua serata stava migliorando di minuto in minuto. «Penso che si potrebbe organizzare.»

Gli occhi di Dylan brillarono. «E poi potremmo parlare di questo posto. Magari fare dei progetti.»

Per quanto gli piacesse l'idea di avere Dylan sull'altalena, la prospettiva di discutere dei cambiamenti alla casa lo riempiva di emozioni molto più forti.
Speranza.
Gratitudine.
Amore.

Fine

I libri di K.C. Wells

<u>Love, Unexpected</u>
Il Debito

Prime Volte
Un passo alla volta
BFF Best Friends Forever (Italian Version)

<u>Personal</u>
Una Questione Personale
Cambiamenti Personali
Piú che personale
Segreti Personali
Strettamente personale
Sfide personali

Confetti, Coriandoli e Confessioni

Per Salvare Jason
Una Promessa di Natale

<u>Island Tales</u>
Le Maree di Settembre
In Attesa di un Principe
Piegarsi alle tenebre

<u>Lightning Tales</u>
Il Professore
Fidati di me

di K.C. Wells

<u>A Material World</u>
Pizzo
Satin
Seta
Denim

<u>Maine Men</u>
La fantasia di Finn
Il boss di Ben
L'estate di Seb

Scambio di ruoli

Regale Sottomissione
Un giorno sul treno

<u>Writing as Tantalus</u>
Damon & Pete: Giocare col fuoco

L'Autrice

K.C. Wells vive su un'isola a sud della costa inglese, circondata da bellezze naturali. Scrive di uomini che amano altri uomini e non potrebbe immaginare una vita che non includa la scrittura.

Il tatuaggio con la rosa arcobaleno sulla sua schiena con le parole *"Love is love"* e *"Love wins"* è il suo modo di sventolare una bandiera. Ha in programma di scrivere uomini innamorati, in modo dolce, sensuale o kinky, ancora per molto tempo.

www.ingramcontent.com/pod-product-compliance
Lightning Source LLC
Chambersburg PA
CBHW032052050726
47590CB00001B/230